『十四五』国家重点图书出版规划项目
国家社会科学基金重大项目『中国近代日记文献叙录、整理与研究』（项目编号：18ZDA259）阶段性研究成果

中国近现代稀见史料丛刊【第十辑】

张剑 徐雁平 彭国忠 主编

沈兼士来往信札

沈兼士等 著

郦千明 整理

本辑执行主编 张剑

凤凰出版社

图书在版编目（CIP）数据

沈兼士来往信札 / 沈兼士等著 ; 郦千明整理. -- 南京 : 凤凰出版社, 2023.10
（中国近现代稀见史料丛刊. 第十辑）
ISBN 978-7-5506-4004-7

Ⅰ. ①沈… Ⅱ. ①沈… ②郦… Ⅲ. ①书信集－中国－近代 Ⅳ. ①I265

中国国家版本馆CIP数据核字(2023)第185512号

书　　名	沈兼士来往信札
著　　者	沈兼士 等 著　郦千明 整理
责任编辑	李相东
特约编辑	蒋李楠
装帧设计	姜　嵩
责任监制	程明娇
出版发行	凤凰出版社(原江苏古籍出版社) 发行部电话025-83223462
出版社地址	江苏省南京市中央路165号,邮编:210009
照　　排	南京凯建文化发展有限公司
印　　刷	江苏凤凰通达印刷有限公司 江苏省南京市六合区冶山镇,邮编:211523
开　　本	880毫米×1230毫米　1/32
印　　张	11.125
字　　数	289千字
版　　次	2023年10月第1版
印　　次	2023年10月第1次印刷
标准书号	ISBN 978-7-5506-4004-7
定　　价	88.00元 (本书凡印装错误可向承印厂调换,电话:025-57572508)

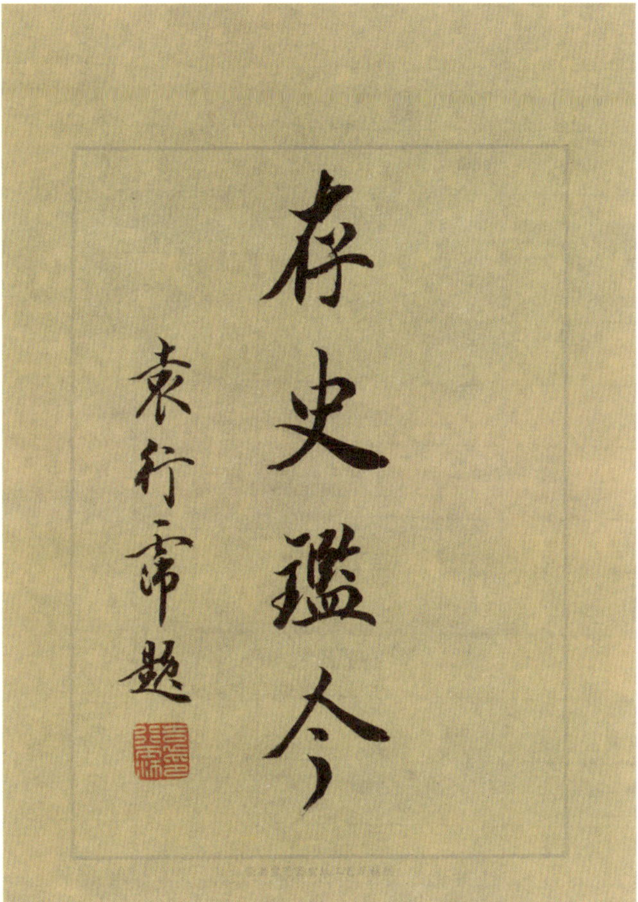

袁行霈先生题辞

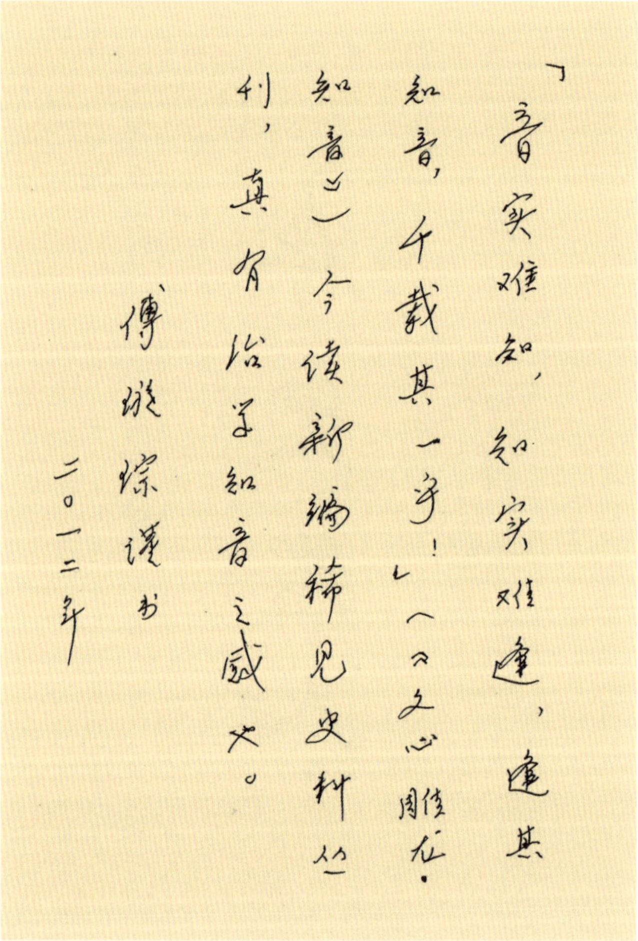

「音实难知，知实难逢，逢其知音，千载其一乎！」（《文心雕龙·知音》）今读新编稀见史料丛刊，真有治学知音之感也。

傅璇琮谨书

二〇一二年

傅璇琮先生题辞

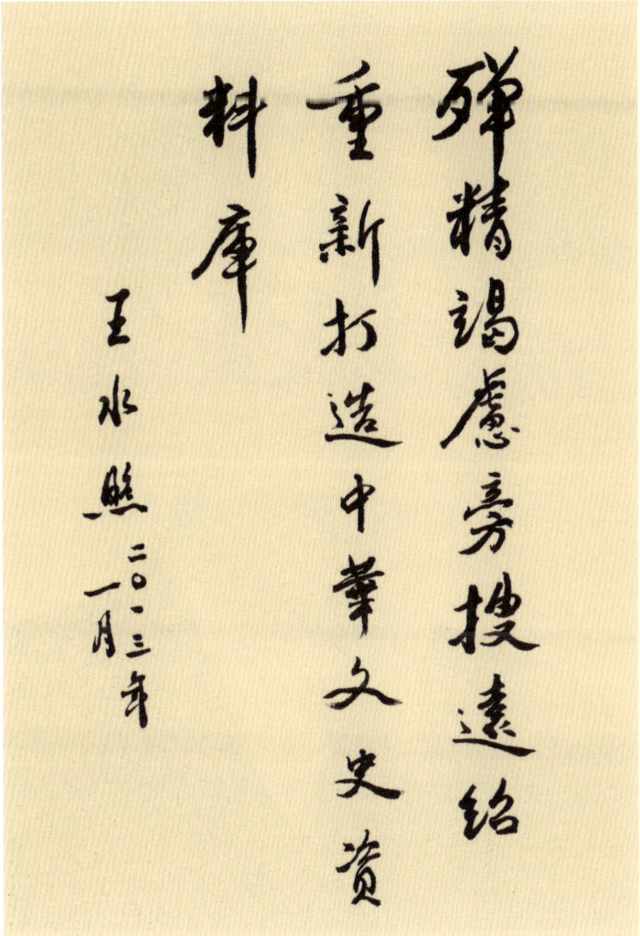
殫精竭慮旁搜遠紹
重新打造中華文史資
料庫
王水照
二〇一三年一月

王水照先生题辞

沈兼士像

沈兼士在北京东昌胡同

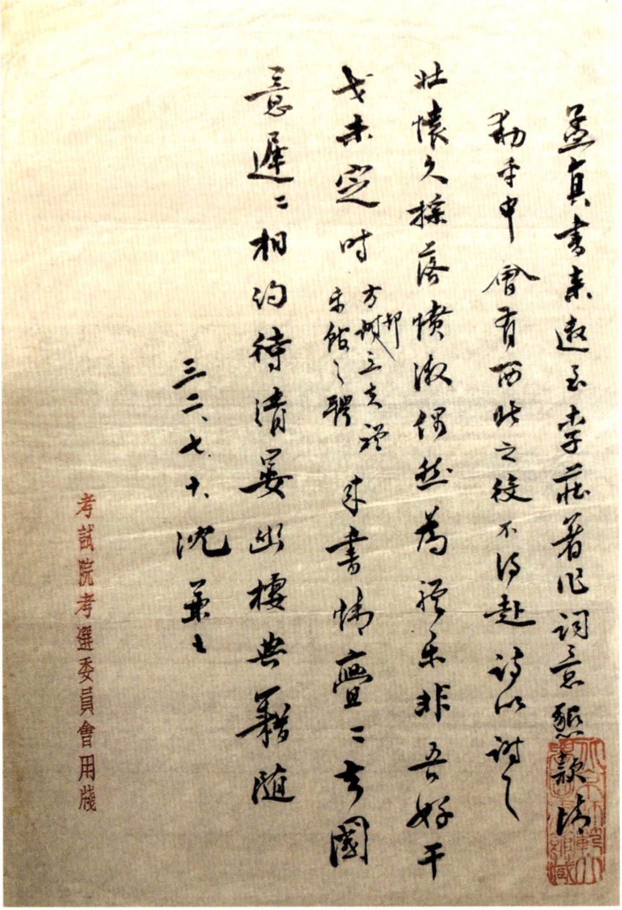

沈兼士手迹（北京师范大学图书馆藏）

《中国近现代稀见史料丛刊》总序

在世界所有的文明中，中华文明也许可说是“唯一从古代存留至今的文明”（罗素《中国问题》）。她绵延不绝、永葆生机的秘诀何在？袁行霈先生做过很好的总结：“和平、和谐、包容、开明、革新、开放，就是回顾中华文明史所得到的主要启示。凡是大体上处于这种状况的时候，文明就繁荣发展，而当与之背离的时候，文明就会减慢发展的速度甚至停滞不前。”（《中华文明的历史启示》，《北京大学学报》2007年第1期）

但我们也要清醒看到，数千年的中华文明带给我们的并不全是积极遗产，其长时段积累而成的生活方式与价值观具有强大的稳定性，使她在应对挑战时所做的必要革新与转变，相比他者往往显得迟缓和沉重。即使是面对佛教这种柔性的文化进入，也是历经数百年之久才使之彻底完成中国化，成为中华文明的一部分；更不用说遭逢“数千年来未有之变局”“数千年未有之强敌”（李鸿章《筹议海防折》），“数千年未有之巨劫奇变”（陈寅恪《王观堂先生挽词序》）的中国近现代。晚清至今虽历一百六十余年，但是，足以应对当今世界全方位挑战的新型中华文明还没能最终形成，变动和融合仍在进行。1998年6月17日，美国三位前总统（布什、卡特、福特）和二十四位前国务卿、前财政部长、前国防部长、前国家安全顾问致信国会称：“中国注定要在21世纪中成为一个伟大的经济和政治强国。”（徐中约《中国近代史》上册第六版英文版序，香港中文大学2002年版）即便如此，我们也不能盲目乐观，认为中华文明已经转型成功，相反，中华文明今天面对的挑战更为复杂和严峻。新型的中华文明到底会怎样呈现，又怎样具体表现或作用于政治、经济、文化等层面，人们还在不断探索。这个问题，我们这一代恐怕无法给出答案。但我们坚信，在历史上曾经灿烂辉煌的中华文明必将凤凰浴火，涅槃重生。这既是数千年已经存在的中华文明发展史告诉我们的经验事实，也是所有为中国文化所化之人应有的信念和责任。

不过，对于近现代这一涉及当代中国合法性的重要历史阶段，我们了解得还过于粗线条。她所遗存下来的史料范围广阔，内容复杂，且有数量庞大且富有价值的稀见史料未被发掘和利用，这不仅会影响到我们对这段历史的全面了解和规律性认识，也会影响到今天中国新型文明和现代化建设对其的科学借鉴。有一则印度谚语如是说："骑在树枝上锯树枝的时候，千万不要锯自己骑着的那一根。"那么，就让我们用自己的专业知识与能力，为承载和养育我们的中华文明做一点有益的事情——这是我们编纂这套《中国近现代稀见史料丛刊》的初衷。

书名中的"近现代"，主要指 1840—1949 年这一时段，但上限并非以一标志性的事件一刀切割，可以适当向前延展，然与所指较为宽泛的包含整个清朝的"近代中国""晚期中华帝国"又有所区分。将近现代连为一体，并有意淡化起始的界限，是想表达一种历史的整体观。我们观看社会发展变革的波澜，当然要回看波澜如何生，风从何处来；也要看波澜如何扩散，或为涟漪，或为浪涛。个人的生活记录，与大历史相比，更多地显现出生活的连续。变局中的个体，经历的可能是渐变。《丛刊》期望通过整合多种稀见史料，以个体陈述的方式，从生活、文化、风习、人情等多个层面，重现具有连续性的近现代中国社会。

书名中的"稀见"，只是相对而言。因为随着时代与科技的进步，越来越多的珍本秘籍经影印或数字化方式处理后，真身虽仍"稀见"，化身却成为"可见"。但是，高昂的定价、难辨的字迹、未经标点的文本，仍使其处于专业研究的小众阅读状态。况且尚有大量未被影印或数字化的文献，或流传较少，或未被整合，也造成阅读和利用的不便。因此，《丛刊》侧重选择未被纳入电子数据库的文献，尤欢迎整理那些辨识困难、断句费力、裒合不易或是其他具有难度和挑战性的文献，也欢迎整理那些确有价值但被人们习见思维与眼光所遮蔽的文献，在我们看来，这些文献都可属于"稀见"。

书名中的"史料"，不局限于严格意义上的历史学范畴，举凡日记、书信、奏牍、笔记、诗文集、诗话、词话乃至序跋汇编等，只要是某方面能够反映时代政治、经济、文化特色以及人物生平、思想、性情的文献，都在考虑之列。我们的目的，是想以切实的工作，促进处于秘藏、边缘、零散等状态的史料转化为新型的文献，通过一辑、二辑、三辑……这样的累积性整理，自然地呈现出一种规模与气象，与其他已经整理出版的文献相互关联，形成一个丰茂的文献群，从而揭示在宏大的中国近现代叙事背后，还有很多未被打量过的局部、日常与细节；在主流周边或更远处，还有富于变化的细小溪流；甚至在主流中，还有漩涡，在边缘，还有静止之水。近现代中国是大变革、大痛苦的时代，身处变局中的个体接物处事的伸屈、所思所想的起落，借纸墨得以留存，这是一个时代的个人记录。此中有文学、文化、生活；也时有动乱、战争、革命。我们整理史料，是提供一种俯首细看的方式，或者一种贴近近现代社会和文化的文本。当然，对这些个人印记明显的史料，也要客观地看待其价值，需要与其他史料联系和比照阅读，减少因个人视角、立场或叙述体裁带来的偏差。

知识皆有其价值和魅力，知识分子也应具有价值关怀和理想追求。清人舒位诗云"名士十年无赖贼"(《金谷园故址》)，我们警惕袖手空谈，傲慢指点江山；鲁迅先生诗云"我以我血荐轩辕"(《自题小像》)，我们愿意埋头苦干，逐步趋近理想。我们没有奢望这套《丛刊》产生宏大的效果，只是盼望所做的一切，能融合于前贤时彦所做的贡献之中，共同为中华文明的成功转型，适当"缩短和减轻分娩的痛苦"(马克思《资本论》第一卷第一版序言)。

《丛刊》的编纂，得到了诸多前辈、时贤和出版社的大力扶植。袁行霈先生、傅璇琮先生、王水照先生题辞勖勉，周勋初先生来信鼓励，凤凰出版社姜小青总编辑赋予信任，刘跃进先生还慷慨同意将其列入“中华文学史史料学会”重大规划项目，学界其他友好也多有不同形式的帮助……这些，都增添了我们做好这套《丛刊》的信心。必须一提的是，《丛刊》原拟主编四人（张剑、张晖、徐雁平、彭国忠），每位主编负责一辑，周而复始，滚动发展，原计划由张晖负责第四辑，但他尚未正式投入工作即于 2013 年 3 月 15 日赍志而殁，令人抱恨终天，我们将以兢兢业业的工作表达对他的怀念。

《丛刊》的基本整理方式为简体横排和标点（鼓励必要的校释），以期更广泛地传播知识、更好地服务社会。希望我们的工作，得到更多朋友的理解和支持。

2013 年 4 月 15 日

目　录

前　言

《沈兼士来往信札》(以下简称《信札》)收录沈兼士与亲友及相关组织机构来往信札三百三十一通,包括去信一百八十通,来信一百三十三通,附录十八通。经编者考订和注释,以人物为经,时间为纬,编纂排列而成。

沈兼士(1887—1947),原籍浙江归安(今属湖州市),生于陕西汉阴。早年留学日本,师从章太炎攻读语言文字学。归国后历任北京大学教授、研究所国学门主任,故宫博物院文献馆馆长,北平辅仁大学教授兼文学院院长。在三十多年的职业生涯中,一方面教书育人,桃李满天下,培养了魏建功、顾颉刚、容庚、周祖谟、丁山、陆宗达、丁声树等数以千计的优秀学子;一方面潜心学术研究,创立了汉语"文字画""初期意符字"等学说,著有《文字形义学》《广韵声系》《段砚斋杂文》,在训诂、文字、音韵等领域均有独特的贡献。他还是近代档案整理的开拓者。前期组织北大师生整理清代内阁档案,使之为中外学者所关注。后期主持系统整理故宫所存明清档案,制订规章和方法,为后世树立了典范。

名贤信札以其独有的史料价值和文化价值,越来越受到学界的重视和利用。沈兼士来往信札不仅是沈氏研究的重要学术延伸,也是中国近现代文化发展的缩影,其史料价值和文化价值尤为突出。爰举数例,借以佐证。

1932 年,沈兼士撰成《右文说在训诂学上之沿革及其推阐》一文后,曾寄送部分国内专家学者征求意见。《信札》收录著名语言学家、历史学家陈寅恪的回函一通,时间是 1934 年 3 月 6 日。在信中,陈寅恪首先十分赞同作者对右文说理论及其应用的阐释，称“大作宗旨及方法皆极精确，实获我心。大约中国语言文字之学以后只有此一条路可走也”。同时提出自己的意见，认为“读大著所列举诸方法外，必须再详考与中国语同系诸语言，如西藏、缅甸语之类，则其推测之途径及证据，更为完备”。又举德国学者西门根据瑞典汉学家高本汉的《古汉语字典》考察西藏语有所发明为例，说明此类探索目前尚不易实行。此信篇幅不长，信息量却比较大，既反映陈寅恪在学术问题上的严谨和坦诚，也从侧面说明沈文对训诂理论和词源学研究的重要意义。如此中肯的意见在公开的评论文字中难得一见，从中可以分析二十世纪二三十年代语言学界以科学实证的方法为贵的时风，这是近现代学术史研究中的重要议题。

1924 年初，章太炎因撰写《清建国别记》，急需参阅清代档案资料，命弟子吴承仕(检斋)代为查找。吴写信向时任北京师范大学国文系教授钱玄同求助，钱玄同又转求于北京大学研究所国学门主任沈兼士。因为是老师交待的事，沈兼士自然尽力办理，并于 6 月 25 日以研究所国学门的名义回复钱玄同：

> 惠书及吴君检斋函均收到。吴君函称章太炎先生因撰《清建国别记》，欲在敝处移录清代内阁档案以资考证。敝处自前年赴历史博物馆搬运档案到校，当即积极着手分类编目，其用意原在供校内外著述者之参考。今太炎先生既托吴君函商选抄档案，谨照吴君所询答复如下：
>
> (一) 敝处所存档案约十万件左右，除清代题本、报销、贺表外，实录、起居注等重要文件，档案保存室已编有目录，载在研究所国学门临时特刊中(按临时特刊已由档案会赠送吴君)。明季兵科题行稿，档案整理室亦编有详细目录，逐日在《北大日刊》上发表。
>
> (二) 档案保存室目录完全载于临时特刊中，勿须另行钞

录；明季兵科题行稿细目，卷帙繁多，实难抄录，最好请吴君往本校日刊课定购十一年九月至十三年六月底之《日刊》，则细目全在其中。如日刊课有残缺之页，不能检齐，可以函商敝处补钞。

（三）实录、起居注等重要文件，按照特刊中目录选钞亦可。

（四）明季兵科题行稿细目，本年暑假内可以编成。一俟编辑告竣，即再审校付印。其余重要文件亦拟陆续出版。

（五）明季题行稿细目，乃按照题行稿原件之内容摘要编辑；其他重要各件，某者宜影印，某者应选录，此时尚未议定具体办法。

此信涉及北大整理清代内阁档案这一在近现代学术史上有相当影响的事件。原来，1921 年，北洋政府教育部历史博物馆以经费困难为由，把存放于该馆的内阁大库档案当作废纸卖于纸店。学者罗振玉获悉，出资赎回，然后招人检理。后罗将其大部转卖于他人，其中部分卖给了日本人。沈兼士等闻讯，立即报告校长蔡元培，建议由学校出面请求教育部把这批档案保存下来，并由北大负责整理，以供学术界研究之用，教育部批准这一请求。1922 年 6 月，北大派人将上述档案搬运回校。负责此事的沈兼士于 17 日致信校长蔡元培（见《信札》），报告经办情形。信中说："兼士偕同朱逷先、杨适夷、马叔平、单不庵诸先生及研究所同人搬运历史博物馆档案，已于今日下午搬运完毕，共计装六十一箱，一千五百零二袋，分庋于第一院及第三院（详另单）。此外尚有殿试卷及誊黄中之已经该馆编有草目者，均未搬运。已商准该馆将草目借与本校钞一副本。查此次搬运来校之内阁档案，卷帙极繁，非集合多数具学识有兴会之人共同整理，颇难克期奏效。"可见，清内阁档案数量极大，部分不及搬运的只好暂存于原处。不久，北大组织部分师生成立档案整理会，着手整理运回的档案。从上述沈兼士复钱玄同函可知，经过近两年的辛勤工作，十万件内阁档案中大部分已编有目录，且部分已在国学门特刊中刊载。

章太炎参阅上述档案资料后，获益良多，于同年9月2日和15日两次致信沈兼士（均见《信札》），谈及相关史料内容，并表达谢意。

沈兼士还是著名的爱国学者。抗战爆发后，他滞留北平，与同人英千里、张怀等秘密组织“炎社”（后改为“华北文教协会”），从事抗日活动。后被日伪发现，派侦骑追捕。危急时刻，他被迫于1942年底微服潜出北平，辗转到大后方重庆。其间，他依然关注坚持在北平与敌斗争的同人，给予力所能及的帮助。1944年5月，参与抗日活动的辅仁大学教师郝德元、陈祥春、邢宗江历尽艰险撤至重庆，沈兼士出面致电国民政府教育部，为他们申请生活补助费各五千元。同年，英千里等二十一名志士在北平遭日伪逮捕，在敌人狱中受尽磨难。消息传到重庆，沈兼士忧心如焚，又多次致函国民政府教育部，请予救济。《信札》收录其中一函云：“窃查私立北平辅仁大学被捕教职员英千里等二十一人，以不甘屈服敌伪，在校密施抗战教育，并倡导爱国工作。复于上年曾奉钧部指示，作抗敌运动，不幸为敌侦知，该教职员英千里等二十一人先后被捕。兼士留平眷属因受兼士之影响，同时亦被逮捕。事隔年余，确息毫无。兹得平方来信悉，被捕之教职员英千里等二十一人仍在敌狱，备尝楚木。而兼士眷属虽未久羁敌狱，但被敌伪监视极严，动辄传人拷询，苦不堪言。再英千里等二十一人及兼士在平眷属生活极感困难，又值平市物值飞涨，更难维持。处此困苦艰危之下，诚无良策拯救，惟有仰恳钧部体念兼士等眷属在平之艰苦，准予援例救济，而示矜恤。”后来，这些人都获得一定数额的救济款，勉强渡过难关。

时光荏苒，沈兼士去世已七十多年，其信札不及收录的一定很多，期望此书能为研究者有所帮助。由于编者水平有限，书中或有不当之处，敬请读者批评指正。

郦千明

钱玄同

钱玄同(1887—1939),原名夏,字中季,号德潜,浙江吴兴人,著名语言文字学家、经学家、启蒙思想家。1906年留学日本早稻田大学。在日本加入同盟会,师从章太炎攻读语言文字学。1910年回国,在嘉兴、湖州等地任中学国文教员。1912年任浙江军政府教育司科员、视学。1913年任北京高等师范学校附中国文教员。1916年任北京高等师范学校国文门教授,兼任北京大学国文系教授。讲授音韵学、国音沿革等课程,倡导白话文,主张言文一致。1918年1月,《新青年》改为同人刊物,担任该杂志轮值编辑。1928年任北平师范大学国文系教授、系主任,并在北京大学、清华大学、燕京大学等校兼课,讲授音韵学、《说文》研究、经学史略等课程。抗战爆发后,因病居北平。

沈兼士与钱玄同留学日本时曾随章太炎学习语言文字学,为同门师兄弟。辛亥革命前后,他们先后回国,在杭州、嘉兴等地教书和任职,交往密切。民国成立以后,两人先后到北京任教,友谊日深。

去信(约1918年)

玄同吾友:

文学改良,已习闻兄及胡、陈二君之论矣。弟现于新文学之基础建设上,稍稍有所主张,其说如下:

应用之文,必须用俗语;文学之文亦可用俗语,固为吾人之所公认;惟其为文之性质不同,故其用字之范围广狭,亦宜因之而有区别。

应用之文，说理叙事，期于易知易能，故用字宜采狭义的标准字。今拟标准字典之编法大纲如左：

（一）采方言中之流行较广者，每一义只载一字；其余“转注”之字，一切不录。

（二）字形须合于六书之义。凡方言有本字而俗不知者，考出之，例如负举为“竭”，揉屈为“叚”；有本字而俗借他字为之者，考正之，例如“一旻”作“一会”，“瘼病”作“毛病”；有本字而别造俗字者，附俗字于本字之下，例如“孚”作“抛”，“迦”作“卡”。皆须注明古今音变。

（三）不合六书之俗字，其本字不可考见而必需用者，别附录之。

文学中如“诗”“词”“曲”等，多有格律音叶之限制，若专用一种标准字，恐有拘滞牵强之弊；故其范围宜稍加广，以资通融调剂。今拟文学字典之编法大纲如左：

（一）凡合于今之方言者，悉载之，不限于一义一字。

（二）同标准字典。

（三）同标准字典。

（四）不合于今之方言，而《说文》所载，古籍常见之字，别附一篇，以资考古。

弟对于国语之主张，大致如上所说，意在“求是”“致用”二者兼顾。惟病中属思欠周密，又不能动笔，不能多言，特请人粗写其大要如此；故引证说明，多不详晰，兄当能谅其意也。如有不妥处，尚祈赐教；并望于“国语研究会”中代弟发表之，以供同人讨论。

此外尚有“文字上之中国古代社会进化观”“象形及指事字之解剖研究”“新《尔雅》”三个拟题，兹不复详其体例，病愈再当就正也。

沈兼士

（《新文学与新字典》，《新青年》第4卷第2号，1918年2月15日）

按：《新青年》原名《青年杂志》，1915年陈独秀在上海创立。蔡元培任北京大学校长后，聘请陈独秀为文科学长，《新青年》搬到北京续办。陈独秀、胡适等在《新青年》先后发表《文学改良刍议》《文学革命论》等文章，主张用白话文，提出“文学革命”的口号。钱玄同也向该杂志投稿，并写信给陈独秀，赞同“文学革命”。北京大学国文系教授沈兼士同样赞同这一口号，当时他因病在北京西山疗养，故信中有“惟病中属思欠周密”句。国语研究会成立于1917年，是由教育部的一些人发起组织的，正会长是蔡元培，副会长是张一麐，沈兼士、钱玄同都是该会会员。

来信(约1918年)

惠书敬悉。足下所拟新字典择字的标准，玄同很为赞成。但鄙意以为考求本字的最大目的，是要明白这字的意义，和这字音读的沿革变迁；所以在字典上，必须要考证确当，详细说明。至于在应用一方面，只可拿现在的声音来做标准：例如某本字，在文言里现读甲音，白话里应该用这个本字的地方也读甲音，这类本字，自然应该采用；又如某本字在文言里虽读甲音，而白话里应该用这个本字的地方，却读了乙音，那就只可写一个和乙音相同的假借字了。本来“假借”一书，所包甚广；小学家所谓“同音假借”者，固然有许多是写别字；但是也有并非别字，因音变而不得不借用的。音变而别造一字的，就是“转注”；音变而不造字，借用同音字的，就是“假借”：像那“老”字，由Lao音变为Khao音，后来造“考”字，这就是“转注”；然“考”字未造以前，借用同音的“丂”字(钟鼎里有这样写的)，这就是“假借”。所以鄙见以为像“瘼病”写成“毛病”，正和“老”字写“丂”字一样；在字典上，必须讲明“毛病”本作“瘼病”；——不然“毛”字的意义便不可通——而在应用上，则只可写“毛病”，——因为现在“瘼”字不读做“毛”——庶几不至和现在的声音不合。尊见以为然否？祈更赐教。

钱玄同

(同上)

按：这是钱玄同给沈兼士的回信，主要讨论有关新字典编纂问题。

来信（1918 年 12 月 22 日）

兼士兄：

半年没有看见你了，你近来好阿！你以前问我要蓬仙的《文字学形义篇》，我老没有寄给你；现在我编……（按，原文缺）究化学的方法来研究文字形，如・×＋之类，是表一种意思的记号。者个话，我很以为然。近来同周豫才（别名唐俟，又名鲁卂）谈到此事，他也有此类的议论。我请它把已见到的写一点给我。现在要请你也把已见到的随时的录一录出，寄给我看。我现在正在编大学本科的新讲义，尽变从前旧面目。现在“第一讲”于“字形变迁”的，已经做好，先在《月刊》一、二两期上发表。以后编到“字的构成法”那一讲，很要借重你同豫才两人；并且决不没善，一定要说明“吾友沈兼士君怎样说”“吾友周豫才君怎样说”。务请随时写示为感为托。

还有一句话要来问你：那龟甲同钟鼎，你现在相信不相信？请你告诉我。我觉得钟鼎里容或有假的；看⊠甲，似乎靠得住也。许老头儿讲会意字，往往靠不住；我以为可信的很少。你道对不对？

天冷了，临流洗脚，恐怕要“不合事宜”了。

弟玄同

七、十二、廿二

此信必复。

（北京大学档案馆藏档，档号：BD1927017－2）

按：朱宗莱（1881—1919），字蓬仙，浙江海宁人，早年留学日本，归国后任浙江省立二中国文教师，民国初年任北京大学预科国文教员，与沈兼士、钱玄同都是章（太炎）门弟子，又在北京大学共事多年。1919 年 5 月病逝于北京协和医院。著有《文字学・形义篇》

《说文叙补注》《转注释例》等。“《月刊》”指《北京大学月刊》。“许老头儿”指东汉经学家、文字学家、语言学家许慎(叔重)。

来信(1919年1月5日)

兼士兄：

这几天,因为那官办的什么国语统一筹备会的事,瞎忙上一阵子;所以您的来信,竟阁起了好几天,真是对不起得很,还请原谅。

您说适之著作中有说《易经》的“象”和“辞”一段,与您所说“古人造字先有借象”之说消息相通。这话我正想以为然。我又以为中国一切文字,“借象”者很多,不限于“象形”中有之。譬如会意里的“暴”字,形声里的“竊”字,难道所晒的,所偷的东西,只有米吗?实则借“米”以代表一切可晒可偷的东西罢了。至于代表的东西,自然是有一种做代表的资格。这代表的资格,大概有两种：

(甲)最切近的东西;

(乙)最重要的东西。

像那“大”“勹”(?)“尺”“寸”的借象于人,这是属于(甲)的;像那“暴”“竊”等字,是属于(乙)的。

这话你道对不对?

大学《月刊》第二期出了,现在寄上一本(此书明日寄上)。您的大作,就刻在上面。

《每周评论》,今亦奉送一份,到十九期止。以后当续寄。

弟玄同

赐书请直寄北京宣外后铁厂高师教员寄宿舍钱玄同收。勿寄大学,免致耽阁。

1,5,1919

(同上)

按:信中“那官办的什么国语统一筹备会的事”,指钱玄同为教育部国语统一筹备会成员，负责审查《国音字典》，经常去教育部开会商议审定国音办法。“适之”即胡适。“您的大作”指沈兼士发表于《北京大学月刊》第1卷第2号的《文字学之革新研究（字形部）》。

去信（1919年10月20日）

玄同兄：

你给尹默的信，主张把《模范文》中之伏生《尚书》二十九篇说删去，与弟意恰合。至于《史通》中弟所选之《言语》《叙事》《模拟》《烦省》及《杂言》《杂说》内之关于文章作法诸段，均已列入《文论集要》中，《模范文》内似可不必重见。因弟主张把《文论集要》和《模范文选》合为一编，前者为作文章的基本定理，后者为应用这个定理的最佳作品，教者可以随时互相参照。如此，然后可以算得是合于科学的组织，然后可以算得是有系统的学科。你说对不对？再，《艺增》《载文》及《释三九》诸篇，我的意思都想就其性质归入《文论集要》中，你以为何如？又闻你有讨论《国学概要》的油印品，可以使我预闻吗？我明天要还山，就此告别了。

沈兼士

十月廿日

（北京鲁迅博物馆、湖州市博物馆编《疑古玄同——钱玄同文物图录》，大象出版社2016年版，第64页）

按：沈尹默在北大预科教国文，曾将历代有代表性的文学作品选编成《学术文》和《模范文》二种付印，供学生参考。后来以这两册文选征求钱玄同、沈兼士等同人的意见，此信就是讨论这一问题。信中“我明天要还山”，指沈兼士当时因病在北京西山疗养，大概进城办事或探亲后，将要返回西山。

来信(1924年6月17日)

兼士兄:

顷得吴检斋来信,送上,请看。信中所问,请你用书面复我,我可转与检斋,想检斋也就可以拿了你的信去复章先生了。

弟玄同

十三、六、十七

(《北京大学日刊》1924年6月28日)

按:"章先生"指章太炎,沈兼士、钱玄同、吴承仕(检斋)皆章氏弟子。当时章太炎在写作《清建国别记》,希望能参阅相关档案资料,曾屡次致信吴承仕,请其尽快帮忙查阅档案。吴托人探询不得,遂于是年6月16日写信(见《北京大学日刊》1924年6月28日)转托于钱玄同。收到吴的信后,钱玄同第二天就给沈兼士写此信求助。

附:吴承仕致钱玄同信(1924年6月16日)

玄同尊兄:

前得章先生来书,略谓:"近得明代官书数种,所记满清世系及明清交涉事状均与《清实录》及《开国方略》不相应。因撰《清建国别记》一篇,闻北京大学有清廷旧案,可移录数件以为左证。"弟与档案整理会人均不认识,屡次托人探询,亦不能得其实际。今开列数件如下,敬乞调查答复,拜托拜托。

(一)该会所存档案,共有若干件?有无清晰目录。

(二)如有目录,能否钞示?(书手费用,弟当担任)

(三)既得目录后,能否按目选钞?

(四)闻档案将印行,出版有定时否?

(五)档案出书,是否选录,抑是全载?

档案录出书在即——不出一月以内，则一切问题均不烦解答；否则仍请详示。章先生屡屡来信询问，务求速办。弟不知《北大日刊》选录此项案件，然不能买全？故不必买。复书寄司法部，不必由杨遇夫转。

弟承仕顿首

六月十六日

（同上）

去信(1924年6月25日)

玄同先生台鉴：

惠书及吴君检斋函均收到。吴君函称章太炎先生因撰《清建国别记》，欲在敝处移录清代内阁档案以资考证。敝处自前年赴历史博物馆搬运档案到校，当即积极着手分类编目，其用意原在供校内外著述者之参考。今太炎先生既托吴君函商选抄档案，谨照吴君所询答复如下：

（一）敝处所存档案约十万件左右，除清代题本、报销、贺表外，实录、起居注等重要文件，档案保存室已编有目录，载在研究所国学门临时特刊中（按临时特刊已由档案会赠送吴君）。明季兵科题行稿，档案整理室亦编有详细目录，逐日在《北大日刊》上发表。

（二）档案保存室目录完全载于临时特刊中，勿须另行钞录；明季兵科题行稿细目，卷帙繁多，实难抄录，最好请吴君往本校日刊课定购十一年九月至十三年六月底之《日刊》，则细目全在其中。如日刊课有残缺之页，不能检齐，可以函商敝处补钞。

（三）实录、起居注等重要文件，按照特刊中目录选钞亦可。

（四）明季兵科题行稿细目，本年暑假内可以编成。一俟编辑告竣，即再审校付印。其余重要文件亦拟陆续出版。

（五）明季题行稿细目，乃按照题行稿原件之内容摘要编辑；其他重要各件，某者宜影印，某者应选录，此时尚未议定具体办法。

以上诸条请即先生转达吴君察核。肃此函复，并颂

教祺

国立北京大学研究所国学门启

十三年八月二十五日

（同上）

按：这是北京大学研究所国学门主任沈兼士收到钱玄同6月17日来信后，以研究所国学门名义写的回信，并嘱咐整理档案会赠给吴承仕《国立北京大学廿五周年纪念研究所国学门临时特刊》一册。

来信（1930年10月14日）

兼士我兄：

因为恐防你不在家，故先写此信，带了它去奉访。

师大国文系功课表，至迟到了明日（十五）上午，必不能不交去了，故吾兄所任之课有急切决定之必要。

日前所谈添授"《方言》研究"两小时，此事务恳允许，至祷至盼！师大现有"《说文》研究"及"《尔雅》研究"，再加上"《方言》研究"，更见美备。且吾兄所谈研究方言的新方法，鄙意极有昭示学子之必要，故务请惠允。又"文字形义学"或"文字学形义"，我总觉得有些"欠亨"，故拟照北大改为"文字及训诂"，两校所教，材料异同，程序异同，详略异同，均可不问。要之，此名"亨"于彼名是一定的，故弟拟改用，想吾兄当不以为非也。

今晚务恳赐一电话至孔德（东二四七〇），决定此信中所言之事。

弟玄同言

十九，十，十四，下午五时

（北京大学档案馆藏档，档号：BD1927017-2）

按：钱玄同时任北平师范大学国文系主任，又在孔德学校兼课，

平时住在孔德学校宿舍。受钱玄同邀请，北大教授沈兼士预备新学期到师大兼课。信中“吾兄所谈研究方言的新方法”，指沈兼士在《今后研究方言之新趋势》一文中提到的新方法：“1. 向来的研究是目治的注重文字，现在的研究是耳治的注重言语。2. 向来只是片段的考证，现在须用有系统的方法实行历史的研究和比较的研究，以求得古今方言流变之派别，分布之状况。3. 向来只是孤立的研究，现在须利用与之有直接或间接关系之发音学、言语学、文字学、心理学、人类学、历史学、民俗学等，以为建设新研究的基础。”

去 信

玄同兄：

担任销售《毛诗正韵》的人名单子，已经交给丁君了，现在另开单送览（或许与原拟的略有不同，也说不定）。

试验旁听生的笔试国文题，请你偏劳一拟，如何？日来弟人颇不适，故想偷懒。

弟兼士

九、二十

钱玄同	十部	沈兼士	十部	马幼渔	十部
郑介石	十部	杨遇夫	十部	黎劭西	十部
林玉堂	十部	徐旭生	十部	罗膺中	十部
马叔平	十部	单不广	十部	沈尹默	十部
张怡荪	十部	周作人	十部	研究所	十部

（北京鲁迅博物馆、湖州市博物馆编《疑古玄同——钱玄同文物图录》，第 65 页）

按：《毛诗正韵》作者丁以此（1846—1921），清朝末年秀才，国民党元老丁惟汾之父。此书深得沈兼士、钱玄同的老师章太炎赞赏，章氏为其撰写序文及《丁君墓表》。大概由于章太炎的关系，沈兼士等参与推销此书。

来 信

兼士：

近日因病足，非枯坐即挺尸，闷损极矣。我觉得现在研究小学，固然应该从音均方面证明语言的转变，不要去拘什么本字的话。但本字的问题也不可完全抛弃。这是因为二三千年来“形声”和“假借”两书迭为消长，搅得一塌胡涂；论势力之大，“假借”远在“形声”之上，故如甄明古训，疏通疑滞，竟可完全不管本字的问题，比王怀祖的态度还可以开廓一点；但若讲到文字学，则此事终不可不讲及。我以为所谓本字者，决不要再以《说文》为限，亦无所谓“不合六书”“无以下笔”之类（以前说“暮”“谵”等字不合六书，其实此等不合六书之字，《说文》中即已甚多，如“廪”“爂”“偕”皆是）。总之，凡为某义而专制之字即是本字。故絑、嗍、糷、㦤固是本字，而芙、苜、琉、棉亦是本字。

但亦有永无本字之字，则老实说“尚未制字”（此处用“尚未”二字，实无语病），断不必用似是而非者勉强附会也。我而且觉得丢、甩等字也应该认为本字；即使盩、奂二字其义确与丢、甩同，亦当云“古字作盩、奂，今字作丢、甩，而皆本字也”。

又，一字引伸为数义而化为数字者，即各为本字，如构造、交媾、觏遇是也。而一字变为数音而化为数字者，亦各为本字，例如道途、涂抹、搽粉是也。

这种在管子里张天，用蛤子壳量海水的见解，您以为何如？

玄同

十二，八，夜

此信甫将封口，即得来书，论俞书事，我想这样甚好，一切面谈吧。我的脚尚未好，大约下星期或尚不能见面也说不定；大概再下一个星期总可见面了。

（北京大学档案馆藏档，档号：BD1927017－2）

按:王怀祖即清代著名文字音韵学家王念孙。王所著《广雅疏证》十卷,就古音求古义,不限于文字形体,发前人所未发,使传统训诂学有了新的发展,趋向于字族、词族的研究,对后人的研究产生了深远的影响。

沈尹默

沈尹默(1883—1971),原名君默,字中,号秋明、匏瓜等,浙江吴兴(今湖州)人,著名学者、诗人、书法家。早年留学日本。1913年起在北京大学任教。五四时期,与陈独秀、李大钊、鲁迅、胡适等倡导新文化运动。1929年后,历任河北省教育厅厅长、北平大学校长。1939年秋任国民政府监察院监察委员。1949年后,曾任上海市人民政府委员、上海市文联副主席、中央文史馆副馆长、上海中国书法篆刻研究会主任委员等。著有《秋明集》《历代名家学书经验谈辑要释义》《二王法书管窥》等。

沈尹默是沈兼士的二哥,兄弟俩感情很深。受父祖辈的影响,他们从小爱好诗文。1905年10月,两兄弟自费赴日本留学。由于家庭经济困难,沈尹默于次年回国,沈兼士入东京物理学校继续深造。1913年两人先后入北京大学教书,常与北大同事宴聚谈笑。五四运动前后,他们提倡白话文,共同创作新诗。1947年8月,沈兼士因病去世。沈尹默连作诗两首,内有“六十年来好兄弟”句,表达对弟弟的深切哀悼。

去信(约1918年)

前寄之新体诗有不满处,请兄示为荷。

兼

廿四日

山中

西风大作，温度斗降，桥边散步，写所见

五更山雨振林木，晨起凉意先上足。
野猫亲人去又来，残蝉咽风断难续。
赤膊小孩抱果筐，晌午桥头行彳亍。
为言今日天气凉，满筐果子卖不出。
卖不出，不打紧。肚里挨饿可难忍！

（原件图片）

按：此信写在印有沈兼士姓名的专用信笺纸上。沈兼士所作新诗《山中》后发表于《新青年》第5卷第6号（1918年12月15日出版），标题改为“山中杂诗二”。

去　信

尹默兄：

前桥边写所见诗，于烘托乍冷及童子挨饿情形，用字稍费斟酌。兄评为西山诸诗中之第一，诚是诚是。

兼

（王逸岑编《实用白话书信》，上海南强书局1933年版）

按：此信作于1918年前后，当时北京大学教员沈兼士因病在西山疗养。

去　信

二哥鉴：

弟西山杂诗，全是写实，非身历其境者，恐未必能知其佳处。兄是诗家，看其机杼尚自然否？大哥此游甚觉满意，兄□嫂分娩后似亦可来游一星期。此非弟应酬兄，乃为佳山水邀诗豪也。一笑。弟兴致尚好，仍不能劳。一切，大哥当面可说。柏杖一根，系自制者，兹带赠兄。

弟兼上言（十九）

（同上）

按：此信作于1918年前后。

刘半农

刘半农(1891—1934)，名复，江苏江阴人，著名文学家、语言学家。1913年任中华书局编译员。1917年任北京大学预科国文教授。1920年留学英国伦敦大学，专修语音学。次年转学法国巴黎大学，攻读实验语音学。1925年获法国国家文学博士学位，即回国任北京大学国文教授兼研究所国学门导师。后历任北平辅仁大学教务长、北平大学女子文理学院院长。著有《中国文法通论》《四声实验录》《汉语字音实验录》等。

从民国初年开始，沈兼士和刘半农同为北大文科教员，互相推崇，私交甚好。

去信(1919年)

半农先生：

《歌谣选》七五末句中之“侪”字，尊注疑是“挤”字之误，鄙意以为不然。“侪”之本字当为“齐”，读如“侪”者，变音耳。“侪跌倒”者，齐跌倒也。尊意以为何如。

兼士

(《北京大学日刊》1919年2月27日)

来信(1919年)

兼士先生：

尊论甚是，弟以“侪”字为“挤”字之误，其说当然不能成立。惟吴语以“侪”字平读，作“也”“竟”二字之义，亦甚普通。似不妨两说并存也。

复

（同上）

来信（1924年1月8日）

兼士、作人、维钧三先生惠鉴，兹有事奉启：

我校征集歌谣，年来所得虽已不少，但在研究上，不免时时感到困难。至外人研究此学之方法，并其已得之结果，足以为吾人之参证者，尤为隔膜万分。弟为提议征集歌谣之一人，故于此事甚为关怀。适前月中巴黎大学助教职（所谓助教职者，已经考试尚未补实之谓）阿脑而特女士（Mademoiselle Thérèse P. Arnonld）开一私人的歌谣演讲会，会中除一篇系统的演讲外，中间例证，由女士自己并其他女士二人按曲歌唱，配以音乐，极饶趣味。至于演讲词，亦是一篇甚有价值之文章。弟当时甚为感动，觉吾校征集歌谣，若其中能有如此人材，成绩岂可限量（此乃假设有一如此之中国人，非谓将此人搬到中国，便有如此能力）。昨日之早，弟又与女士于大学中相遇，谈及我校亦有一歌谣征集会，且言数年来已得之歌谣，数在四五千以上（此弟约想之词），彼乃大为惊奇。弟因问其能否帮忙，彼言苟有可以尽力之处，无不乐为。弟觉此等门面话，空口说说，不如不说，故即乘便与彼为下列之谈话——

（问）若吾会欲聘女士为一通信员，女士有暇为之否？（因彼自办一语言学校，亦甚忙碌也。）

（答）多谢。要看职务之繁简如何。

（问）职务当然不甚繁。大约每年写长信三五封（或以短论文、演讲稿等代之），其题目由女士自择，但当 Universel 一点，不要太冷僻;否则于中国无用。最好是在方法上多多报告。此为主要之职务。附带职务即为回答问题,有问题就回复,没有问题就无事。再次是报告一年中关于歌谣之出版物。又吾会如需购买此等出版物,则代为购寄。此不嫌太繁么?

(答)那是很简单,一年三五封长信,我还有这功夫。

(问)至于条件,就我的意思说,大约是二千至二千五百法郎一年,女士不嫌太少么?

(答)多谢。那已很够,我并不计较这个。

我们的谈话止于此。我想一年二千至二千五百法郎,只是二百至二百五十元,一个小书记的薪水,学校虽穷,总还无伤元气;而在我们会里,却可以得到不少的帮助,所以今天写这封信,请你们三位商量一商量。赞成,便请梦麟先生写张聘书寄来。聘书中只须说"今聘某人为本校歌谣研究会通信员"便好,其余条件,可由我同她用法文细订,由我代表签字,以归简便。如何之处,统希酌覆是幸。

刘复

一月八日于巴黎

(《歌谣周刊》第48号,1924年3月23日)

按:1918年2月1日,《北京大学日刊》发表刘半农(复)教授拟订的《北京大学征集全国近世歌谣简章》,歌谣征集活动由此拉开帷幕。此后的短短两个月中,征集歌谣11000余首,《北京大学日刊》选登了其中的148首。1920年12月,北大歌谣研究会成立。次年11月,北大成立研究所国学门,沈兼士任主任,歌谣研究会归入国学门。后来北大创办《歌谣周刊》,由周作人、常惠主编,沈兼士撰写《歌谣周刊缘起》。其时,刘半农正在法国留学,仍关心征集歌谣事。此信就是刘氏写给国内的沈兼士等同人商量聘请外籍歌谣研究会通信员事宜的。

去信(1924 年 3 月 15 日)

半农先生：

来信敬悉。提议的事我们都很赞成，唯时值寒假，不能即时着手，现在已与学校方面接洽妥帖，不久可将聘书寄去，其余一切手续便请你代表本会办理。会中所搜集的歌谣已有八千首以上，但是关于研究的方法和参考材料的确异常缺乏，因为经费无着，一两年里可以说不曾买过什么外国文参考书，中国书也不很多。目下本会所做的事几乎偏在征集，在研究一方面还不曾动手。如得有国外专门家如阿脑而特女士的数人为通信员，担任供给研究的方法和材料，并可代搜书籍，于本会的进行当有很大的帮助。再，本会于前次常会议定另行征集神话、传说、童话等散文故事，民俗学(Folk-lore)中这一部分的研究，法国也很发达，关于这一方面也希望便中调查近况见示一二。专此奉覆，不尽。

沈兼士、周作人、常惠

三月十五日

(同上)

按：此信是收到留学法国的刘半农 1 月 8 日来信的复信，同意聘请刘氏推荐的外籍歌谣研究会通信员。

来信(1924 年 12 月 6、7 日)

兼士尊兄：

前星期寄奉一函，想已寄到。伯希和君已于前星期六同他正式谈过，他的聘书已经收受，且写了一封正式信与我，声明受聘，今录附呈。关于待遇一层，弟问过蔡先生，他说可依罗、王诸公之例，月送百金，弟本此接洽通过。关于期限一层，伯君问是否逐年通知？弟说不甚清楚，此事乞兄斟酌。如觉逐年通知太麻烦，即以暂定期限告我，但弟觉逐年通知有伸缩余地，办法颇好也。此外尚有一事，亦是关于伯君的。他昨天写信给我，说明年四月埃及开罗地方要开一地理学大会，主会的是埃及王，此会虽名地理学会，但因开在埃及，主要事项仍在考古，故各国考古学者、历史学者、地理学者，以及此等诸学之团体代表，无不到会，他自己颇有到会的意思，但此行需费甚大，一时尚犹豫也。假使去，他极愿同时兼做北大研究所国学门的代表。他又说此事对于北大可增不少之声价，愿极力为之。如北大决意要他去，请先用电报通知，以便决定；随后补一正式委派信。此事如何办法，希用电覆。以上将较大之事说完。以下说些小事：

（一）研究所国学门之法文正式译名，弟与伯希和商译为：Instirne de Sinologie de L Universit Nationple de Púkin

如有不妥，希为改正示知，否则作为定译。

（二）已答应交换之杂志有四种：1.《亚洲杂志》；2.《通报》；3.《琪眉博物院年报》；4. 琪眉博物院出版之《宗教史年报》。希将《国学季刊》第一、二、三号各四份寄来，以交换此四种杂志之一九二四年号。将来如何交换法，办妥后奉闻。

（三）《通报》是伯希和主持，彼允将最近四年各号寄赠。（此报尚有全份留存荷兰出版人处。但此出版人只肯卖，不肯交换。全份约价一千六百法郎。）

（四）《亚洲杂志》是法国研究东方学的官书。研究所中不可不备全份。但亚洲学会中已无全份者，即最近出版各号亦多卖缺（如一九二二年全年卖完）。其尚存者，自然可以出卖，而且可以交换。若要到坊间去找全份的，价值至少在二万法郎以上，而且即使有二万法郎在手，也未必能立刻找到也。

（五）《通报》亦是重要书。全份价只一千六百法郎。由伯希和去交涉，或尚可减价。如研究所中能筹一百五十元，大约即可办到。但此等书印刷甚少，极易卖缺，尚望速即着手。

（六）琪眉博物院所出两种年报，比较不甚重要，可不必设法买全。

（七）琪眉博物院尚有丛书三种（一种四开，一种八开，一种十二开，以四开者为最重要），总价约八千〈方〉[元]。但其中卖缺者尚多，弟当细为研究其尚未卖完之各种，以便将来用出版品交换。

（八）以上所说亚洲学会及琪眉博物院出版品，均可以研究所出版品交换（求其价值相当）。但此间所注意者为大部书（如《艺文类聚》《太平广记》等），不是零碎印本，望兄示知此数种书何时可以出版，价值大致若干，以便接洽定一交换之计画（如有将要绝版之书籍，可嘱其留下一份，免得卖完后无办法），俟将来我方出书之后，实行交换。

（九）董康说唐刻本《切韵》，确有之，但疑是五代，至早亦是唐末，不全，只有十余残卷（大小不等）。如要照相，望早早示知。价值以半打计算，约是一千余法郎（研究所只能得四份，因照章须以二份赠与国家图书馆也）。如须收回底片，当与照像人特别交涉。

（十）《巴黎国家图书馆汉文书目》可以买，计两本，价不出三百〈方〉[元]。又有一《补目》，亦已印，伯希和可赠一份。

（十一）敦煌写本目尚未正式编订，而且不知何时可以编出，现在只有一份全无条理之临时目录，且只有一份，伯希和家中亦无副本。如要钞，惟有按照看书规则，天天进馆抄写，需时约一月左右。写到此地，实在头昏得不能再写了，即此说声再会。并问
箸安

弟刘复顿首
十二月六日

再，研究所出版品目录中有“叙里亚文景教经”及“希伯来文刻石”二种，其影片及打本已由钢和泰君寄与伯希和考查。伯希和谓前一种的是叙里亚文景教经，大约是十四纪的叙里亚文。后一种不知是何文字，但决不是希伯来。

阿脑女士之研究歌谣报告，已定编目有四：一民歌通论，二圣诞歌，三民歌与神话，四民歌与戏剧。大约一月底二月初可寄出两编，附闻。

再，《国学季刊》所登文章，每期均由伯希和□在《通报》中作介绍文，因此欧洲学术团体近中颇有知《国学季刊》者。照此做去，十年后我研究所必为世界学术团体中一重要会员，此则我兄努力之结果，我辈应一致致谢。第四期已集稿否？急欲先一睹其题目于日刊中也。

写至此处，加上前信所写，已将兄六月二十六日信中各条覆完（尚剩《永乐大典》一条，容再探），希即逐条细阅，并随即作覆。

复再拜

七日晨

（《北京大学日刊》1925 年 2 月 20 日）

按：伯希和(1878—1945)，法国汉学家。早年来中国搜集图书资料，又到新疆等地考察、盗掘文物。曾在法兰西学院任教，被选为法国金石铭文与文艺学院院士。1922 年 1 月，北京大学研究所国学门成立，沈兼士为主任。后来，校长蔡元培具函，敦请伯希和担任国学门考古学通讯员。信中“他的聘书已经收受”即指此事。信中又提及伯希和要求代表北京大学研究所国学门，出席 1925 年在开罗举行的万国地理学会大会。后北大同意其要求，伯希和果然参加了此次会议，并在会上介绍了中国国学研究的情况。

顾颉刚

顾颉刚(1893—1980),原名诵坤,字铭坚,江苏苏州人,著名历史学家,"古史辨"学派创始人,中国历史地理学和民俗学的开创者。1920年毕业于北京大学,历任厦门、中山、燕京、北京、云南等大学教授。中华人民共和国成立后,历任中国科学院历史研究所研究员、中国民间文艺研究会副主席、民主促进会中央委员等职。

顾颉刚在北大就学时,曾听过沈兼士半年课,两人属师生关系。顾毕业后留校服务,在图书馆做编辑。1922年北大成立研究所国学门,沈兼士任主任。因沈的推荐,顾到研究所国学门当助教,交往频繁。

去信(1920年12月8日)

顾铭坚先生:

《晨报》所载歌谣选《男孤孀》第十九句"如今在黄泉路上步黄房",注"黄房"二字不解。我疑心"黄房"就同古书所用的"彷徨""彷徉""方羊""房皇""彷翔""怅怅"一样,是形容无所适貌。不知你以为如何?

沈兼士

十二、八

(《北京大学日刊》1920年12月11日)

来信(1920 年 12 月 12 日)

兼士先生:

昨天在《日刊》上见到先生的一信,欣幸之至,已经函《晨报》更正了。我的意思,“黄房”决是“徨彷”二字之误。其所以把“彷徨”二字颠倒的缘故,因为“黄”与“彷”是双声,双声的字,在一个词内说起来很顺,而在二个词内连说起来很逆,所以竟倒转了。“徨”与“彷”是迭韵,虽是倒转,仍旧谐韵,所以更是不觉其倒转了。臆见未知然否?请先生鉴正。

我于民国三年在大学豫科时,曾上过先生半年多的课。后来因病休学,所以先生的课未能听完全。我那时的名字是诵坤,不晓得先生还记得否?我在那时,最得实益的课只有二种,一是先生的文字学,一是马幼渔先生的国文。因此,对于两位先生不能忘记。这两年知道先生患了胃肠病,时以为念。不知现在已完全痊可没有?

我在去年先辑吴歌,后来连带及于吴谚,又连带及于吴语。有许多尚在日记簿中,没有录出。若统行录出,已有十四五册了。所恨者,我于文字学太没有根柢,竟不能整理他;又是我犯了神经衰弱的病,要用功读书也是困难,所以虽积聚了许多材料,没有法使他做成器用。现在先生给我一封信,我非常快乐。我很愿意拿这些送给先生,让先生来编审,我去搜集。不晓得先生肯不肯?先生虽是湖州人,离苏州不远,苏州话一定能完全了解的。

我现在在本校图书部编目课办事,寓在大石作卅二号。先生有暇,请给我一封回信。

学生顾颉刚

九、十二、十二

(《顾颉刚全集·书信集》卷一,中华书局 2010 年版,第 501—502 页)

按:这是顾颉刚看到 1920 年 12 月 11 日《北京大学日刊》上发表

的沈兼士信后，写给沈的回信。据信中说，民国三年(1914)沈兼士在北大文科预科教国文，顾颉刚是班上的学生。后来沈兼士在北大国文系教书，顾颉刚毕业后也留在北大做图书部(馆)编目课办事员。

去信(1920 年 12 月 16 日)

顾铭坚先生：

你给我的复信，已经收到了。你收集的吴歌、吴谚、吴语已有十四五之多，用力之勤，至可佩服，承委托我帮忙编审，那是我很愿意做的。

来信说："我的意见，'黄房'决是'徨彷'二字之误。其所以把'彷徨'二字颠倒的缘故，因为'黄'与'彷'是双声，双声的字，在一个词内说起来很顺，而在二个词内连说起来很逆，所以竟倒转了。'徨'与'彷'是叠韵，虽是倒转，仍旧谐韵，所以更是不觉得倒转了。臆见未知然否？……"我以为大凡叠韵或双声的形状语，两字的次序，本有互易的例：譬如古书中的"恍惚""惚恍"、"黄昏""昏黄"和俗语中的"张慌""慌张"皆是，并无别的理由，似可不必过事深求。

再原歌中所用的"黄房"，倘相沿本是如此写法，大可不必改作"徨彷"，以存其真。就理论上说来，这类的字，本来不过是"托名标识"罢了。"黄房"之与"徨彷"，功用略无差别，不能竟说他是错误的。

我们现在研究歌谣里的方言，就有俗字的说。——不是要考他的古字——"本字"或"正字"。——究竟是甚么，是要考他的意义究竟是怎样。仔细说起来，就是不应该以形体为惟一目的，还像《新方言》那样每语必求他的古字，应该以意义为惟一目的，本着声韵变迁的定律，去推寻其意义的范围。义意弄得很清楚了，就算能事已尽，正不必拿和现在说话不相符合得古字来替代俗字。例如《晨报》十二月十一日所载京南的歌谣《月亮地》有句"月亮地，'凋'衣裳"，注："凋，亦洗也，不知是否此字？姑用之。"从声韵上研究起来，北方人说的"ㄊㄡ"和"ㄔㄡ"——凋。南方人说的"ㄉㄚ"，都应该是"涤"字的音变。“ㄊㄡ”是“滌”的古音。“ㄔㄡ”是叠韵相转。“ㄉㄚ”是双声相转。——我们研究方言的人，只要从“ㄊㄡ”“ㄔㄡ”“ㄉㄚ”这些声音里面推寻出他是由“滌”变来的，是“洗”的意思，那就够了，却不必一定要把“滌”字复活了来代替俗用的“淍”字。又如你的“吴歌 47”《哭七七》中有句“书童‘担’扫灵前尘”，注：“担谓拂去灰尘，不知‘担’字怎么写法?”我们虽然知道内则“挑日胆之”的“胆”，是拂拭的意思，但是“胆”和“担”都是一样“依声托事”假借来用的字，又何必妄生分别，定要用那不通俗的“胆”字替代那通俗的“担”字。

至于歌谣中遇着有音无字的方言，且不必管他应该怎样写法，只要拿注音符号来表出他的声音就得。倘是考出来的本字的声音，恰好与今语相合，那也不妨拿来应用，但必须有个限定，就是要“现无流行的俗字，而其本字的声音，又与今语相合的场合”，方才可以。

此外还有几条意见，现在一并写在下面，和你商榷。

地方歌谣应该注明流行所在的现代地名，不应用那广狭异域界限不清的古代地名。你在《晨报》上所发表歌谣，都注一个“吴”字，这个“吴”字若指狭义的吴县说，就说无可论的了。倘是袭用古代吴越之吴，那是我不甚以为然的。

地方歌谣中所用的字，多与原歌谣的声音不符，我以为非旁注注音符号不可。

民谣可以分为两种：一种为自然民谣；一种为假作民谣。二者的同点，都是流行乡里间的徒歌。二者的异点，假作民谣的命意属辞，没有自然民谣那们单纯直朴，其调子也渐变而流入弹词小曲的范围去了。例如广东的粤讴，和你所采苏州的《戏婢》《十劝郎》诸首皆是。我主张把这两种民谣分作两类，所以示区别、明限制，不知你以为何如?

沈兼士

十二月十六日

（《北京大学日刊》1920 年 12 月 21 日）

按：此信在《北京大学日刊》发表时以"一封讨论歌谣的信"为题，后来亦以此为题收入沈兼士著《段砚斋杂文》一书。

附：魏建功致顾颉刚信（1920年12月21日）

颉刚先生：

今天《日刊》上"一封讨论歌谣的信"，我很怀疑，本想商之沈先生的，就和先生谈谈罢。

沈先生说："我们现在研究歌谣里的方言，就有俗字的说，不是要考他的古字——'本字'或'正字'——究竟是什么，是要考他的意义究竟是怎样。仔细说起来，就是不应该以形体为惟一目的，还像《新方言》那样每语必求他的古字，应该以意义为惟一目的，本着声韵变迁的定律，去推寻其意义的范围。意义弄得很清楚了，就算能事已尽；正不必拿和现在说话不相符合的古字来替代俗字。"我以为言语的变迁是一定有个头绪的，要整理今言的头绪，自然要考究出他的古字来，再找出他变成今音的线索。因为古字是我们祖宗的语言，我们受的遗传很多，不得不去研究古字，古字不必泥用以代"俗字"，古字的声音若和今音相同，不妨用他，假如所谓俗字还不曾通俗，连本地采集的人都不知他是通俗的，我们就必须找出一个正确的字来替他了。例如《哭七七》的"担"字是"胆"字，用"担"字固未为不可的。但是吴语"担"字是否通俗字，这也是一个问题。沈先生说："何必妄生分别，定要用那不通俗的'胆'字替代那通俗的'担'字？"先生吴人，一见此"担"字就不知作何写法，足见不能通俗了，那么，"担"字必系未经通俗的字了。这种未经通俗的字，我们能找出一个古字和他的音恰同而意又合，何以是"妄生分别"呢？我以为"担""胆"虽同音，而"担"字毫无"拂拭的意思"的证据，自然以"胆"为宜。不然，我们何必审定呢？且这些歌谣多半是没有通俗的写本，都是流传于口述的，我们征集的人怎么能不考订一下再写下来呢？我敢说：沈先生所谓通俗的字现在还没有呢，“担”字不尽然是“依声托事”。

沈先生又说：“至于歌谣中遇着有音无字的方言，且不必管他应该怎样写法，只要拿注音符号来表出他的声就得。”我以为今音无字而有音的，就是言语的变迁，这种非可以注音足以了事，更不可“且不必管他应该怎样写法”。例如，我说的吴音和沪音的“啥”字是“什么”之拼音，北京之“不用”拼读如“甭”声，吾乡之“罢”字是“不要”之拼音。我们自应在这地方多注意，多研究，然后中国言语变迁大概也许有点头绪。所以沈先生也说了的：“倘是考出来的本字的声音恰好与今语相合，那也何妨拿来应用……”

沈先生说：“再原歌中所用的‘黄房’，倘……‘黄房’之与‘徨彷’功用略无差别，不能竟说他是错误的。”“黄房”若是一见了然，何得发生疑问呢？若是改了“徨彷”，人家一见就懂，我们有什么不能改呢？功用固无差别，习惯上了解不能了解却是一个问题。假如我们写成一个“恍惚”，依声韵关系和“黄房”不也相近吗？（因为“灰”之声与“弗”之声今人多相混的，如英文中“when”，多少人读如“fen”。）但是我们因“徨彷”的意思是形容茫无所措的，“恍惚”却是形容颠倒的。“黄泉路上”断不会步“恍惚”的，所以就审定了是“徨彷”。而且这类的歌，我们可以断定是经过一位文人做出来的，不过原本已失，沿传变成“黄房”了。我们研究言语学，对于这种变迁怎样不要“过事深求”呢？我们要审定的就是这些。但是不必如从前研究小学的人说，某字俗讹，非应派写成某古字不可，例如“啥”字，我们就不必说要写做“什么”。然而我们可以把他注解出来给大家知道知道。

沈先生主张分民谣为两类，我说，“自然”与“假作”很难分别。有许多歌谣是假作的，但是沿传已久就像自然的了，我们怎么办？《男孤孀》，我们还可以断定是假作的。有些儿歌是有意造的（习俗相传这类的很多），但是很像天籁，我们哪儿分得出？我以为只有以“儿歌”“童谣”“山歌”“情歌”“渔歌”“秧歌”这么分好，《戏婢》《十劝郎》自是情歌之列。

我是一个少年不识事理的人，见了沈先生这一篇大信，不觉乱说了一顿！愚见先生以为何如？而且我以为在废“汉字”的主张未实现以前时，无论什么“字”“句”，我们都要根据现时社会上言语意思来解释，寻找这些方言的来历，审定出一个原文来，而现行的与原文相通或相同的，我们自应用新的，去旧的，促进言语的进化。照沈先生那样一说，我们要审定真不容易下手呀！

魏建功

1920年12月9日

（《关于歌谣中正俗字问题给顾颉刚先生的一封信》，

见《魏建功文集·叁》，第1—3页）

按：此信是北大文科预科二年级生魏建功写给好友顾颉刚的。信尾署“1920年12月9日”不确。据信开头句“今天《日刊》上‘一封讨论歌谣的信’”，指沈兼士发表在1920年12月21日《北京大学日刊》的《一封讨论歌谣的信》，可知魏建功此信应作于当天（12月21日）。

来信（1921年1月15日）

兼士先生：

嘱查数书，昨归后检丛书目，《义府》在钱熙祚所刻《指海》第二集，《字诂》在第五集。又检《郘亭书目》，除《指海》一本外，有乾隆五十二年两书合刊本，又有道光壬寅族从孙黄承吉合刊本。顷到校检书目，《指海》也没有，可见这三刻都为我校所无了。我意这二书都经收入《四库》，先生要看，到京师图书馆取览也便。

《毛诗古音考》，检《郘亭目》，有《一斋全书》本、闽中徐氏明刊本、龙氏《敷文阁汇钞》本、《学津诗源》本。检我校书目，《敷文》《学津》都没有，《陈一斋全集》有道光中刊本，在丛书类服字五号。

《古文尚书疏证》，在家刻本及《续经解》本外，尚有武亿刊本、吴氏天津刊本。不晓得这两种为什么绝不易见？

守常先生嘱我下星期拿馆里贵重书籍检别出来。我想“贵重”二字很无标准，先生有意见教导我么？

学生顾颉刚

十、一、十五

（《顾颉刚全集·书信集》卷一，第502—503页）

按：守常即时任北京大学图书馆主任李大钊（字守常），顾颉刚为图书馆职员。

来信（1921年1月24日）

兼士先生：

前天函及文稿均收到，业已转寄晨报社。魏君从前已来过一函，谓“翁公声音全同，不过平仄之异耳”一语，为夜深神倦时误写，所以先生文内，此句已代为隐去。想荷允可？

魏君是本校文预科二年级生。

晨报社收到许多歌谣，交我审定。但我一则无学，二则事务忙甚，研究且不能，遑云审定。我想这种稿子不如送给歌谣研究会，由会中公同审定。一面可以同晨报社商定，凡所得歌谣，都交给我们会里，我们会里所审定的，都交给《晨报》发表。这件事先生以为可行否？我以为会中自行刊报，一来没有钱，二来也没有专办的人，倒不如这样好。但歌谣研究会能不能公同研究，也是一个问题。

学生顾颉刚

十、一、廿四

（《顾颉刚全集·书信集》卷一，第503页）

按：信中“魏君”指魏建功。

来信(1921 年 3 月 21 日)

兼士先生：

来信读悉。自罢课后，典书课无人在校，到书库检查书籍颇为困难。惟在我归去之前，总想把未做完各事办完，当与典书课接洽，费二三日功夫，把这部分的目录编好。

先生说考释文字的归在文字学类，这固自就其所重；但我意也不妨两目复见，取便检阅。如《契文举例》，一方面固可归入文字学部商代文字类，一方面也可归入古器文部龟甲考释类。又如《隶韵》，一方面固可归入文字学部汉代文字类，一方面也可归入古器文部石文考释类。从前人编目录，对于古代器文，择其考释文字多的，入之“小学”；择其记载钟鼎碑刻名目文字的，入之“金石”；择其记载器物形状的，入之“谱录”：一居经部，一居史部，一居子部。内容并不隔绝，而形式上各各隔绝，实在不是一个好方法。所以我主张把他打通了，拿研究的对象做一部一类的范围：如一件东西而几种学问全把他做对象的，便各各复见；务使分类与研究学问的境遇打成一片。我的意见如此，但我的学问实不足以相副，所以虽做分类的事情，却没有把握使他满意。愿先生多多见教！

买书单已于上星期钞出一纸，今附奉。

来信请寄大石作卅二号，以免为校中延搁。

学生顾颉刚

十、三、廿一

(北京大学档案馆藏档，档号：BD1927017－3)

去　信

来信收到，所改金石之名为古器文，比较的尚为妥当：器可以包括钱币符牌等物;文可以包括一切款识图象。不过考释文字如《契文举例》《殷虚类纂》之类,似以归入文字学类为宜。

(《顾颉刚全集·书信集》卷一,第504页)

按:这是沈兼士收到顾颉刚1921年3月21日函后的回信。

来信(1921年4月5日)

兼士先生:

《四库提要》版本顷集得九种。明日到京师图书馆,当取各处图书馆书目所载版本一考。先生所藏本,亦请录示。

前呈目录,金石类中误将砖甓瓦当归入。今思此当立"陶类",与明器同为之属。先生以为然否?

学生顾颉刚

四月五日

朝阳门内老君堂四十一号

沈兼士先生

大石作顾寄

(《顾颉刚全集·书信集》卷一,第504—505页)

按:此件为明信片。

来信(1921年9月12日)

兼士先生:

嘱觅《文论集要》材料,现已觅得十余篇,录上,请审定:

总论: 《乐记》(节),

《后周书·王褒庾信传论》,

曾国藩《经史百家杂钞序》,

刘师培《论美术与征实之学不同》(节)。

赋：　　张惠言《七十家赋钞序》。

乐府：　赵执信《声调谱》论乐府。

诗：　　李白《古风》“大雅久不作”一首，
杜甫《论诗六绝句》，
元稹《杜君墓志铭》，
元好问《论诗三十首》，
沈德潜《唐诗别裁集凡例》(节)，
冯武《西昆酬倡集序》，
厉鹗《查莲坡诗序》。

词：　　鲁超《今词初集序》，
周济《论词杂著》(节)。

谣谚：　杜文澜《古谣谚凡例》。

又《朱子语类》139、140 两卷，亦有可摘钞的。

目录三纸附上。这目我已钞上简片，以待将来排次。惟如何排次，或依文体，或依时代，或依宗旨，当俟先生等商定后再做；一面我也要把原文都看过。

太炎先生《文学总略》一篇，下文学定义既嫌太广泛，又必欲把前人论文的话尽行驳倒：无论主狭义的萧统、阮元，主广义的曾国藩，统行骂了。既斥章学诚窃文德之说于王充，自己又阴取他的修辞立诚之说。因此，此文说理有许多不圆满处。我想还是把他节录的好，先生以为何如？

学生顾颉刚

十、九、十二

(《顾颉刚全集·书信集》卷一，第 505—506 页)

按：《文论集要》是北京大学国文教授会于 1920 年秋编印成的一部书，选辑了“古来讲究著作、诗文巧拙利病的文章”。沈兼士为此书撰写了序文。由信中可知，此书虽已编印而成，但沈兼士仍委托顾颉刚收集这方面的材料，应当为将来修改完善所用。

来信(1921年10月3日)

幼渔、兼士先生:

本日上午十时,我到研究所参考室,当时逷先[先]生正与滕叶声兄等数人讲书,我在办公桌上做了些事,随后书记许襄兄来,我正交付钞件,逷先先生即挥之使出,谓我们正在研究,不能进来,复挥我出,谓你们两人都出去,我告以现在研究所尚未布置就绪,演讲、参考、办事,都只好在一处,等将来分开之后,先生在这里讲演,我们在别室办事好了。逷先先生应允了,我们都没出去。

当下我想俟正式上课之后,四层楼如有空课堂,便可拨一二间给研究所,为"研究所讲演室",把现在的两大间,为"研究所参考室",又把现在的三小间,为"研究所办事室、钞书室"似很适宜。

后来朱先生讲书完毕,我向滕叶声兄具道此意,滕君说这是参考,并非演讲,若把此事到演讲室去做,恐于取书不便。我听了这话,对于朱先生的行动不胜疑惑。参考室是一个公共机关,朱先生可以来参考,别人也可来参考。若朱先生一来就不许别人进来,这是皇帝的事情,不是学校的事情。幸而我们学校的教员像这般的只有一个朱先生,朱先生参考的时间只在上午,一星期只有一二次,若类似朱先生的教员多一些,岂不是参考室只为三五人盘踞了,永永与别人无关吗?所以我主张把这种的参考改为演讲,演讲的地方不要在参考室,要用书时可以写条子到参考室来提。

我看着本校各机关的隔膜,办事上的随便,十分觉得痛心。承诸位先生的不弃,教我管理研究所,我深愿使研究所不像其他机关一般的暮气,虽则我早则半年,迟则两学期,终必请假侍养的,但我深愿尽我的能力,在这时期里,把研究所根柢打好,将来再觅一极适宜的人,代替我的职务,等我终养之后,再一心一意的为研究所做事,因此,在创始的时候,不愿有所通融迁就。但要把研究所办好,不是我一个人出了力便可成功的，也必得校内同人的谅解，教员肯不使教员的皮气，学生肯不使学生的皮气，各各就各各的规范，事情就容易做，成绩就容易有。若到参考室的人都放出自己在家里的习惯，我们职员辛勤做得的结果，曾不足供他们一旦的摧陷，即使有肯负责任的职员，也必得心灰意懒，这研究所可就与别的机关一例的颓败了。

诸位先生如以我这话为然的，请指定一二间屋子，做研究所讲演室，一面请朱先生改参考的名义为讲演，到这间屋子里去做。原来定的几间参考室，应让办事人安心做事，校内同人随便看书，出入无禁。倘以为于朱先生的面子上过不去，不能答应我这句话的，请把我辞掉。

学生顾颉刚

十、十、三

（《顾颉刚全集·书信集》卷一，第506—507页）

按：北京大学研究所国学门正在筹备中，因马裕藻（幼渔）、沈兼士邀请，顾颉刚也参与筹备工作。1922年1月，北大研究所国学门正式成立，沈兼士任主任，顾颉刚任助教兼北大图书馆办事员。朱逷先即朱希祖（1879—1944），字逖先、逷先，浙江海盐人。早年留学日本，后在北京大学、中山大学、中央大学等校任教。当时朱任北京大学教授兼历史系主任。

来信（1921年10月7日）

兼士先生：

今天我在四层楼上见有十五号室二间尚空，喜其去研究所甚近，拟取来做研究所事务室，把原拟做办事的廿一号室一间，改做研究所讲演室。当下就去看守常先生，说明此意。守常先生对我说："现在各系都要成立参考室，四层楼上怕没有空地方，你还不如把两间先贴上英文系参考室罢。"我便说讲演必须有屋子，他说："你不用这样了，史学系的主任爱把参考室做讲演的地方，你让他去好了。”我又说将来研究所书记须多用，一间办事室是不够的，他说：“国文系用的书记，该在国文参考室内抄写，史学系没有说要用书记，你们多用了，他们要不乐意咧。我劝你，办事的地方只要小些好了。”我听了这许多不负责任、专事敷衍现状的话，使我很气！

当下回到屋里，想了半晌，我觉得逷先先生意见如此其深，若不设法分离，将来掣肘之处便不知有多少。至于分离之法，我想了多少，觉得一个法子顶妥当，便是暂不办国学门研究所，而先办国文学系研究所（守常先生云：“研究所本只分四门，但现在顾孟余先生竟设立德文学系研究所。”可见原案已破），说明俟国文学系研究所办好之后，再逐渐扩充为国学门研究所；从前的史学系教员参考室，一仍其旧，与国文学系研究所无关。等我们一二年之后，扩充为国学门研究所时，史学一部也可收入，而史学系教员参考室还是让他独立，与我们无关。研究所由我们做去，参考室由他们做去。到时他们不并进来，我们也不必理他；他们若愿意并进来，那时我们的模型已经做好，根柢已经打好，他们也不能不就我们的范围了。这个法子，先生以为何如？

如以此法为然的，我前天向士远先生开的一篇木器帐就可减半做。这篇帐上，估计约逾千元，甚恐庶务委员会的通不过；若减半做了，事情就容易办。好在史学系主任本不要这些东西，我们乐得让他苟简一点。又我们办事人甚少，能在起头时范围狭小些，倒也很适宜。所以这个理想倘能实现，翻较现在可以乐观。

如这样办，我们的房屋只须迤南的四间——两间合并的，两间小的。印度哲学参考室的一间，我们也可不管。

我以为我们所要紧的，只是切切实实的做事，并不是与人争权限。而一般人只知道争权限，却不知切实做事。譬如现在研究所国学门的史学一部分罢，他们只知道保守从前史学系教员参考室的老样子，只知道容许教员做讲演式的参考，只知道教员以外的人要去看书，须得教员的允许，只知道一星期只有二三次教员的参考是事情，余外就一概不问讯了。余外一概不问讯，犹不失为胡涂，偏偏一涉权限就抵死不肯让人做得一件事，这实在太固陋了。我们现在不必与他们争权限，单把我们范围缩小，使得他们无从干涉，而我们在这范围里，尽力脚踏实地去做。我们一大一大的做，他们一天一天的不做，不消长久，只一二年已教他们够看了！我们好好儿做事，他们既无理由可以反对，又无精力可以模仿，我们踏稳了步骤去扩张，他们又奈何我们怎的！

我最恨的是敷衍做事，而去年在图书馆，今年在研究所，外界的情状都逼我向敷衍一方面走。但环境可以抑制我的行动，终变不了我的性情，我终记着“与其敷衍，宁可不做”一句话。

本星期日上午十点，拟到幼渔先生处去。先生有暇能来吗？如这日上午先生不到幼渔先生处，我当于下午趋前。

学生顾颉刚

十、十、七

（《顾颉刚全集·书信集》卷一，第508—509页）

按：信中“士远先生”指时任北大教授兼庶务委员会主任沈士远，即沈尹默、沈兼士的长兄。“幼渔先生”指北大国文系教授马裕藻（字幼渔）。

来信（1921年10月10日）

兼士先生：

来函读悉。

改文功课我实在不愿担任。一、我终想本年年底或明年春假乞假侍养，不宜担任功课。二、仍须上堂，才所不任。三、现在兼任二事，已冗忙之极，断不宜再添一事。前日所以不即决绝者，以学校如实在顾不及时可由我暂代耳。今夷庚先生既可不走，负责有人，应声明决计不就。请先生原谅！

明日约子水到研究所，商一布置全局之法。所得结果，当再奉闻。

幼渔先生处均此。

学生顾颉刚

十、十、十

（《顾颉刚全集·书信集》卷一，第510页）

按：当时顾颉刚兼任北大预科国文讲师，教授作文课。不久辞去教职，推荐好友王伯祥来京担任此职。信中"子水"指顾颉刚的好友毛子水（淮）。

来信（1921年11月20日）

兼士先生：

前日来片读悉。

我一定在月底北行，但现在有一件困难的事情，只得向先生说。我此次归来，原向人家借钱作盘费，料想出来时也可向家中筹措。不意家中无款可借，反对我起了不少的埋怨，总说，既不能赚钱顾家，反要从家里拿钱出去，这种职业做他什么。这使我颇为难。我又是初做事，不曾储蓄得分毫，可以临时提取，因此，只得请先生与会计课一商，将我十月份薪水先行汇出。想数目不大，事或易〈辨〉[办]。第三院薪如能同汇，最好，因为可以多付两月家用，使他们定心。此事如先生以为可行，务请从速。

《字说》一册，随函寄赠。

苏州书估，我认识的有几个。此间书价，平均可比北京打个对折。只是研究所的经费既不充裕，要图书馆买又极受牵制，所以不敢与他们接洽。我的意思，俟过了阴历年关，再和他们往来，则便是一时不能付价，也可赊欠好几月了。先生以为何如？

我现在在校办事，承诸位先生的照顾，极为顺手。先生要我做到明年暑假，盛情厚意，我何忍固拒。但我对此有一项声明，我于明年三四月须请假两月，五月再到京任职。这有两个原因：（一）家祖母衰态日增，春分节是一个紧要关头，不得不伴侍在侧。（二）现时我的继母所以能不归来，都缘我对家父说，我即归家侍奉，母亲可以不归。若明年须一直做到暑假，则继母归来，便成事实；他一归，使祖母反而感受不快。我现在只说，我明年过了正月，就要回家的；到了四月，再说校中有信见招，须暂去一二月。如此，则我继母过了新年，仍可回杭了。家中布置，非如此不安。我算尽许多法子，觉得惟有如此为妥。请先生原谅我！

蔡校长病势如何？念念。

学生顾颉刚

十、十一、二十

（《顾颉刚全集·书信集》卷一，第510—511页）

按：顾颉刚正请假回苏州省亲，沈兼士多次写信让其料理完家事后尽快回北大做事，顾颉刚写这封回信报告情况及想法。信中“蔡校长”指北大校长蔡元培。

来信（1922年1月12日）

兼士先生：

先生有暇时，请到研究所一谈。最好请先生定一到所时间表，以便有事接洽时，可以按照钟点，对外可以有一定时间的答复。

我归心极切，决拟于春假时辞职。深愿在此三个月里把所中根基打好。先生如能于一星期中来所二三次，每次一小时，已可将进行事宜商量妥贴。若现在初办时各项均有秩序，将来一切处理便容易不少。

我因为既须结束图书馆事务，为图书馆设立贵重书库，自己又须编书，所以不能长日在所。拟将每日下午二点至四点间为到所办事钟点。

学生顾颉刚

十一、一、十二

（《顾颉刚全集·书信集》卷一，第511—512页）

按：顾颉刚分别在研究所国学门和图书馆任事，因此希望研究所国学门明确到所办事时间，以便兼顾图书馆事。

来信（1922年2月26日）

兼士先生：

数日来两接家书，晓得我的祖母右手又中了，恐其一肢牵动全身，甚为可怕。因此日来心绪极乱，甚欲与先生面谈一切，而先生又未到校。今作函奉达。

我想于半个月内归去，归去之后须俟祖母之事解决而后再来。所谓解决，全愈固是，不讳亦是。我一个人在此，家中事既不定心，校中职务自然也不会唤起精神去做。若必欲强留在此，校中实益未必多，而使我对于祖母抱恨终天，亦不合人情。我自以为很愿意做事，研究所的事又是我很适宜的职业，若不是祖母身体如此，我决不肯说出不干的话。

附上家信二通，请一览。中医所开方案虽归罪于天气，实在从偏中到全中，所经的历程自应如此。我继母所以说为不危险，原是他们姑媳间不睦所致。他们一走，我家的人自然更少。又是我的妻兄于下月续娶，我妻必须回乡贺喜，家中更无人伴侍。虽请得了一位亲眷到我家来，但没有自家人在旁，如何可以安心！从前我祖母右手可动时，吃饭穿衣以及便溺等事，固然极不便，还可自己稍有动作，只须一人伴侍。现在右手又中了，就非有两人伴侍不可。而且病的进步如此，说不定猝然有变故发生。若我不归家，家中既无法摆布，在我又何以为情！所以我的归计，无论如何要请先生允许。

我对于请假的事情，数日熟虑的结果，拟了四条办法，写在下面，请先生核夺。

（一）在半个月内务必找到代理人，俾可移交接管。

（二）代理至暑假为止。暑假以后，如我可以北行，自必即来服务；否则由校中另行派人接管。对于我或宣布解职，或停职数年，均无不可。

（三）能北来与否，以家祖母的事情解决为断。

（四）现在拟请楼幼静先生代理。如校中另有人替代，我亦没有什么成见。

又薪水拟支取本年一二两个月，俾作归资并寓中结束之用。

俟将来大事解决之后，眷属接出来了，书籍也都搬出来了，然后可以定心住在北京，半天读书，半天办公，过正当的生活。研究所国学门的事务就是做了我的终身事业，我也愿意。

家信二通阅后请见还。

学生顾颉刚

十一、二、廿六

（《顾颉刚全集·书信集》卷一，第512—513页）

来信(1922年7月10日)

兼士先生：

久不通函，甚以为念。上月伯祥南归，道及先生意欲教我暑假后到京供职，厚意极感。惟家祖母精神益衰，使我不忍远离，兼之家庭情形复杂，有非我在家不可之势，只得继续请假。到将来能到京时，自必即来，因为苏州社会实在没有可以留恋的地方。

兹寄上苏州甪直镇保圣寺罗汉像两分，计八帧。以一分赠先生，一分赠研究所。此像系唐代杨惠之所塑，惠之与吴道子同时，所画像不及道子，愤改塑像。江南一带，他塑的像本来很多，但别处经过兵燹，所存绝少。而角直一隅却保存至今。他塑的罗汉有几项特点：(1) 着色；(2) 高下坐立参差不齐；(3) 表现筋肉极显露；(4) 布置山水、树木、龙虎等物极复杂。

杨氏所塑的像已经后人修过了好几回，部位虽依然如故，神情已损失不少。惟(1)(2)两帧坐着的两尊没有修过。原来没有修过的共有四尊，有一尊作题壁状，不幸前年屋顶坍塌，这两尊也跟着倒下了。本来殿里不很亮，不能拍照，现在光线都很好了。但再过数年，这几尊罗汉上面的屋顶也要坍了，若现在不想个法子把他保存，则一千多年前塑像名手的作品也就绝灭了。我们若是听他绝灭，实在是我们的耻辱。

我想这件事最好请先生与历史博物馆主任商酌，公呈内务部，请为运京保存。如不便移转，亦应迁出大殿，另盖房屋，备玻璃柜子安放。不知先生有意否？

(1)传说是梁武帝像，因为保圣寺是梁朝所建。我们看他穿了龙袍，额上皱皮甚多，显出老年样子。此说或者可信。

学生顾颉刚

七、十

(《北京大学日刊》1922 年 7 月 22 日)

按：杨惠之为唐开元时雕塑家，生卒年不详，吴郡(今江苏苏州)人，曾写成《塑诀》一书，惜已失传。

来信(1922 年 11 月 19 日)

[与兼士先生　　十一、十一、十九]

(上略)

承询我近状，实在乏味已甚。自家祖母开吊之后，我就努力编书，可恨我不挣气的身体又作梗了，发了一二十天剧烈的失眠，实在支持不下了。朱经农先生知道之后，劝我养息数月，此书交由伯祥代编下去。但书既由伯祥代编，此酬金当然非我所有。事为我父知道了，嫌我在家用他的钱，虽是我尚没有写信向他要钱去，今天来一封信，说某人平日不积蓄，现在向他借钱为可恨；明天来一封信，又说已死的某人虽处艰困之境，从不开口向人借钱，志节何等贞介。这种旁敲侧击，我还忍得住，因为我自省我的志节也未尝不贞介。但前天我父给与我叔一信竟说破了，说他在外吃辛吃苦，衰态日增，而仍不能不日事笔墨，儿子竟绝不动心，一任我为牛为马而不加怜恤。这真奇了！我好端端有事在京，为代你老人家看守灵座，请假在家，我就是用了你些钱也于心无愧，何况我尚未开口要过！况且我父积资虽不多，靠在利息上也尽够吃用，我巴不得你在家，使得我们可以北行，你自己贪做官，一定要到杭州去，我何曾要你在"衰态日增"之中去"日事笔墨"呢！处了这种不讲情理的家庭中，真是使人气得喷血。

我本不欲出去谋事，但现在不得不去了。我去信与我父，说明谋到职事，只做半年，过此仍要到京。这无论他准也罢，不准也罢，我终要这样做了。我谋到事后，先把物件书籍运出，再牵妻女常常来往，到一年半后，让我出去，固可好好的走，否则也未始不可逃去。前数月间，我也未尝不想到逃，但因为这不是我一个人的事，而且一切物件均在家里，不能避免家人的眼目，所以只得听命。如就了上海的事，将来就无如我何了。

我初以为在家守灵，很可借以读书，但在这种的空气里，如何可以使人安心作事！正如万生园中的野兽，虽是有地方食宿，但生活的真意义是失掉了！

幼渔、玄同、适之诸先生久不通讯，均念。俟有较安定的生活时再写信。

（《顾颉刚全集·书信集》卷一，第514—515页）

按：信中"幼渔、玄同、适之"依次指北京大学文科教授马裕藻、钱玄同和胡适。

来信(1922年11月29日)

[与兼士先生书　　十一、十一、廿九]

两接来信,读悉一切。

先生要我回京服务,实在是一番好意,但我竟不能来。我觉得我要说的话太多了,不是一封信所写得完的,所以寄上《缚住了吗?》一册,请先生看看我们一家人来往的书札。在这上,可见我不能搬眷即不能到京之故。我并不是与我妻子感情特别厚,以至难解难分,实是在事势上有不应远离的缘故。

在这上,又可见我实在没有忘情于北大。我所以不能就来,因为我的经济上没有豫备得一个根柢。只要我经济上脚跟站得住了,每月准能把三四十元奉与我父,就不怕出来不得。

这一册书如有人要看,可以给他看,但千万不要遗失。因为这是我几月来痛苦的一点痕迹,不愿意随便丢了。看完之后请交与缉熙兄。

(《顾颉刚全集·书信集》卷一,第516页)

按:信中“缉熙兄”指顾颉刚好友吴维清(字缉熙)。

来信(1924年1月14日)

兼士先生:

途中所发一函一片,想已览及。我们自天龙山归来,不幸我感受了风寒发热,不能走路,只得请万里先归。我住在晋祠,睡了两天,到今早业已退凉;惟肢体依然疲乏得很,不敢即冒寒起程。俟体力稍健,便即下山。经此一病,又不得不向研究所再请几天假,不胜歉仄。

昨天睡在炕上,没事做,就筹划研究所自设出版部的方法。现在把想到的写在下面，请先生核夺。

(1) 我们的出版部应避去“出版部”之名，称为“售书处”。如为更稳妥一点计，可称为“临时售书处”。如此，可不致与李辛白的出版部混淆，且亦不致引起校中无谓的干涉。

(2) 售书处的发动，可借口于外界要求购买碑文影片，发 通告。通告的大意，是“迩来本所屡接外界来函，要求购买本所所藏之碑铭拓本及古器影片。今为便于豫定起见，特在本所门口设立临时售书处。兹将种类开列于下，凡欲购取者，请查照品名价格，填写豫定单，于一个月后取件”。如此，似颇不露圭角。等将来做得好，再逐步扩张起来；那时即有要反对我们的，也无如何了。

(3) 地点以在门口为适宜(即开纪念会时卖报的地方)。如将来物件增多，可将所长室一间归并，好在这一间并无实际的用处。

(4) 售书处内只须用一个识字而知珠算的听差。本所固定书记，也可移一人在内钞写，兼事照料。如此，设一售书处并无多大费用。

(5) 售书处发展的步骤如下：

第一步：

拓片、影片。

万里历来的影片有关于古物者。

收回《歌谣周刊》。

第二步：

收回《国学季刊》。

代售傅、董、罗、刘、徐、陈诸家所刻书。

第三步：

本所自印各种书籍。

代售各省官书局及私人所印书。

第四步：

本所自设印刷局及发行所。

假定一年走一步，我们有了三年的豫备，如基金能积至二万元以上，到第四步自所不难。

(6) 售书所得，除开销外，所有赢余可依下列数目分派：

著者酬金、职员分红——三成

各该机关公积——三成

研究所公积——四成

例如《歌谣周刊》能销至一万份，除去印刷、发行、广告等费五千元，尚有五千元，则以一千五百元为维钧编辑酬金及宁、万诸君分红；以一千五百元为歌谣研究会公积，以二千元为研究所公积。如此，维钧既可高兴编辑，且毕业后亦可请其专作此事，而歌谣会亦可逐渐发展，研究所自身亦可巩固一点。(《歌谣周刊》前途，我觉得甚有希望。因为这是小学生和中学生都看得懂的。只要看开纪念会之日，二千份销尽很快，就可见广告登得好，外埠生意一多，销一万份并不为奇。)其余机关也是如此，更可以激起各机关人员的努力做事。

前次先生说："商务馆中版税，著者得一成五；我们可以倒转来，发行机关得一成五。"这固是于著者很优待，但不是长久之计。因为发行机关如能逐渐发达，开销一定逐渐加增，需要的资本也愈须丰厚。我们只能在赢余上扣下一大部分，做我们事业发展的后盾。等将来发展到一个限度，我们认为可以守成了，然后再优给著者的版税。

(7) 一有了银钱的关系，就容易发生攻击和嫉妒。这一项我们最应注意。我以为在这上，与其分权，不如集权。分权了，大家可以争；集权则只要管理的人得法，大家寻不到错头时，也就没奈何。所以各机关的公积，也应该归研究所本身管；各机关的酬金，也应该归研究所本身算。(收到了钱，整数即存入银行，零数即存入邮政储会。如此，即不致有散失及挪借之虑。)管理会计事务的人，在这三年之内事务不甚忙时，我觉得我还可以担任。我所以愿意担任会计，并不是我欢喜揽事，实在因为在银钱上丝毫不苟的人我看见的真少，而在此我颇可自信。我又不怕登账，如有人说话，即可翻账目与他看。我又不怕结怨，如有人为非理的要求，我也敢于拒绝。今年秋间我若能接眷，吾妇的珠算是很擅长的，可以请她尽一点义务，帮助我做。至三年后事业扩大，成为正式的商铺，那时自须请专家管理了。

（8）印刷发行的事，以我所见，以乃乾管理为最适宜。万里才十虽好，但嗜好太多，颇有名士气，恐不能上轨道办事。

（9）广告是最不能省的。以北大的地位，所出书只要能使人知道，不怕销不去。商务馆之所以竭力要和我们联络，正是为此。只是现在北大所出的书在广告方面太欠缺了，人家不易知道，知道了也不知如何买。所以我们所出的书报，在广告费宁可忍一点痛苦。我们不妨先把《歌谣周刊》试一试，花去一二百元的广告费在各埠大报上，看一二个月后的情形怎样。

（10）开办时并无若何费用。到将来自印书籍，自设印刷局时，看所积的基金够不够。如不够，我们再募股。募股之法，先尽同人，再招外面。到那时，信用已立，人家也没有受骗的恐怖了。

（11）外埠的代销最靠不住，徒然便宜了中间人；我们应设法奖励函购。将来资本充足，能在各地自立分号，固是最佳，倘使不能，在上海、广州二处认定两家靠得住的代销处也尽够了。

昨天所想到的大约如此，先生以为何如？我自己觉得学问方面的野心太大，真不能顾及事务方面；且性情木讷，在措施上不能活泼运用，即事务方面亦不适宜。我所以愿意违性忍情而为之者，实以生计上不能站定脚跟，对于学问之事即不能计日程功，上了轨道去走。沪上友人发起朴社，我所以甚愿加入而担任会计者以此。现在社中虽有欠缴，而一年来居然积到千四百元，觉得前途颇有希望。我虽不能在事务的外部活动，但尚可在事务的内部切实用力。五六年之后，朴社与研究所两团体的出版事业得有巩固的基础，在版税及红利上可以供给我的研究费用，不使学问之事再有挫折，亦不致因生计的不安而受家庭中的闲气，那真是我极端的快乐了。

万里归后，拟在研究所中开一照片展览会，把此次途中百余页照片陈列展览，并拟定货出卖。这事颇可作为售书处发生的机会。

学生顾颉刚

十三、一、十四

（《顾颉刚全集·书信集》卷一，第516—520页）

按：天龙山位于太原市西南，距晋祠不远。北齐时山上建天龙寺，并开凿了石窟。山因寺而得名，寺因窟而著称。“万里”即北京大学校医陈万里，陈爱好旅游、陶瓷和摄影。其时顾颉刚、陈万里赴河南等地作考古参观，又绕道至山西游览。

去信（1925年6月28日）

颉刚兄：

《小方壶斋舆地丛钞》五帙，黄钧宰《北征日记》八“安肃县”条云：

白塔村有崇国寺，塔在寺后，垩墁色白，有重建孟姜女庙碑，有濯衣塘，俗传孟姜女浣衣处，一名浣衣塘。

此节不记尊著已采入否？姑钞奉一览。

兼士

十四、六、二十八

（《北京大学研究所国学门周刊》第1卷第3期，1925年10月28日）

按：其时顾颉刚正在编辑《北京大学研究所国学门周刊》“孟姜女故事研究”专题，信中谈的就是这个问题。此信在《周刊》登出时，附有两节短文，一云：“颉刚案，安肃县的浣衣塘，他处说起已多，惟在崇国寺附近，则尚系初见。”另一云：“兼士师又有信来，道及柴桑《京师偶记》（记山海关孟姜女墓，见通讯十七）在《小方壶斋舆地丛钞》六帙内。”

来信(1925 年 6 月 28 日)

玄伯、兼士先生：

昨承玄伯先生见约，到清宫整理书画，此事甚所愿为，惟思前瞻后，有不得不说明者数事，敬先陈之：

一、每星期至多三个半天。(因他种事务甚忙，至多只得抽出这一点功夫。)

二、请添聘俞平伯先生为顾问，与刚同作此事。(俞先生对于书画颇有兴趣，与刚相稔，知其甚可靠。与之同作，可以早日完功。)

三、请指定书记一人、仆役二人，归刚等使唤。(书记钞书画目录片，仆役管张卷卷轴。)

四、请拨二三百元购买书画参考书。(如《画史汇传》《南宋院画录》《宋元以来画人姓氏录》《中国名画集》《神州国光集》之类。)

五、请指定办公房屋一处，光线须充足；木器须有目录片柜，及长桌、书架等。(长桌为展开卷轴之用，面须极平，长约一丈，宽约四尺。如无现成适宜者，须定制。)

六、各宫所藏书画，凡装箱者，按箱抬入办公处，整理毕后再抬一箱。(各宫藏画处，或以地方狭小，或以光线暗弱，或以无适当之设备，故不能就地整理。)

七、请两位先生中任便加一人，管监察指点之事。如两先生无暇，未知援庵先生、旭生先生、星枢先生如何？(任监察者，非刚素相知者，恐不免有掣肘之事，刚又素负气，不能轻易听人支配，此事将不免有始无终。)

八、在办公时间内，不许有人前来闲谈。(闲谈废日，此是各机关通病。刚枉不喜闲谈，又不愿侵犯人家时间，而在研究所中竟终日受闲谈人之侵犯，非常痛心。半年来，所以不到清宫办事，亦因时间之废于无用之消耗者太多。诚能一到即办，办完即出，刚固乐为之。)

以上八条，为两日内所想到者。刚自知太无才干，不能为临时之肆应，只得于着手之初，一切规定，才可放手做去。如不幸有人干涉，谓刚与平伯非书画专家，整理之事不应由两人包办，请告以此次之整理为第一度之整理，只在分别朝代，分别御制与非御制，并非审定真赝，将来作第二度整理时，当再请专家办理。

以上所言，能否照办，务请审核示知，俾定去就。

顾颉刚敬上

十四、六、廿八

（《顾颉刚全集·书信集》卷二，第266—267页）

按：顾颉刚应时任清室善后委员会委员沈兼士邀请，参与清宫书画点查（整理）事务。信中"玄伯"指李宗侗（字玄伯），时任北京大学法文系教授，参与清宫物品点查事务。

来信（1927年2月20日）

尹默、兼士先生：

久不通函，非关疏懒，实因此间风潮既作，使人心绪不宁，又学校中情势复杂，不能作简单之叙述也。今幸快刀斩乱麻，国学研究院停办矣，风潮中的事实也不必叙了。

此间虽留我，但我留此无聊，早晚必走。现已提出质问书（俟印好即寄），质问其停办国学院之理由。俟其答覆，再行辞职。大约一二月中必可回京。

上月游福州，为国学院买书六百元。归后向学校取钱，乃谓林校长离校，无人负责签字，至今书籍仍置福州。兹将书单奉览。此行所得志书及福建人之文集甚多，又有汲古阁《十七史》一部，共价六百元，颇不贵。未知孔德或中日学院需此否？如要，请将款项寄至福州协和大学陈锡襄先生处，能电汇最好，因书贾盼望已久也。书价共六百卅元，最好加寄四五十元，请锡襄觅转运公司运京。如孔德不要，未知北京图书馆要否？景山书社要否？请就近与守和、缉熙诸兄一商。如孔德要，但须剔出许多已有的书，刚亦可将剔出之书自己买下，惟书价须俟到京时再奉还耳。

林校长三月五号回厦。此项书籍要与不要，均请来一简短之电。如北京有人要，刚便可告他阅时已久，书估不耐，业已退去。如无人要，刚亦当逼其付款也。刚所以希望北京方面买，因厦大方面毫无学问气味，不值得留在此地也。

刚在福州，业已付定金七十五元。此系刚与元胎二人自买之书价，因校款中无法付定钱，故我们二人所买之书仍留在福州，借代抵押。书籍如能运京，当将我们二人所购书名寄上，请于运到后将该项书籍另外放开。

余容晤谈，敬请

大安

颉刚谨上

十六、二、廿

（《顾颉刚全集·书信集》卷二，第288—289页）

按：时任厦门大学国学院研究教授顾颉刚因无心继续留在厦门教书，为学校买下的一批书不便报销，便想请在北京大学求学时的老师沈尹默、沈兼士帮助解决此事。时沈尹默负责主持北京孔德学校，沈兼士担任天津中日学院院长，顾颉刚写信请两位沈先生可否设法由孔德或中日学院买下这批书。信中“林校长”指厦门大学校长林文庆。守和即时任北京图书馆图书部主任袁同礼，缉熙指顾颉刚好友吴维清，元胎为时任厦门大学国文系讲师容肇祖。

来信（1927年6月28日）

兼士先生：

此半年中生活不安已甚，遂致未能通候，为罪。刚现在为广州中大购书，先到杭州，下星期或到上海。日来书贾群集于门，每日看头本数百种，又有议价点书诸事，忙极。赐书读悉，胸中有许多话要奉告，但此一星期中实在无暇矣。

此半年中，一班无聊人为我造谣不少，使我得尝尝世味，也好。先生来书中，所谓"粤事亦已辞去"，及"几个书呆子闹意见，遂使外界乘隙得以施其破坏之手段"，恐亦中彼辈之谣，与上函所陈事相同。此中是非，得暇终当一辨。刚胸怀坦白，言行无惭，不怕人家攻击造谣。尽彼辈之力破坏我，只须我得暇作一长文，当尽拨云雾而见青天耳。暇日当先告先生，此函或者将来亦可公布。（先生谓不求明了，此甚不可，因为我们都是极熟的人，不应含糊。）

刚下半年仍往广州。万里现在杭州大方伯广济医院作总务主任。介泉在农业及商业教书。川岛在省务会议任记录。莘田在民政厅作科员。介石、四穆、仲瑜均在教育厅。杭州颇不寂寞，不厂先生在图书馆中，亦已见过。杭州经费支绌，大学恐难成立。适之先生住上海极司菲尔路 A49。元胎在粤，其通信处为广州榨粉街一一九。丁山下半年亦到粤。孟恕在杭州商业教书。

事冗，恕不多告。余容续陈。

学生顾颉刚

十六、六、廿八

（《顾颉刚全集·书信集》卷一，第 520—521 页）

按：信中"万里"即陈万里，"介泉"即潘家洵，"川岛"即章廷谦，"莘田"即罗常培，"介石"即郑奠，"不厂"即单不庵，"元胎"即容肇祖。

来信（1927 年 6 月 29 日）

兼士先生：

有二事久想奉告，前日作函乃竟忘了。敬补述于下：

其一，先生所识之徐起行，去年曾请我们吃过一顿饭。年底，他来找先生，告以已归。他说，他生病，住医院一个月，欠了医院多少钱，还不出，请诸位先生帮助。那时因为他曾经请过先生、亮丞先生、介泉及刚，故亮丞先生拿出四十元来。事后，介泉及刚已各还十元，先生亦应派得十元。不料过了几时，他这人厦门不见了。有人说他因为欠债太多，逃避了。后来乃知他持了医院账单，向各处借钱，被骗者不止我们。因此知道，他那天请我们吃饭，已不怀好意。此款，亮丞先生到京时，请先生还他。

其二，北大研究所的职务，我已无法回复了，拟请沅君女士即真。未知先生以为然否？请即日核夺示知。北大尚欠刚薪水七百余元，如将来可拿到，乞先生费神代领，因刚尚欠人一千五百元，甚愿早日还清也。（我对于北大研究所，始终爱护。我实在不愿走，但有何法可留呢？鲁迅因为我曾任研究所助教，在匿名揭帖上说我在北大中只作书记，这不必辨。我决不在这资格上计较，先生亦不必以此相疑。我只要北大能给我现洋月一百五十元，我还是愿来作助教的。）

建功通讯处乞见告。

余容得暇详陈，敬请

大安

学生顾颉刚

六月廿九号

（北京大学档案馆藏档，档号：BD1927017－3）

按：信中“亮丞”即张星烺，“沅君”即冯沅君，“建功”即魏建功。

来信（1927 年 7 月 22 日）

兼士先生：

（上略）

兹得家信，知鲁迅及谢玉生、孙伏园等在汉口《中央日报》上横加诬蔑，谓刚在厦门时反对国民党，到广州后将为反革命之生力军。其中最奇怪者，谓鲁迅说我反对民党，使得兼士先生愤愤云云。刚以前受了他们的攻击，因为没有证据，所以不曾回手。现在证据已给我拿到了，这一份副刊，当照相制版，俾天下人公览。刚秋间到粤，如鲁迅们尚未行，即当在法庭提起诉讼，听候法律解决。此事既与先生有关，不得不专函奉告，请先生详细答覆我下列数事：

（一）我在厦时有无反对国民党之事（据先生所知）？

（二）先生对于我的行事有无不满之处？如何愤愤？

（三）先生的脱离厦大，和我有无关系？

请接函后即日见覆，双挂号寄至上海宝山路商务印书馆编译所王伯祥兄处转交。如不承赐覆，则法庭中不得不屈尊驾一到，作一证人也。此事与刚终生名誉有关，不得不尔，冒犯尊严，伏乞见谅。

敬请

大安

学生顾颉刚上
十六、七、廿二
马坡巷

再，此函请先生保存，将来或者用得到。

（《顾颉刚全集·书信集》卷一，第522页）

按：信中"先生的脱离厦大"，指1926年8月沈兼士南下到厦门大学任教授兼国学院主任，后因种种原因，于同年10月辞去厦大教职北返。

来信（1927年8月28日）

兼士先生：

接赐书，悉九校改组，先生已与研究所脱离关系，七年之功，废于一旦，思之怅叹。未知彼方接收之后，研究所能否续办，为念。下学期未知先生是否专任津校之事？如事无可为，甚盼南来也。

前函奉询以先生所知，是否颉刚曾在厦反对民党，及先生在厦有无因颉刚反对民党而愤愤之事，未蒙明答，无任耿耿。此在鲁迅先生，对刚感情极坏，原不难加以死刑之罪名，而先生与刚则同处八年，情感素洽，如犹不肯代为洗刷，直使刚无颜立于社会。故仍盼先生明白证明。（如刚确有反对民党之事实，亦请先生勿为隐蔽，从实发表。）

近日北方旧友，来者甚多，每从刺讯，恒得彼辈对刚所宣传之流言，而此流言与在厦在粤所闻者一致，足征彼辈对刚，具有成谋，非偶尔为之。自审待人宽厚，从事谨慎，而无意中竟得如许仇雠，岂果有前生恶业耶？“忧心悄悄，愠于群小；觏闵既多，受侮不少”，我之谓矣。每咏白居易诗云：“天平山上白云泉，云自无心水自闲。何必奔冲山下去，更添波浪向人间。”以今思昔，觉前数年生涯如在天上。徒以不堪生计之迫，舍北而南。结果，只还去了五百元的债，而反赢得一身流言，半年中之生命消磨于愤诽之中，以较昔年，损失甚矣。天乎佑吾，愿此生数十年中，不再遇鲁迅先生其人也！

前发之双挂号信，正值愤怨之际，措辞当有过处，乞谅之。近日受师友慰藉，以他人同情消自己块垒，郁抑渐平矣。特彼辈处心积虑，欲相加害，终不免懔懔耳。

敬请

大安

学生顾颉刚

民国十六年八月廿八日

（《顾颉刚全集·书信集》卷一，第523页）

按：1927年8月，中华民国军政府发布命令，合并北京北大、师大、工大、法大、农大、女师大和美专等九所学校，改组为京师大学校。分设文科、理科、医科、法科等五科五部，又设国学馆作为专门研究机构。原北京大学研究所停办，沈兼士的研究所国学门主任职务也自然解除，因此信中有“悉九校改组，先生已与研究所脱离关系”句。

蔡元培

蔡元培(1868—1940),字鹤卿,号孑民,浙江绍兴人,民主革命家、教育家。1892年中进士,授翰林院庶吉士,后补编修。1902年发起成立中国教育会,创办爱国学社、爱国女学。1907年留学德国莱比锡大学。1912年任中华民国临时政府教育总长。1916年底任北京大学校长,坚持"兼容并包、思想自由"的办学方针,主张教授治校、教育独立。1926年后历任国民政府常务委员、监察院院长、中央研究院院长等职。

蔡元培到北大任校长时,沈兼士已在校教书3年多。1920年7月,北大议决成立研究所,分设自然科学、社会科学、国学、外国文学4门,校长任所长。1922年1月,研究所国学门正式成立,沈兼士任国学门主任。

来信(1921年9月29日)

顾孟余、丁巽甫、李仲揆、沈兼士、胡适之、朱逿先、王雪艇诸先生公鉴:

本校预科为本科各系之基础,亟须切实整顿,严定标准,提高效率。前考试委员会及教务会议对于此事屡有决议,兹欲使责任有所专属,决定组织一预科委员会,议定并执行一切关于预科课程及教授法之事件,并请先生等担任该会委员,克日集会,进行一切。是为企祷!

蔡元培谨启

九月二十九日

(《北京大学日刊》1921年9月30日)

按:北京大学组织成立预科委员会,统一管理预科的相关事务。沈兼士为预科委员会委员。

来信(1921年11月7日)

兼士先生大鉴:

径启者:本校研究所自议决归并四门以来,分门筹备。现国学门已有头绪,敬请先生为本校研究所国学门主任,量为布置,刻期进行。对于有关系之各学系,并请商同各系教授会主任办理。专此奉布,

并祝

公绥

蔡元培敬启

十一月七日

(《北京大学日刊》1921年11月8日)

按:1920年7月,北京大学评议会议决通过筹办研究所及《研究所简章》,规定研究所为专攻一种专门知识之所,并决定研究所暂分四门:国学、外国文学、社会科学和自然科学。校长蔡元培预备聘请沈兼士为研究所国学门主任,此件即为聘请函。

来信(1922年1月4日)

兼士先生大鉴:

长沙易寅村培〈因〉[基]为太炎先生之弟子,喜搜罗金石品。前此曾以拓本若干种赠弟,自言当此时期尚营此等生活为可笑。弟复函谓,此等考古之学实新文化中所不可少,西洋均有此等研究所,北大国学研究所亦有此一部,云云。渠此次又送拓本百余份,属致校中金石考订室,并称尚有考证,亦可录副寄来。原函奉览,请先生致一较为诚挚之谢函,即由先生署名,以便后来常与直接通讯。此函写

好，请并易君原函送弟处，弟再附一函寄去。前言地质调查所助款事，请先生写一最简之意见书，或即属书记抄彼此来往函稿，以便提出。专此，敬祝

箸祺

弟蔡元培敬启

一月四日

（北京大学档案馆藏档，档号：BD1926011－17）

按：高平叔、王世儒编注《蔡元培书信集》（浙江教育出版社2000年版）也收录此信，注明写信日期为1922年1月4日。信末附言："再，闻研究所中有《西域考古图录》，敬请检赐一读，因叔平先生言，中有人首蛇身像也。培再启。"

来信（1922年2月15日）

研究所国学门委员会各委员公鉴：

本委员会定于十八日（星期六）午后三时，在第一院研究所国学门开会，届时务希出席为荷。

蔡元培敬启

二月十五日

（《北京大学日刊》1922年2月15日）

按：沈兼士任国学门主任及国学门委员会委员，收到此函并参加此次会议。研究所国学门第一届委员会由校长兼研究所所长蔡元培任委员长，委员有顾孟余、沈兼士、李大钊、马裕藻、朱希祖、胡适、钱玄同、周作人等8人。

来信（1922年3月11日）

先生大鉴：

径启者，为本校月刊事，拟组织一编辑部，敬请先生为编辑员，并祈于本月十六日午后四时到第一院接待室商议。附奉编辑员名单一纸，并祝

公绥

蔡元培敬启

十一年三月十一日

国立北京大学月刊编辑员

冯祖荀先生　丁燮林先生　王星拱先生　李仲揆先生　谭熙鸿先生　胡适先生　沈兼士先生　朱希祖先生　陶孟和先生　顾孟余先生　王世杰先生　陈启修先生　朱经农先生

（后略）

（王学珍、郭建荣《北京大学史料》第二卷中册，北京大学出版社 2000 年版，第 2044 页）

去信（1922 年 6 月 17 日）

孑民先生大鉴：

兼士连同（按，“连同”二字衍）偕同朱逷先、杨适夷、马叔平、单不庵诸先生及研究所同人搬运历史博物馆档案，已于今日下午搬运完毕，共计装六十一箱，一千五百零二袋，分庋于第一院及第三院（详另单）。此外尚有殿试卷及誊黄中之已经该馆编有草目者，均未搬运。已商准该馆将草目借与本校钞一副本。查此次搬运来校之内阁档案，卷帙极繁，非集合多数具学识有兴会之人共同整理，颇难克期奏效。以后关于此事之进行方法，尚祈先生酌夺，或另行召集一会议，共同商量办理。统候尊裁，即请

公安

沈兼士

六、十七

（《北京大学日刊》1922年6月19日）

按：1922年5月，沈兼士得知教育部和历史博物馆变卖一批明清内阁大库档案，就建议学校致函教育部，请求将尚存历史博物馆的档案拨归北大保管和整理。因时任教育部代理部长陈垣、北大校长蔡元培的支持，北大研究所接收了这批档案。此信是接收后沈兼士写给校长蔡元培的，商量下一步进行办法。

来信（1922年6月26日）

径启者，历史博物馆所藏内阁档案，业经移交本校，急须整理，兹订于二十八日（礼拜三）上午九时在第一院接待室开会，讨论整理方法，务请贲临为盼，顺致

敬祺

蔡元培敬启

十一年六月二十六日

胡适之　谭仲逵　李守常　沈士远

朱逿先　杨适夷　何柏臣　陈伯弢

马叔平　李革痴　沈兼士　单不庵

马幼渔　黎稺鹤　黄仲良　胡文玉

（王学珍、郭建荣《北京大学史料》第二卷中册，第1519页）

按：接收历史博物馆部分明清内阁大库档案后，北大决定组织师生进行整理，但这项工作以前国内高校从未做过，急需商量一个恰当的办法，因此校长蔡元培通知相关教员集会商议。

来信(1922 年 6 月 29 日)

径启者,历史博物馆所藏内阁档案,业经全数移交,敬请先生指导整理。兹订于七月三日开始,务请于三日(礼拜一)上午九时,到第三院教员休息室接洽,以便进行为盼。顺颂

大安

蔡元培敬启

六月二十九日

朱遏先　陈百弢　沈士远　沈兼士　胡适之

杨适夷　马叔平　单不庵　刘叔雅　钱玄同

何柏臣　李革痴　马幼渔　沈尹默

文牍课照缮分送。

(高平叔编《蔡元培全集》第四卷,中华书局 1984 年版,第 210—211 页)

按:6 月 28 日会议,初步商定档案整理办法。校长蔡元培聘定沈兼士等 14 位教员负责指导具体整理事务,并于 7 月 3 日开始着手整理。

去信(1922 年 10 月 16 日)

孑民校长先生:

本校讲义印刷费岁达一万余元,然图书扩充费为数极微。现在学校既决定收纳讲义费,我们为学校计,为学生计,谨向先生提议,将所收讲义费尽数拨归图书馆,供买学生各种参考书籍之用。此种办法,学校既可增加图书支出,学生亦可减少买书费用,将来学校图书充足,学生外国文程度增加,即可完全废除讲义。是否可行,敬请裁夺。

王世杰、沈兼士、朱希祖、丁燮林、沈士远、李书华、周览同启

十一、十、十六

(《北京大学日刊》1922 年 10 月 18 日)

按:北京大学教员所用讲义原是免费的,因北洋政府不能按时划拨经费,学校不得不决定从新学年开始,向学生征收讲义费。沈兼士等北大教员考虑到学校每年所需讲义印刷费甚大,如果征收这笔费用,可移用作图书馆购书费,此函即是向校长建议这一问题。

来信(1922 年 11 月 20 日)

兼士先生大鉴:

孙蜀丞送来《读书脍余》一册,意欲单行。鄙意不如采入《国学季刊》,〈再〉[将]来再辑成专书,特奉上,请酌定。弟已以此意告孙君矣。专此,敬请

著安

弟元培敬启

十一月二十日

(高平叔、王世儒编注《蔡元培书信集》上,浙江教育出版社 2000 年版,第 640 页)

按:孙蜀丞,名人和,江苏盐城人。北京大学国文学系毕业,后任北平师范大学讲师、中国大学教授。《国学季刊》是北京大学研究所国学门主办的学术刊物。

去信(1924 年 3 月 15 日)

敬启者,近见政府公报载有教育部二月二十三日所制定之《国立大学校条例》,同人等均以为既悖乎理,复昧于事。况以如此重要条例之变更,未闻教育部曾向教育界公开的讨论,率而颁布,其蔑视学校及教员之人格,殊为可愤。而该条例中谬误之甚者,尤为设置董事会一层,及其所订董事任务与产生之方法。窃惟董事会之制度,国外大学固亦有其先例,然此种制度之存在,率皆限于两种性质之大学,

其一为纯粹私立大学，其一为公私合办之大学。美英二国之大学多属于此两类，以是董事会之制度，亦采用于其间。盖此类大学之经费，或则完全捐自私人，或则由公共团体与私人协济而来，事实上容或有不能不设董事机关之处。至于欧洲大陆之大学（尤其是法国大学）及日本大学，率皆国立，并无董事会之机关。其校内一切事宜，由校内教授所选举之机关处理。一二特殊事宜，则由国家教育行政主管部处理。此外自无须其他机关，徒使之与部校相冲突也。

今教育部之于国立大学设立董事会，在原则上立论，同人等已觉其谬于模仿。且就吾国实际状况而言，教育务求独立，不宜转入于政治之漩涡。今依教育部新颁之大学条例，第一届之董事，由教育总长直接聘任，以后董事由原有董事会推选，此种产生方法，实不知其命意之所在。夫国立学校之经费，政府应负筹措之责，无待于私人之捐助。纵令有待于私人之捐助，而历年以来，国立学校经费困难，乃众目共睹之事实，亦未见有私人解囊相助者，是吾国无有以捐款而具有董事资格者也。如此则教育部之所欲聘任及其所得聘任者，依吾人之揣度，不外于在野之官僚，或有力之政客。此等官僚政客，于学术上既无任何之专长，其对于校内一切情形，又皆隔阂不通，而不及校长及教员之清晰。今以之审议学校进行计划及预算决算暨其他重要事项（新颁之大学条例所规定者），而谓其有良好之结果，非大愚即诬妄耳。况彼等素以政治活动为生涯，其所以欲厕身于教育界者，非曾上台者以此为逋逃薮，即未上台者以此为制造场，一旦政治界中有活动之余地，又将弃其董事任务而他去。是徒以我辈历年累月，朝朝夕夕，口讲指画，胼手胝足之劳工，供其圆桌上偶尔的盲目的支配。吾辈何辜而受其颠倒谬误之统治乎！且此辈一入学校，则教育事业牵入政治漩涡之危险，更将层出不穷，是又势所难免者也。或曰董事会中之分子，不必尽皆官僚政客，亦可延聘专门人材也。固然大学之外，专门人材大有人在，然专门人材之所以有重要价值者，在乎其能有细密的点滴的实行，非徒以其能为概括的大体的计划也。校外专门人材如肯热心担任清苦教育事业，则大学校长自当延聘为教授，上教室教书，入实验室作实验，日与学生直接相切磋，是诚为大学之幸事。若云概括的计划，可由校外专门人材主持，细密的实行，则以校内之校长及教员供其奔走，是又为本末价值矣。总之，董事会之制度，在其他特别情形之下，未尝无可以采择之理由，然就吾国现状言之——尤其是就北京现状言之——同人只见其有弊而无利也。为此函请校长向教育部严重交涉，根本取消，大学幸甚。此呈

校长大鉴

关应麟　胡浚济　林玉堂　江绍原　沈溯明　李大钊　朱　洪
陈君哲　周　览　宋春舫　顾孟余　谭熙鸿　张竞生　林　损
沈兼士　高仁山　陶孟和　黄　节　陈大齐　戴　夏　吴　虞
沈士远　沈尹默　张凤举　周作人　钱玄同　马裕藻　单不庵
刘文典　魏友枋　朱希祖　陈汉章　叶　瀚　马　衡　燕树棠
朱锡龄　李麟玉　李书华　李泰棻　何育杰　胡　适　王世杰
罗惠侨　高一涵　张贻侗　陈　源　王星拱　石　瑛　丁燮林
刘光一　皮宗石　颜任光　李仲揆　杨震文　何　杰　程振钧
徐炳昶　徐宝璜　丁绪贤　陈世璋敬启

十三年三月十五日

（《北京大学日刊》1924年3月17日）

按：1924年2月，北洋政府教育部颁布《国立大学校条例》，核心内容为大学设立董事会，由董事会主持校政，实际上就是取消教授治校的制度。在规定校长为例任董事外，教育总长还另外指定部派董事和聘任董事，加强政府对大学的控制和干预。因此，该条例一出台，立即遭到以北京大学为首的国内大多数高校的坚决反对。正是在这一背景下，北京大学教授沈兼士、胡适、李大钊、钱玄同等共60人联名致函校长，强烈反对《国立大学校条例》。

来信(1934 年 4 月 20 日)

兼士先生大鉴:

大著《右文说在训诂学上之沿革及其推阐》抽印本两册收到,谢谢! 弟已拜读一过,甚有兴趣。弟曾别清代治《说文解字》之书为两类:(一) 专治许氏本书者,如王菉友《句读》《释例》之属是也。(二) 以《说文解字》为根据,而注重引申假借之例,以释经子者,如朱允倩《说文通训定声》之属是也。段氏注则在两者之间。平日检索,常觉朱氏之书,据声系联,实较许氏原书之据形系联者为方便。然对于朱氏之书,尚有不满意之点:其说文也,虽大体本之叔重,而时有改变,不如全录许氏原文,而有时加以订正也。其通训也,于引申(朱氏谓之转注)假借,分析极清,而任意指目,不能据为典要。弟常欲据一声系之本,先记《说文解字》原文,而后系以较新之解说。又广搜读若,读为,及其他经、传中之异文释,及王氏、郝氏等所举"声近义同"诸例以附之,以备校读古书者之参考,当较朱书为优也。然人事倥偬,虽屡思着手,而无此决心。今读先生之作,虽尚为发凡举例时代,然锲而不舍,必将有以应弟之希望矣。大著于前人据声综义之说,举例甚周,而所列"本义分化"等七表,及"探寻语根"之五例,均甚缜密,吾无间然! 惟"右文"之名,弟尚怀疑,因此名惟王子韶一用之,而此后主张循声诠义诸家从无袭用之者,以其仅言"右文",并不足以表示声义相关之理;而且"右文"实不足以包举形声字之全体也。贾公彦说:"书有六体,形声实多。若'江''河'之类,是左形右声。'鸠''鸽'之类,是右形左声。'草''藻'之类,是上形下声。'婆''娑'之类,是上声下形。'园''圃'之类,是外形内声。'阛''阓''衡''衔'之类,是外声内形。"其所举"草""衔""阛""阓"四字虽稍有不当,如王西庄所说;然形声字有六种分别,不能认为止有左形右声之一式,则甚确也。鄙意先生他日成书时,似可别选一名,不必袭用"右文"成语,尊意如

何？敬此奉布，并祝
著绥

弟蔡元培敬启
二十三年四月二十日
（国立中央研究院历史语言研究所编
《庆祝蔡元培先生六十五岁论文集》，1935 年）

按：沈兼士撰写的《右文说在训诂学上之沿革及其推阐》初稿完成后，曾寄送国内著名学者征求意见。蔡元培审阅此文后，回信表达自己的意见。后来，此文被中央研究院编入《庆祝蔡元培先生六十五岁纪念论文集》，文后附有包括此信在内的部分学者的信函。

顾孟余

顾孟余(1888—1972),原名兆雄、兆熊,别字梦渔、梦余。原籍浙江上虞,出生于河北宛平。早年就学于北京译学馆,后留学德国莱比锡大学、柏林大学。1911 年回国,参加武昌起义。同年留学法国。1917 年回国,任北京大学教授兼文科德文门主任,后兼任经济系主任、教务长及庚子赔款委员会委员。1924 年任国民党北京特别市党部筹备主任。1925 年任广东大学校长。1926 年任黄埔军校政治讲师、中山大学校务委员会副委员长、国民党"中央宣传部"代理部长、广州国民政府委员等。1927 年任武汉国民政府教育部长。后任国民政府铁道部长、交通部长、"中央政治委员会"秘书长。1941 年 7 月,任中央大学校长。1945 年当选国民党中央执行委员。1948 年任国民政府顾问。1949 年后定居美国,曾任加州大学中国问题研究所顾问。1969 年移居台湾。著有《马克思学说》《顾孟余先生文丛》等。

去信(1921 年 10 月 3 日)

教务长先生:

兹谨向先生提议:"向各教授及讲师征集各项课程的详细纲目。此项纲目限于本学年开学后三星期内,经由各系教授会决定,由教务长汇齐公布,作为本学年各项每日教授及考试标准。"

燕树棠　王星拱　朱希祖　沈兼士　王世杰
丁燮林　李仲揆　颜任光　胡　适

十月三日

(《北京大学日刊》1921 年 10 月 12 日)

胡　适

胡适(1891—1962),字适之,安徽绩溪人,现代著名学者、诗人、史学家、文学家、哲学家。1910年留学美国,1917年回国任北京大学教授。以提倡文学革命,领导新文化运动闻名于世。1946年任北京大学校长,1958年任台湾"中央研究院"院长。著有《中国哲学史大纲》《尝试集》《胡适文存》等。

沈兼士和胡适在北京大学共事多年,共同发起白话文运动,一起创作新诗,互相推崇,关系密切。

去信(1921年12月11日)

适之先生:

你的《国语文学小史》,实在算是一部空前的杰作,不过据我的意思,你这部讲义应该从殷周《诗》三百篇讲起,方是穷源之论。日前曾以此意向玄同兄说过,玄同说:"适之的讲义,所以断自汉朝科举制度发生以后讲起者,是有所为而发的。"昨天你对我说,玄同有信给你,也劝你从《诗经》讲起。玄同的信我没有看见,不知道他的意思是怎么样的。现在我姑且把我的意见写在下面,不知道有一点参考的价值没有?

就事实上说,《诗》里面的《国风》《小雅》,实在是古代白话文学中最有研究价值的材料。似乎不应该学那孔丘修经一样的故智,偏重主观的笔削,看轻客观的事实。

倘是照讲义上所说:"《诗经》到汉朝已成了古文了,故不能不把他撇开。”那末，元朝的戏曲到现在又何尝不已成了古文了吗？——我以为现在演唱的戏曲，不但昆曲是古文学的，就是号称通俗的皮黄，其中“听我道来”一类的说白，差不多都是抄袭元曲，也只能算是古文的了。又现在有一派做白话的人，惯爱用“面庞儿”“那□□”“兀的”等类元曲中的字样，我以为这个和摹仿“曰若稽古”的古文，不过百步与五十步的区别。使古语复活来补充现代语的缺乏，固然是很应该的办法，但是以风流自赏的心理来袭用元曲里面的词头，我却很不以为然。——如此说来，岂不是国语文学史简直的没有适当材料可取了；然而不然，国语文学史是纵方面说明白话文学在历史上经过的状况，所取的材料的要件，只要在当时是白话的文学就够了，到后代虽已变成了古文，却仍不损失其为国语文学史史料的资格。

讲义上说：“汉武帝到现在，足足的二千年，古体文势力也就保存了足足的二千年。元朝把科举停了近八十年，白话的文学就蓬蓬勃勃的兴起来了；科举回来了，古文的势力也回来了。直到现在，科举废了十几年了，国语文学的运动方才起来。科举若不废止，国语的运动决不能这样容易胜利。”这个话说得极是。——我也时常这样想，唐时佛经体文、宋语录体文、清疏证体文，所以不能转移一时的文风，而终处于中国文学史上别流的地位者，一半也是不能抵抗科举的缘故；但是惟其不为政府所提倡，所以才能保持他的精神，倘是一经政府提倡，就不免流于重形式无神采的毛病。比方元朝的曲子，曾经拿他来取过士，所以只是胡讲四折而毫无作意的曲子也就因此而多了，这一层也是应该注意的。但是照这样说来，当未有科举制度以前的白话文学，应该像未定一尊以前的诸子哲学一样的，那们无拘检的自由发展，岂不是更有研究的必要吗？

无论那一个时代中间，都有贵族与平民两种对待的文学存在，这是必然的现象，就是三百篇的《诗》，也不能一概而论。《国风》自然是平民的文学，《雅》里面也有平民的文学，也有贵族的文学，

《颂》就纯粹是贵族的文学了。又《雅》或者可以算是周代的国语文学,《国风》就是当时各国的方言文学,《左传》所说“吴季札观周乐”,和《汉书·地理志》中间所论“域分”“风俗”,都是以表示地理与文学的密切关系,所以由横方面来观察“风化芳臭气泽之所及”,也是文学史上一件要紧的事,这个似乎也非从《诗》的《国风》讲起不可。

沈兼士

十二、十一

(《晨报副刊》1921 年 12 月 24 日)

按:信中“玄同”指钱玄同,当时胡适、钱玄同、沈兼士均任北京大学文科教授。

来信(1922 年 4 月 14 日)

兼士兄:

今日检视前此点读王静庵先生的文章,见上面略有校勘,不知当否。甚愿先生寄与王先生一看,请他审定后交快邮寄回付印。我所欲问之点如下:

1. 第一页之末行,里昂喀洪,似喀洪是姓,而下页第三行称里氏,似当作喀氏。

2. 第六页第八行,“西畹、莱维 Sylvan Levi、美以爱 Meiller 三君”若 Sylvan Levi 是一人,则下文当作二君。此似有误。

3. 第七页第七行,“牟列尔”是否即第五页上之“牡列尔”?

4. 此外有小误数处,已为校出,如十四页第二行,小注“通”当作“统”;二页三页有笔误。

又此文原题(法文),亦请王先生写出,以便于作“提要”时,即用原题。并请他注明原载之杂志名称、卷数、期数。全文句读标点,亦望他校正。

我不知王先生的住址，故烦你代转。

适

十一、四、十四

（《胡适全集》第23卷，安徽教育出版社2003年版，第330—331页）

按：信中“王静庵先生的文章”，指法国汉学家伯希和著、王国维翻译的《近日东方古言语学及史学上之发明与其结论》。此文拟在北大《国学季刊》发表（后刊于第1卷第1号），胡适为该刊编辑主任。沈兼士为北大研究所国学门主任，伯希和、王国维为国学门聘请的通讯导师。

去信（1922年11月17日）

适之先生：

送上季刊稿件三种：(1)《近日东方古言语学及史学上之发明与其结论》；(2)《伦敦博物馆敦煌书目》；(3)《中国史学之起源》。

第(1)种里面第15页“当西历第三世纪之初”，当作“当西历十三世纪之初”。又第10页案语中所引《隋书》，据陈援庵说有错误。

第(2)种当请罗叔言作一跋文，以记此目编辑与传谭之始末。

弟兼士

17/11

《广韵入声音符考》已核写好，五十余页，日内当送上。

（耿志云主编《胡适遗稿及秘藏书信27》，黄山书社1994年版，第47页）

按：信中“季刊”指《国学季刊》，北京大学于1923年印行的一种研究国学的学术性刊物，胡适任编辑主任。罗叔言即罗振玉（1866—1940），字叔蕴、叔言，号雪堂，原籍浙江上虞，清末民初教育家、考古学家、金石学家、古文字学家。曾被北京大学研究所国学门聘为通讯导师。此信落款11月17日，但无年份。伯希和《近日东方古言语学及史学上之发明与其结论》等文章发表于1923年1月出版的《国学季刊》第 1 卷第 1 号，信中讨论这些文稿发表问题，可确定此信作于杂志出版以前。又，如果是 1921 年 11 月 17 日，研究所国学门在筹备成立阶段，创办《国学季刊》的计划尚未形成。因此，此信应作于 1922 年 11 月 17 日。

来 信

兼士先生：

季刊次第，我的意思，以为宜改定如下：

1.《石鼓为秦刻石考》。

2.《火祆教入中国考》。

3.《国语问题的历史的研究》。

4.《萧梁旧史考》。

5.《郑樵著述考》。

6.《五代监本考》。

7.《近日东方古言语学及史学上之发明与其结论》。

8.《伦敦博物馆敦煌书目》。

9.《记新发现的石器时代的文化》。

10. 附录。

我的理由是：

1. 逷先先生一篇尚未完，且偏重目录方面，似宜稍移后。

2. 静庵先生一篇，诚如专访，不应列前，何不亦移下？这样一移，使三篇考书籍的，列在一块，似更好些。

3.《石鼓》与《火祆教》两篇，梢多独立之说，趣味比较浓厚，似宜移在前面。似不当开篇即是干燥的书籍考？你们几位以为何如？

垣庵之文，请嘱人用印本校对一过；如有□入之处，请先□入。不用重钞，但补绽就够了。

诸稿请仍由先生保管。如逷先之稿日内能来，请即与售书课江先生接洽。上半年已与京华印书局说过代印《国学季刊》的事了。

如遏先稿一时不能交来,我回来时,当还赶得及。

适

(耿志云主编《胡适遗稿及秘藏书信 19》,第 110—111 页)

按:信中所提及的《石鼓为秦刻石考》(马衡著)等文稿后均刊发于 1923 年 1 月出版的《国学季刊》第 1 卷第 1 号,所以此信作于 1923 年 1 月前。《五代监本考》著者为王国维(静庵),故信中有"静庵先生一篇"句。

去 信

适之先生:

刘翰怡君现尚未函来,仍居东城钱粮胡同金翠伯家中。前次所托小学校招待之事,请便中向蔡先生商酌是否可行。此颂

愈安

弟兼士

十二、二一

(耿志云主编《胡适遗稿及秘藏书信 27》,第 46 页)

按:刘翰怡即刘承干(1881—1963),字翰怡,浙江吴兴人,近现代藏书家。著有《续皇朝文献通考》等,刻印《嘉业堂丛书》《求恕斋丛书》等。

去 信

适之先生:

日前交给你的张煦和罗庸的那两纸稿子,盼望你能够拨冗从速审查,以便于七月一日以前开会表决。

弟兼士

六、廿三

（耿志云主编《胡适遗稿及秘藏书信 27》，第 48 页）

按：张煦和罗庸都是北京大学研究所国学门学生。

去 信

适之先生：

许久不见，未审体候□□何如？敬念。

来信所示各节，均弟平日所预就商于先生者。第以先生尚在静摄之中，未敢率尔烦渎耳。前次催促从静安先生研究者之成绩，其理由容俟面述。其余办法，即当转交所长提出委员会通过实行。弟日内即须搬家，料理书物，大约须一星期方能完事，尔时当趋候而谭一切。致颂

撰安

弟兼士启

3/5

（耿志云主编《胡适遗稿及秘藏书信 27》，第 49—50 页）

去 信

守和、叔平及弟□□，先生南行前□□□□，请在十四、十五、十六三天下午七时中选择一日，屈驾至□□晚饭，勿却为幸。

适之先生晚安

弟兼士

五、十二

（耿志云主编《胡适遗稿及秘藏书信 27》，第 55 页）

按：守和即袁同礼(1895—1965)，字守和，河北徐水人，曾任北京

大学图书馆主任兼目录学教授，后任北平图书馆馆长。叔平即马衡(1881—1955)，字叔平，浙江鄞县人，曾任北京大学教授、研究所国学门考古研究室主任。

去　信

适之先生：

马曼青兄来电送阅，《东北日报》“五四特刊”如允为题词，请于日内赐下，以便转寄为荷。顺颂

著安

弟兼士

四、廿

(耿志云主编《胡适遗稿及秘藏书信 27》，第 56 页)

去　信

适之先生：

昨接手札，因家谱须向本家处借，今晨始取得，兹检其中有关系之五册送上，请参考。

一、谱牒；二、东甫公墓志铭，全祖望撰；三、东甫公行略，泽旃公述；四、东甫公传，吴研铭撰；五、闲存公行状，吴隆之撰。闲存公为泽旃公之父。

顷又奉教，所需之《权斋笔记》文稿尚须一检书帘，方能知其有无。□帖曾赠去若干种，第知其有无此书耳？先此奉致，顺颂

箸佳

兼士

十一、七

(耿志云主编《胡适遗稿及秘藏书信 27》，第 58 页)

按：信中“家谱”指沈兼士原籍浙江归安(今属湖州市)竹墩沈氏宗谱《竹溪沈氏家乘》。《权斋笔记》即《权斋老人笔记》，清代沈炳巽撰。沈炳巽字泽旃，为沈兼士同族先祖。

来 信

兼士先生：

顷来访，适不相值。

“戴东原号”里似乎不可不有一篇讲他的音韵训诂之学的文章。北大国学门同人于此道最擅长，似乎更不能不有这样一篇(或多篇)的文字。我盼望你一定做一篇，于月底交卷，可以吗？万一不能，至少请把你那天讲的《东原治学方法》写出，千万千万！！

适

(北京大学档案馆藏档，档号：BD1921006－2)

按：“戴东原号”指北京大学《国学季刊》“戴东原专号”。1923年9月30日，北京大学研究所国学门在城南龙树寺举行恳亲会，主任沈兼士在报告中说：“大学四种季刊中有《国学季刊》，亦由本学门办理，已出三期；第三期有须特别制版铸字者，故印刷甚为迟缓。近以清代学者戴震二百年的纪念(戴氏生于雍正元年十二月二十六日，即公历一七二四年二月十四日)，同人拟以第五期《国学季刊》作为‘戴东原专号’，现在在此向大家报告一声，以代征文的广告。”“第五期《国学季刊》”其实是第2卷第1号，因故由1925年12月才出版发行，登载了大量有关戴震(东原)的学术文章。时任杂志编辑部主任胡适写信向沈兼士征稿，故此信当作于1925年12月前。

去信(1944年)

适之先生著席：

抗战以来，不见已七年矣。先生飞扬海外，仕优而学，弟则困处“地下”，穷且益坚。前年冬在平为敌指捕（今年春英千里、张怀、董洗凡及其他辅大教员二十余人皆被捕，重者判十五年监禁）。违难由来，目击时艰，空谈莫补，小文一首略写年来旅途中之所感触，附请一阅。又关于语文学拙著五篇，皆为前数年陷贼中工作余暇之作。当时子丧妻病，己身又时时有危险之虞，特假著述以为镇定神经之剂耳。然愚者一得，自觉颇有未经前人道及者，敬乞兄及元任先生匡缪，若能介绍于国内图书馆则更幸矣。丁梧梓君为北大国文系后进中之第一人，于语文之学，它日必有希望，兄与元任兄幸提携爱护之，俾期大成。兄知彼素深，固不待弟言，然弟与之私谊极笃，又不得已于言，故附及之。丁君行时曾托其带上拙篆二幅，一赠兄，一赠元任先生，所谓秀才人情，尚乞哂存。此间详情，丁君及守和先生当可面罄。敬颂

饔安

弟沈兼士白

元任先生伉俪均候。

梧梓想已到，请嘱其时寄书来。

通讯处：重庆曾家岩 52 号对门石田小筑。

（中国社会科学院近代史研究所中华民国史研究室编《胡适来往书信选》中，社会科学文献出版社 2013 年版，第 817 页）

按：原信未署写作时间。据信中“前年冬在平为敌指捕（今年春英千里、张怀、董洗凡及其他辅大教员二十余人皆被捕，重者判十五年监禁）”句，作者离开北平的时间为 1942 年冬，又英千里、张怀、董洗凡等于 1944 年被日寇逮捕。由此可知此信作于 1944 年。丁梧梓即丁声树（1909—1989），号梧梓，河南邓县人，1932 年毕业于北京大学国文系，为沈兼士学生。1944 年丁声树赴美考察、讲学。当时胡适也在美国，任国民政府驻美大使。元任即赵元任，语言学家，时在美从事教育和编辑工作。

去信(1946年8月25日)

适之吾兄著席：

尊稿拜读，佩佩，敬送还。拙著知音者稀，承示嘉可，颇足鼓舞衰颓，既惭且慰。《辛巳文录》为北平沦陷期间文教协会所编印，共出二期，第二集为敌人没收，初集劫后仅余数册，兹奉赠一册，以为纪念，并乞赐教。此颂

早安

弟兼士启

八、廿五

（中国社会科学院近代史研究所中华民国史研究室编

《胡适来往书信选》下，第1178页）

按：《辛巳文录》为抗战时期华北文教协会编印的论文集，主要刊登滞留沦陷区的进步教员的文稿。沈兼士为该协会主任委员。此信仅署月日(8月25日)，未署年份。据内容可知，应作于1946年6月胡适自美返国以后。因沈兼士逝于1947年8月2日，故此信当作于1946年8月25日。

去信(1946年9月22日)

适之先生校长赐鉴：

故友王若僖之女公子王黎华，现在同济大学医学院二年级肄业期满，拟转入北京大学医学院三年级。如承准许，请示知转学一切之规则，以便通知王生。专恳，敬请

公安

弟沈兼士启

九、二二

王生住址在天津第一区花园路六号，或由校直接函示该生亦可。

（耿志云主编《胡适遗稿及秘藏书信 27》，第 59 页）

按：王若僖（1896—1946），字英青，江苏溧阳人。早年毕业于同济大学，后留学德国。回国后曾任东北兵工厂技师、陕西省公路局局长、天津电报局局长。抗战胜利后，任国民政府东北区电信交通接收委员兼第九区电信管理局局长。此信仅署月日（9 月 22 日），未署年份。胡适于 1946 年 9 月就任北京大学校长，又沈兼士逝于 1947 年 8 月 2 日，故此信应作于 1946 年 9 月 22 日。

陈聘臣

陈聘臣，生卒年不详，英国伯明翰大学理学博士，曾任北京大学化学系教授会主任。

去信（1922年2月20日）

敬启者，研究所国学门考古学研究室藏有采色画砖两方，欲与贵教授会讨论保存采色之方法，为此函请先生一询。贵教授会中如有对于此事有兴味者，祈覆示，以便接洽为荷。此上
聘臣先生

沈兼士
二、二十

（《北京大学日刊》1922年2月21日）

陈 垣

陈垣(1880—1971),字援庵、圆庵,广东新会人,著名历史学家、教育家。1910年毕业于光华医学院。自幼好学,自学成才。在宗教史、元史、考据学、校勘学等方面深入研究,成绩卓著。曾执教于北京大学、辅仁大学、北京师范大学,长期担任大学校长,培养了众多人才。主要著述有《元西域人华化考》《校勘学释例》《史讳举例》《明季滇黔佛教考》《中国佛教史籍概论》《通鉴胡注表微》等。

1922年北京大学研究所国学门成立,沈兼士担任主任,陈垣被聘为研究导师。从这时起,两人的交往日益频繁。学术上互相推崇,切磋交流。之后,故宫博物院成立,两人又同在该院任职。1925年后,陈垣任辅仁大学副校长、校长,沈兼士被聘为该校教授,后任文学院院长、代理校长。

去信(1922年2月20日)

援庵先生左右:

久不晤教,惟道履安龢,为颂无量。兹有友人梁君叔五欲游学瑞士或英国,已由农专递呈教部,敢恳先生速赐批准,俾遂求学之愿,幸甚幸甚。叨在爱末,用敢奉恳,希亮之。专此,敬请

著安

弟沈兼士顿首

附呈梁君履历一纸。

二、二十

（陈智超编注《陈垣来往书信集》，
生活·读书·新知三联书店2010年版，第94页）

按：陈垣时任北洋政府教育部次长。

来信(1922年)

兼士先生道右：

承示译稿两篇。吐谷浑一篇，敝处未有研究，不敢置一词。艾君一篇，敝处所知亦少，谨举数条如左，以备参考。

著《利氏纪事》之法人特里高肋于利氏抵京后数年来中国，一六二〇年返欧，著有《中国史揭要》。当其在华时，曾著有传教游历之书，纪利玛窦事甚详。二书皆辣丁文。其人与利氏意见极相左，甚不以利氏举动为然。盖谓利氏多循中国人旧俗（如称道孔子等），曲学阿世也。

艾田尝官知县，见《祥符县志》。译文谓其未尝为知县，应再考。译稿有疑义处，特用蓝笔标识。

注七谓一六二八年李九功出教，应考。李九功系李九标之弟。李九标著《口铎日抄》，自崇祯三年（一六三〇）起，至崇祯十三年止，凡八卷，今沪上尚有传本。此书记艾儒略（意大利国人）讲道之言，卷首均有李九功参定题名。一六二八年为崇祯元年，谓李九功于是年出教，不可信。

注三、注四、注七引《明史》均作第若干章，章字应改卷字。

又原引《明史》叶数，当系缩印小字本，与今通行大字本如殿本等皆不合，似应改正。

兹呈上拙著《一赐乐业教考》及艾儒略著《利先生行迹》各一册。内有关于艾田事迹，已有红笔旁识，请察阅。原译稿并欧文原书二册均缴。拙著《摩尼教考》已油印，并呈政。此颂

撰安

垣谨复

廿六日

（陈智超编注《陈垣来往书信集》，第 94—95 页）

来信（1922 年 9 月 27 日）

顷因事须即日南下，未及告别，至歉。大约一个月即可回京，相见仍不远也。摩尼教稿遵命送上三分，火袄教稿亦已印就，并呈上。乞以此稿发刊，取销前稿为幸。藏经六册敬珍复，匆匆不尽，即请

撰安

兼士先生

弟垣谨上

九月廿七夕

火袄稿提要未及作，但大旨已尽在目录中，似不必词费也。又及。

（陈智超编注《陈垣来往书信集》，第 95 页）

按：信中“摩尼教稿”“火袄教稿”即陈垣所著《摩尼教入中国考》《火袄教入中国考》两文，前者发表于北京大学研究所国学门主编的《国学季刊》第 1 卷第 2 号，后者发表于该刊第 1 卷第 1 号。

去信（1923 年）

援庵先生：

送上浙灾振捐收据二纸，请查收。教潮前途颇足虑。先生亦有高见赐教否？敬颂

撰安

弟兼士拜启

大著《摩尼教考》已编入《季刊》第二期。其中有须与外国原文对照者，适之已为之加×矣。

（同上）

按：《摩尼教考》即陈垣所著《摩尼教入中国考》，“《季刊》第二期”指北京大学《国学季刊》第1卷第2号。

去　信

援庵先生：

兹将孙芳君所译法文书目录列后，请览。

（1）利玛窦时代中国之欧洲画与铜版画；

（2）哈喇和硕哥司罗夫发见之中国文书；

（3）伊瓦罗夫中国哲学资料绪言之法家管韩译本；

（4）沙洲都督府图经与罗布淖尔之□布第亚殖民地；

（5）犹太艾君小记；

（6）吐谷浑、苏毗笔记。

弟兼士谨上

（陈智超编注《陈垣来往书信集》，第96页）

去　信

援庵先生：

校课忙碌，未能趋谈为怅。本校史学读书会拟敦请先生讲演，遏先嘱弟转恳先生，务祈允许，是为至盼！星期六下午或可到第三院与先生晤谭。此请

研安

弟兼士拜启

四、二十

（同上）

按：逷先即时任北京大学历史学系主任朱希祖（字逷先）。

去 信

援庵先生：

顷有一疑问，请先生为我决之：林罕《字原偏旁小说》自序云："罕长兴二年岁在戊子时年三十有五。"查后唐明宗长兴二年为辛卯，非戊子，不知林氏何以云然？祈便中代为一考订是荷。

弟兼士

十、二九

（同上）

去 信

援庵先生：

天津□屯书肆贻安堂在法租界嘉乐里口，特此奉闻。敬颂

纂安

弟兼士

九、十四

（同上）

去 信

援庵先生：

艺风堂藏帖似由明日起开始点查，望先生随时莅所指导一切为荷。

弟兼士

十九

（陈智超编注《陈垣来往书信集》，第 97 页）

按：艺风堂为藏书家、目录学家缪荃孙之书斋名。缪荃孙（1844—1919），晚号艺风，江苏江阴人，曾任清史馆总纂，创办江南图书馆、京师图书馆。

去　信

援庵先生：

大村著《密教发达志》送请参考。法国琪眉博物院出有宗教史年报，鄙意尊著似可寄赠该院一份。清恙全可否？念念。万里定于礼拜一动身，并闻。

弟兼士

十三

（同上）

按：大村即日本学者大村西崖（1867—1927）；万里即陈万里，北京大学校医。

去　信

援庵学长先生史席：

日间所谭洪氏藏书家有数万之说，见于《北江诗话》卷三，非《晓读书斋杂录》中语。特函更正，顺颂

晚安

弟兼士拜上

十六夜

（同上）

去　信

援庵先生：

《大公报》送到了没有？以建功来信说“援庵先生托访之书，大概可以有点头绪”，谨转达。前天听说你移家大连的计划又告中止，信否？敬问

暑安

弟兼士

七、十九

（同上）

按：建功指毕业于北大研究所国学门的魏建功。

去　信

援庵先生：

日人那波利贞君（专攻东洋史）为第三高等学校教授，刻来京由滨冈先生嘱弟介绍先生一谈，特为先容，余面叙。敬请

著安

弟兼士拜启

五、九

（同上）

去　信

援庵先生赐鉴：

兹托琪卿先生转交《归潜记》一部，祈检收。再《千字文》下篇仍请检出掷下，至荷。此颂

著安

弟沈兼士顿首

又向友人马君处假得《鄞县志》十五本，奉请检阅，阅毕掷还为幸。兼士又及。

（陈智超编注《陈垣来往书信集》，第97—98页）

按：《归潜记》作者单士厘，钱玄同长兄钱念劬夫人。

去　信

援庵先生惠鉴：

前得接谭，快甚快甚。日来天气极热，惟起居清胜为颂。前承面允代购新刊《东塾文集》《千字文》《粤讴》三书，厚谊实深感谢。书值若干，请见示，即当奉上。尊居地址便祈示及为荷。伏中尚祈来西山一游否？即请

台安不具

弟沈兼士顿首

八月十四日

（陈智超编注《陈垣来往书信集》，第98页）

去　信

援庵先生著席：

小文一首，送请赐阅，并望予以不客气的匡谬。敬颂

道安

弟兼士拜白

三月十二日

（同上）

去 信

明日午后二时约适之、咏霓、旭生、润章、守和、稻孙诸君至南三所参观(略有新成绩),我兄如有暇,敬乞屈驾指示一切,不胜感荷。专此,敬颂
援庵先生晚安

弟制兼士顿首
廿日
(同上)

按:信中"适之、咏霓、旭生、润章、守和、稻孙"依次为胡适、翁文灏、徐炳昶、李书华、袁同礼、钱稻孙。南三所为北京故宫内一组殿宇(三所院落)的总称,因位于宁寿宫南,遂得此名。

去 信

援庵先生史席:

郑石君兄(即郑介石)闻邺架有日人新著《史记会解考证》,欲一假观而嫌其唐突,特托弟转借。如荷许可,不胜感谢。又俞平伯信札价已如数送至尊府否?念念。敬请
晨安

弟制兼士顿首
二、四
(同上)

按:郑奠(1896—1968),字介石,号石君,浙江诸暨人。1920年毕业于北京大学国文系,留校任预科讲师,后任预科主任、国文系教授。

去　信

《洪武正韵》一部(十册)送请查阅。

援庵先生晚安

弟制兼士顿首

三月六日

(陈智超编注《陈垣来往书信集》,第99页)

去信(1932年11月1日)

援庵先生史席:

《窥园图记》移稿阙字,遵命补填。惟“其”字断烂,不知是否,乞谛察为荷。原帙每行字数十九,忆前曾以照像奉赠,试一复按如何?复颂

著安

弟制兼士顿首

十一月一日夜

钱竹汀题图诗若有照相,乞见赐一分为盼。

(同上)

按:《窥园图记》是乾隆年间著名学者王鸣盛为经学家费玉衡《窥园图》所作的题记。记文由王鸣盛口占、江声篆书并作附记。民国年间,《窥园图记》为沈兼士所得,曾分请各地学者题跋留念。时任北平辅仁大学校长陈垣也在应邀之列,后陈垣果然遵嘱题写一则跋文,落款时间为1932年12月4日。此信正是商讨《窥园图记》题跋事。

去　信

曩所索书,承注意检寄,感谢何极。已凉天气,灯火渐亲,想著述

益富，缓当走谒请教也。惟为道自重不宣。
援庵先生史席

弟兼士顿首
九月一日
（同上）

去　信

援庵先生史席：

北大纪念日编辑室拟陈列所有之成绩，现已嘱刘、戴两君整理材料及说明书，尚望先生随时指导，俾免错误，不胜感荷之至。专上，即颂
著安

弟兼士拜启
十二、十二
（同上）

去　信

援庵先生史席：

顷接幼渔君来函，转请察阅。陈君与弟为旧同事，教授功课极为认真，闻与硕公先生亦颇熟洽，可一询之。厂甸已游过未？敬颂
春安

弟兼士拜启
二十四日

谌稷如事并恳留意，感何如。兼士又恳。

按：幼渔即北大国文教授马裕藻（幼渔）。谌稷如即谌亚达（字稷如），沈尹默次女沈令筠的丈夫、沈兼士侄女婿，曾执教于北京大学、

中法大学、北平大学等。硕公即尹炎武(字硕公),江苏丹徒人,学者兼藏书家。

(陈智超编注《陈垣来往书信集》,第99—100页)

去 信

赵凡夫篆文榜书,承费神代致,谢谢。来教云欲见赠,何敢当之?连日拟奉访,以俗冗不果,先此驰谢,直当面谢也。敬上,即问

援庵先生起居

弟兼士顿首

二、廿

(陈智超编注《陈垣来往书信集》,第100页)

按:赵凡夫即赵宧光(字凡夫),明代学者,精通文字学,工诗,尤工书。

去 信

援庵先生史席:

兹有请托之件,乞卓夺。戴名扬拟请酌加四小时功课。赵憩之(名荫棠)新文学颇有根柢(报章常发表作品,静农亦知其人),拟求位置(近研究音韵学,亦有成绩发表),特此转恳,不胜悚息之至。敬请

著安

弟兼士顿首

七、廿

(同上)

按:赵憩之(荫棠),河南巩县人,早年毕业于北京大学,1937年后任教于辅仁大学、北京大学。静农即台静农(1903—1990),安徽霍邱人,早年于北京大学研究所国学门肄业,后曾执教于辅仁大学。

去 信

瞿木夫《列代避讳札记》，其《自订年谱》（嘉业堂刊本）中似未言及。《烟画东堂小品》《瞿木夫文集》内载有序文一篇。其书只是随手札记，恐未必有何组织也。

援庵先生史席

弟兼士拜启

十二、二

（同上）

按：瞿木夫即瞿中溶（1769—1842），江苏嘉定（今属上海市）人，精通音韵训诂，著有《官印考证》等多种。

去 信

比来俗务牵连，心绪至劣，大著顷始读过。提领挈纲，思理缜密，拜服拜服。昔王怀祖借疏证《广雅》，以发挥声音训诂之通例，诚儒林之楷素。先生斯作，其庶几乎？此真吾国学界抗日工作之重要成绩也。諈诿吹求，实不能赞一辞。敬请

援庵我师著祺

弟兼士拜启

原稿二册附□

（同上）

按：王怀祖即王念孙（1744—1832），清代语言学家、乾嘉学派代表人物之一，著有《广雅疏证》，对中国古代训诂学的发展做出重要贡献。由信中“此真吾国学界抗日工作之重要成绩也”句可知，此时应在抗战时期，当时沈兼士、陈垣均留在沦陷区北平。

去信(1937年6月17日)

援庵校长先生大鉴:

弟以辁材谬膺讲席,并管研究、编辑事宜,绠短汲深,时虞陨越。至于院长兼职,尤觉无力顾及。前年曾经恳辞,继以圣言会接任伊始,承嘱其勉力共维校务。自尔因循,倏复两载。今兹百绪已渐就理,文科研究所即将开办,弟拟任研究一二新题,参考豫备,颇需工夫。又,国文系研究室来年继续编纂之请款计画业已呈部,一俟核准,即当黾勉进行。其耗力费时,预计应有倍于编辑《广韵声系》者。凡此情形,谅邀洞鉴为是,再四思维,只有重申前请,准予辞去文学院院长兼职,俾免贻误校政,而专责成。不胜屏营待命之至,敬请

公安

弟沈兼士拜启

廿六年六月十七日

雷校务长均此。

(北京师范大学档案馆藏档,档号:6.1-0077-0001)

按:沈兼士时任北平辅仁大学教授兼文学院院长,因教学及学术研究事务缠身,遂向校长陈垣呈请辞去文学院院长职务,后并未辞成。"雷校务长"指辅仁大学校务长雷冕(1902—1985),德国人,人类学博士。

去信(1940年5月21日)

援庵先生见示近作《明季滇黔佛教考》,奉诒一首:

吾党陈夫子,书城隐此身。不知老将至,希古意弥真。傲骨撑天地,奇文泣鬼神。一编庄诵罢,风雨感情亲。

兼士

五、二十一

(《辅仁学志》第15卷第1、2期合刊,1947年12月)

陈独秀

陈独秀(1879—1942),字仲甫,安徽怀宁人。1915 年创办《青年杂志》(后改为《新青年》),高举科学和民主两面大旗,掀起了新文化运动。1917 年任北京大学教授兼文科学长。1921 年当选为中国共产党总书记,是中国共产党的主要创始人之一。毛泽东评价陈独秀"他是五四运动的总司令""我们是他们那一代人的学生"。

1916 年底,蔡元培任北京大学校长。次年初,聘请陈独秀为文科学长。此后,沈兼士与陈在北大文科共事多年。

来信(1922 年 4 月 2 日)

启明、玄同、兼士、士远、幼渔诸先生:

顷在报上得见公等《主张信教自由者的宣言》,殊难索解。无论〈可〉(何)种主义、学说皆应许人有赞成、反对之自由。公等宣言颇尊重信教者自由,但对于反对宗教者自由何以不加以容许?宗教果神圣不可侵犯么?青年人发点狂思想、狂议论,似乎算不得什么。像这种指斥宗教的举动,在欧洲是时常有的,在中国还是萌芽,或者是青年界去迷信而趋理性的好现象,似乎不劳公等作反对运动。私人的言论反对,与政府的法律制裁不同,似乎也说不上什么"干涉""破坏"他们的自由,公等何以如此惊慌?此间非基督教学生开会已被禁止,我们的言论、集会的自由在哪里?基督教有许多强有力的后盾,又何劳公等为之要求自由?公等真尊重自由么?请尊重弱者的自由,勿拿自由、人道主义许多礼物向强者献媚！

弟陈独秀白

四月二日

（《民国日报》1922年4月7日）

按：1922年3月31日，北大教授周作人（启明）、钱玄同、沈兼士、沈士远和马裕藻（幼渔）五人在《晨报》联名发表《主张信教自由者的宣言》，文章写道："我们不是任何宗教的信徒，我们不拥护任何宗教，也不赞成挑战的反对任何宗教。我们认为人们的信仰，应当有绝对的自由，不受任何人的干涉。除去法律的制裁以外，信教自由，载在约法，知识阶级的人应首先遵守，至少也不应首先破坏。我们因此对于现在非基督教兼非宗教同盟的运动表示反对，特此宣言。"陈独秀看了这篇宣言，即作此信，提出个人意见。

附：周作人致陈独秀信（1922年4月6日）

仲甫先生：

我们宣言的正当，得先生来书而益证实，因为"无论何种主义、学说皆应许人有赞成、反对之自由"，而且我们宣言也原是"私人的言论"，当然没有特别不准发表之理，我们宣言的动因，已在北京报上申明，是在宗教问题以外，我们承认这回对于宗教的声讨，即为日后取缔信仰以外的思想的第一步，所以要反对。

这个似乎杞忧的恐慌，不幸因了近日攻击我们的文章以及先生来书而竟证实了。先生们对于我们正当的私人言论反对，不特不蒙"加以容许"，反以恶声见报，即明达如先生者，尚不免痛骂我们为"献媚"，其余更不必说；我相信这不能不说是对于个人思想自由的压迫的起头了。我深望我们的恐慌是"杞忧"，但我预感着这个不幸的事情是已经来了。思想自由的压迫不必一定要用政府的力，人民用了多数的力来干涉少数的异己者，也即是压迫。我们以少数之少数而想反抗大多数，一定要被压迫而失败，原是预先知道的，因为世上是强者的世界，而多数实是强者，我们少数的当然是弱者，所以应当失败。先生的“请尊重弱者的自由”这一句话，倒还应该是我们对先生及其他谩骂我们的诸位说的。（下略）

周作人

四月六日

（《民国日报》1922 年 4 月 20 日）

按：收到陈独秀 4 月 2 日函后，周作人代表发表宣言的五位同人作此函回复。

附：陈独秀致周作人信(1922 年 4 月 21 日)

启明先生：

接来示，使我们更不明白你们反对非基督教的行动是何种心事。反对非基督教的动因乃在宗教问题以外，真令人觉得奇异了。倘先生们主张一切思想皆有不许别人反对之自由，若反对他便是侵犯了他的自由，便是“日后取缔信仰以外的思想的第一步”；那末先生们早已犯过这种毛病，因为好象先生们也曾经反对过旧思想、神鬼、孔教、军阀主义、复辟主义、古典文学及妇人守节等等，为什么现在我们反对基督教，先生们却翻转面孔来说，这是“日后取缔信仰以外的思想的第一步”呢？先生们现在果主张基督教、神鬼、孔教、军阀主义、复辟主义、古典文学及妇人守节等等思想都有不许人反对之自由吗？若是反对他，都是“取缔信仰以外的思想的第一步”吗？都是“对于个人思想自由的压迫的起头”吗？先生们反对我们非基督教的思想自由，算不算是“取缔信仰以外的思想的第一步”呢？算不算是“对于个人思想自由的压迫的起头”呢？先生又说我们是多数强者压迫少数弱者，原来合乎真理与否，很难拿强弱多少数为标准，即以此为标准，先生们五人固然是少数弱者，但先生们所拥护的基督教及他的后盾，是不是多数强者，这篇帐恐怕先生们还未清算。因此，我现在仍然要劝告先生们——我平生最敬爱的朋友：快来帮助我们少数弱者，勿向他们多数强者献媚！

弟陈独秀白

四月二十一日

（水如编《陈独秀书信集》，新华出版社 1987 年版，第 371 页）

按：陈独秀读了周作人 4 月 6 日回函，再作此函答复。

王国维

王国维(1877—1927)，字静安、伯隅，号礼堂、观堂、永观等，浙江海宁人。1893年肄业于杭州崇文书院。1898年赴上海，任《时务报》书记。1901年秋，留学日本东京物理学校。1902年回国，任南洋公学虹口分校执事，协助罗振玉编《教育世界》。1903年至1904年，历任通州师范学堂、苏州江苏师范学堂教习。1906年去北京，任职于学部总务司、图书馆。1911年赴日本从事经史、文学研究。1916年回国，任《学术丛编》杂志编辑。1923年任故宫南书房行走。1925年任清华学校国学研究院导师。著有《人间词话》《宋元戏曲考》《唐宋大曲考》等。

1922年1月，北京大学研究所国学门成立，沈兼士任主任，聘请王国维为国学门通讯导师。

去信(1922年9月)

静安先生大鉴：

昨读致叔平先生书，敬悉一切。大著《五代监本考》收到，谢谢！当由本期《国学季刊》登出。兹检上研究所国学门章程四纸，由叔平先生转寄，祈察入为荷！北京教育经费风潮现在已将告一段落，阳十月初当可开学。

先生如有研究题目须提出者，请便掷下，不胜盼祷之至。敬候

撰安

沈兼士谨上

（马奔腾辑注《王国维未刊来往书信集》，清华大学出版社2010年版，第60页）

按：此信由马衡转呈王国维，1922年9月27日马衡致王国维信中说“研究所主任沈兼士先生书附呈台鉴”。信中“昨读致叔平先生书”，指8月24日王国维致马衡信，王在信中说：“研究科有章程否，研究生若干人，其研究事项想由诸生自行认定？弟于经、小学及秦汉以上事（就所知者），或能略备诸生顾问；至平生愿学事项，力有未暇者尚有数种，甚冀有人为之，异日当为写出以备采择耳。《国学季刊》索文，弟有《五代监本考》一篇录出奉寄。”

来信（1922年10月20日）

兼士先生有道：

前日辱手教，并属提出研究题目，兹就一时鄙见所及，提出四条。唯“古字母”及“共和以前年代”二条，其事甚为烦重，非数年之力所能毕事，姑提出以备一说而已。

前日寄上新作《书式古堂书画汇考中所录唐韵后》一篇，由叔平兄转交，想蒙察入。

题目四纸附上呈政。专肃，敬候

起居不尽

王国维顿首

十一、十、二十

研究发题

（一）《诗》《书》中成语之研究

说明　　古今言语文章，无不根据于前世之言语。今之言语中，有元明之成语；元明言语中，有唐宋之成语；唐宋言语中，有汉魏六朝之成语；汉魏言语中，有三代之成语。凡此成语，率为复语，与当时分别之单语，意义颇异，必于较古之言语中求之。今之成语，我辈得求之于元明以上之言语中；汉魏六朝之成语，我辈得求之于三代言语中。若夫《诗》《书》为三代言语，其中必有三代以上之成语，然今日所存言语，无更古于三代者，其源既不可求，其语亦遂不可解，然犹可参互求之。

今略举数例，如《诗·鄘风》“子之不淑，云如之何”，传、笺均以“善”训“淑”，不知“不淑”乃古成语。《杂记》载诸侯相吊辞曰：“寡君闻君之丧，寡君使某，如何不淑。”《左·庄十一年传》，鲁吊宋辞曰：“天作淫雨，害于〈粲〉[粢]盛，若之何不吊。”《襄十四年传》，鲁吊〈魏〉[卫]辞曰：“寡君使瘠闻君不抚社稷，而越在他境，若之何不吊。”古“吊”“淑”同字，“若之何不吊”即“如何不淑”也。是“如何不淑”一语，乃古吊死唁生之通语，“不淑”犹言不幸也。“子之不淑，云如之何”者，言夫人当与君子偕老，而宣公早卒，则子之不幸，将如之何矣。《王风》“遇人之不淑”，亦犹言遇人之不幸，与遇人之艰难同意也。又“陟降”一语，亦古之成语，其义为“陟”，或为“降”，不必相兼。《大雅》“文王陟降，在帝左右”，是陟而连言降者也。《周颂》“陟降厥士，日监在兹”，是降而连言陟者也。《尚书》多言“降格”，“格”之本字为“各”，其字从夂，与“降”字形、声、义三者皆相近，故“陟降”一语又转为“陟各”。《左·昭七年传》“叔父陟恪，在我先王之左右”，正用《诗》语。“恪”即“各”之借字，“陟各”即“陟降”也。古“陟”“登”声相近，故又转为“登假”。《曲礼》“告丧，曰天王登假”；《庄子·养生主》“彼且择日而登假”；《大宗师》“是智之能登假于道也”。若此“登假”，亦即“陟降”。《书·文侯之命》言“昭登于上”，《史记·晋世家》引今文。《诗·大雅》言“昭假于下”；登、假相对为文，是“登假”即“陟降”之证也。又转而为“登遐”。《墨子·节葬篇》：“秦之西有义渠之国者，其亲戚死，聚柴薪而焚之，熏上，则谓之登遐。”“登遐”，亦即“陟降”也。上所举“陟恪”“登假”“登遐”诸语，皆举其一端言之，则《诗》之“陟降”，于《大雅》义当为“陟”；于《周颂》义当为“降”。然则古之成语不能以分别之单语解之，断可知矣。传以文王上接天，下接人解“文王陟降”，笺以天上下其事解“陟降厥士”，皆坐分别解之之误。又如《大雅》“帝命不时”，“不时”

即“丕时”,《书·君奭》“在让后人于丕时”即用此语。“永言配命”与“永言孝思”句法不同,“孝思”“配命”,皆为成语。《诗》“孝思维则”、毛公鼎铭“不巩先王配命”,亦其一证。《诗》《书》中如此类,其数颇多,自来注家均以雅训分别释之,殊不可通。凡此类语,能荟萃而求其源委欤?其或不能,则列举之而阙所不知,或亦治经者所当有事欤?

(二)古字母之研究

说明　一字之音,有母有韵。古韵之学,创于宋人,至近世而极盛。古字母之学,创于嘉定钱氏,同时休宁戴氏亦作《转语》二十章,而其书不传,其流亦微。惟番禺陈氏作《切韵考》,始据《广韵》中反切以求中古字母之系统,其所得与等韵家之三十六字母不同。至于古音中之字母,则尚未有论其全体者,此亦音韵学上一阙点也。此问题不待说明,所当说者,材料与方法耳。

今举其委,约有五端:一、经传异文。如《尚书》古今文、《春秋》三传,实同名异,往往遇之;汉儒注中,某读为某,亦其类也。二、汉人音读。古注中某读如某,某读若某是也。三、音训。如“仁”“人”,“义”“宜”之类。《释名》一书,所用以相释者,什八九皆同母字也。四、双声字。如“玄黄”“觱发”“栗烈”之类,皆同母字也。五、反切。孙炎以下,至于徐邈、李轨之音,见古书注及《经典释文》者是也。苟以此数者参互相求,但顺材以求合,而不为合以验材,仿顾氏《唐韵正》之例,勒为一书,庶几古字母部目或睹其全,不让古韵之学专美欤!

(三)古文学中联绵字之研究

说明　联绵字,合二字而成一语,其实犹一字也。前人《骈雅》《别雅》诸书,颇以义类部居联绵字,然不以声为之纲领,其书盖去类书无几耳。此等复语,其变化不可胜穷,然皆有其公共之源。如风曰“觱发”,泉曰“觱沸”,跋扈曰“畔援”,广大曰“伴奂”,分散曰“判奂”,字虽不同,其声与义各有其相通之处。又如雨之小者曰“霡霂”,草之小者曰"蘼芜"、曰"绵马",木之柔者曰"木髦",虫之小者曰"蠛蠓";状草木之细密曰"覭髳",状鸟之小者曰"绵蛮",殆皆与"微"字之音义相关。辞赋既兴,造语尤夥,乃至重叠用之,如《离骚》"须臾""相羊",见于一简之中;《上林赋》"湢测""泌瀄","谽呀""豁閜",叠于一句之内,其实为一语之变化也。若集此类之字,经之以声,而纬之以义,以穷其变化而观其会通,岂徒为文学之助,抑亦小学上未有之事业欤!

(四) 共和以前年代之研究

说明 《史记》年表起于共和,厉王以前,年祀无考。《鲁世家》别据鲁历,上讫考公;而伯禽一代未著年数,则未能上关周初也。其诸公〈羊〉[年]数,〈亦〉[与]刘歆《三统历》所纪,互有异同。《汲冢纪年》虽有夏商年纪,此太史公所谓"不同,乖异",不足取信者。今兹所传,又非原本,自皇甫谧以下向壁虚造者,更无论已。然《周书》《武成》《召诰》《顾命》诸篇,颇具年月,如能以黄帝、项颛、夏、殷、周、鲁六历,各上推四五百年,各著其分至,朔望之甲子,以与《尚书》及古器物之月日相参证,虽宗周诸王在位之年数无从臆说,然武王克殷之年、周公营洛之岁与成王在位年数,或可得定欤。

附志:黄帝等六历,及历法,及积年,见《开元占经》卷一百五,并参考汪曰桢《古今推步诸术考》。

(谢维扬、房鑫亮主编《王国维全集》第15卷,
浙江教育出版社2009年版,第853—858页)

按:王国维已被聘为北京大学研究所国学门通讯导师,应国学门主任沈兼士之请,为学生提出四个研究题目。

来信(1923年4月5日)

兼士先生讲席:

昨领手书,敬承一是。弟前以北方新出古器物、书籍颇多,故颇思作一月之游,借扩见闻,并与诸君子晤谈,怀此有年,辄以事冗不克

成行；未审今年此愿得遂否！高邮王石臞先生训诂音韵书手稿，去岁由其后裔售出。其稿本六七十册（皆小册），并散片等，现并在弟处。其训诂一类，已发见雅训表二十一卷（原无书名，以《尔雅》《方言》《小尔雅》《广雅》诸书训诂。照王氏所定古韵部目，分为二十一部，每部之中又分二十一部，如“始”字，在之部，则在十七卷；又“初”“哉”二字，一在鱼部，一在之部，则“初”字在第十八格，“之”字在第十七格。此表不独检查甚便，于声音训诂之关系，亦可以观之）。释大□七篇（原当有二十三篇，仅成七篇，专以双声说字）。《诗经群经楚辞韵谱》若干册，《周秦韵谱》《两汉韵谱》各若干册。又《合韵谱》若干册（中间稍有阙佚，周秦同书，如《逸周书》等；汉初书，如《繁露》《韩诗外传》等谱，未□。唯《说文谐声谱》一种，仅有初著手之稿；闻其定本在阮文达家，后已亡佚矣。顷□一月之力，为之清理，并拟照王氏分部及体例，为补谐声谱；此书大约翰怡当能刊之。弟拟撰一序录，当送呈左右，入《国学季刊》也。小集排成四分之三，大约夏秋当能告成，再行奉呈教。尊致翰怡书，渠已收到。蒋氏《长术辑要》板在南浔，须孟蘋自往清出携至沪上不能印刷，故出书恐非易易也。高邮王氏杂稿亦颇不少，现雪堂编为《王氏四世文集》，将来想必与训诂音韵书同刊也。专肃，敬候

起居不一

弟国维再拜

寒食日

（《北京大学日刊》1923年4月13日）

按：“高邮王石臞”指江苏高邮人王念孙（自号石臞），清代语言学家。《繁露》即汉代董仲舒所作《春秋繁露》。阮文达即阮元（1764—1849），字伯元，号芸台，谥号文达，江苏仪征人，清代著作家、刊刻家、思想家。翰怡即刘承干（1882—1963），浙江吴兴人，藏书家、出版家。孟蘋即蒋汝藻（1877—1954），浙江吴兴人，实业家、藏书家。

去信(1923 年 4 月)

静庵先生左右：

前此研究所中各事多由叔平兄转达,致久未通讯,歉悚歉悚。昨叔平兄由沪回京,借承起居佳胜,著述日增,欣慰之至。并由叔平兄转述,先生今年沪事稍闲,或能来京一游,闻之不胜欣喜。尚望将豫定北上之期便中示及,用慰同人钦迎之意。北大蔡鹤庼先生虽暂离校,校务仍由各部主任负责维持,《国学季刊》第二期本月中旬可以出版,惟同人学问浅薄,当肯先生不弃,随时指导。第三期中尤盼能以大作赐登,俾增声价,不知先生肯谅而允之否?孟蘋先生所刊尊集何时可以出版?沈子培先生遗稿前闻孟劬兄言已由先生担任整理,不审何时可以竣事?敬念敬念。尊处前寄交陈援庵兄之稿件,已经交去。援庵兄嘱弟先为代达谢意。肃请

撰安

兼士谨拜启

翰怡先生晤时请为致意。前曾寄一信,不知收到否?恳便代问。又启。

(马奔腾辑注《王国维未刊来往书信集》,第 59—60 页)

按:蔡鹤庼即北京大学校长蔡元培,孟蘋指实业家兼藏书家蒋汝藻(字孟蘋),沈子培指书法家沈曾植(字子培),孟劬指学者张尔田(字孟劬),陈援庵即北京大学研究所国学门导师、史学家陈垣,翰怡指藏书家刘承干(号翰怡)。信中“《国学季刊》第二期本月中旬可以出版”,该刊创办于 1923 年 1 月,当年 1 月、4 月、7 月、10 月分别出版了第 1 卷的 4 期,可知此信当作于 4 月。

去信(1923年7月17日)

静安先生著席：

北京大学研究所国学门同人谨订于本月九日(星期日)午后二时，在后门内汉花园本校第一院开会欢迎先生，务祈光临赐教，不胜欣企之至！敬请

撰安

沈兼士拜启

六月四日

(马奔腾辑注《王国维未刊来往书信集》，第60页)

按：此信落款“六月四日”为农历时间，公历为7月17日。

来信(1924年2月25日)

手教敬悉。敝集奉上官堆纸廿部，白纸五部(因寄来白纸甚少)。官堆纸孟蘋处定价码洋捌元，实收六元；白纸码洋十元，实收捌元整。叔平兄已与公接约，特再奉闻。专肃，覆请

兼士先生撰安

弟维顿首

正月廿一日

(房鑫亮编《王国维书信日记》，浙江教育出版社2015年版，第689页)

按：信中“敝集”指王国维著《观堂集林》，谈到此书25部交时任北大研究所国学门主任沈兼士事，与王国维当年正月初二日、十七日、二月初七日致蒋汝藻(孟蘋)函所云“待与森玉、叔平接洽后，能销若干”及“其大学寄售者亦即日来取”“《集林》大学研究所已取去廿五部”相合。此信原载于《小莽苍苍斋藏清代学者书札》。

来信(1924年8月10日)

兼士、叔平仁兄鉴：

昨阅报纸，见北京大学考古学会《保存大宫山古迹宣言》，不胜骇异。大宫山古迹所在地是否官产，抑系皇室私产；又是否由皇室赏与洵贝勒，抑系洵贝勒自行购置，或竟如宣言书所谓强占，均有研究之余地。因洵贝勒之毁坏砖塔，而即谓其占据官产，已无根据；更因此而牵涉皇室，则尤不知学会诸君何所据也。至谓“亡清遗孽擅将历代相传之古器物据为已有”，此语尤为弟所不解。

夫有明一代学术至为简陋，其中叶以后诸帝尤不悦学，故明代内府殆无收藏可言。至珍异玩好，则甲申之变已为闯贼搜括殆尽。明亡于是年三月，而大清世祖章皇帝始于十月自盛京入居大内，宫廷空虚垂六阅月，其间明之遗物，闯贼劫掠之所剩者，又经内监之隐匿、宵小之攘窃，殆无孑遗。故顺治初年，故宫遗物阗溢都市，吴梅村《读史偶述》诗云：“宣炉厂盒内香烧，禁府图书洞府箫。故国满前君莫问，凄凉酒盏斗成窑。”又《送王员照》诗云：“内府图书不计钱，汉家珠玉散云烟。而今零落无收处，故国兴亡已十年。”当日布棚冷摊情形如此，是本朝入关以后，未尝得明代之宝器也。其可谓历代相传之古器物者，近如国学之石鼓，稍远者如房山之石经，远者如长安之碑洞，皇室未尝据为已有也。其可谓历代相传之古籍者，惟内阁大库之书籍多明文渊阁之遗，此于宣统初年，我皇上即以之立京师图书馆，其支流为今之历史博物馆，皇室未尝据为已有也。

今日内府之所藏，皆本朝二百余年之所搜集，其大半购自民间，其小半得于臣工之所进奉，高宗纯皇帝《御制文集·题跋》一类与《御制诗集注》中历纪其事，可覆按也。故今日宫中储藏与夫文华、武英诸殿陈列诸物，此二殿物民国尚未缴价以前。以古今中外之法律言之，固无一非皇室之私产，此民国《优待皇室条件》之所规定，法律之所保护，历任政府之所曾以公文承认者也。夫以如此明白之私产而谓之占据，是皇室于实际上并未占据任何之财产，而学会诸君于文字上已侵犯明白之私产矣。夫不考内府收藏之历史与《优待条件》是为不智，知之而故为是言是为不仁。又考古学会反对内务部《古籍古物古迹保存法草案意见书》，于民国当道提取古物陈列所古器作疑似之辞，而对皇室事，无论有无，不恤加以诬谤，且作断定之语。吐刚茹柔是为无勇，不识学会诸君于此将何居焉。又《优待条件》载，民国人民待大清皇帝以外国君主之礼，今宣言中指斥御名至于再三，不审世界何国对外国君主用此礼也？诸君苟已取销民国而别建一新国家则已，若犹是中华民国之国立大学也，则于民国所以成立之条件与其保护财产之法律，必有遵守之义务。况大学者，全国最高之学府，诸君又以学术为己任，立言之顷，不容卤莽灭裂如是也。抑弟更有进者，学术固为人类最高事业之一，然非与道德、法律互为维持，则万无独存之理。而保存古物，不过学术中之一条目，若为是故而侵犯道德、法律所公认为社会国家根本之所有权，则社会国家行且解体，学术将何所附丽？诸君所欲保存之古物，欲求其不为劫灰，岂可得乎？即不然，强有力者将以学术为名而行掠夺侵占之实，以自盈其囊橐，诸君所谓文献，将全为齑粉者将于是乎实现，不审于学术何所利焉？于诸君又何所利焉？二兄素明事理，于此《宣言》书竟任其通过发表，殆偶失之不检，故敢以意见陈诸左右。

又弟此书乃以考古学者之资格敬告我同治此学之友，非以皇室侍从之资格告大学中之一团体也。知我罪我，弟自负责，无预他人，合并附告，伏希亮察。并候
起居不尽

弟王国维顿首

再启者：

弟近来身体孱弱，又心绪甚为恶劣，二兄前所属研究生至敝寓咨询一事，乞饬知停止，又研究所国学门导师名义亦乞取销。又前胡君

适之索取弟所作《书戴校〈水经注〉后》一篇，又容君希白钞去金石文跋尾若干篇，均拟登大学《国学季刊》，此数文弟尚拟修正，乞饬主者停止排印，至为感荷。

国维又顿首

（谢维扬、房鑫亮主编《王国维全集》第 15 卷，第 859—862 页）

按：1924 年 8 月初，北京大学研究所国学门考古学会为保护北京西山古建筑，发表了《研究所国学门考古学会保存大宫山古迹宣言》，对清室破坏大宫山古迹提出批评。王国维闻讯，给国学门主任沈兼士和考古学会成员马衡写了这封信，提出抗辩，并要求取消研究所国学门通讯导师聘书，撤回拟登《国学季刊》的稿件，实际上断绝了与北大的关系。

马　衡

马衡(1881—1955),字叔平,别署无咎、凡将斋主,浙江鄞县人,金石学家、篆刻家。早年就读于上海南洋公学。1922年任北京大学研究所国学门考古研究室主任,同时在清华学校、北京师范大学等校兼课。1924年参与故宫文物清点工作。1925年任故宫博物院古物馆副馆长。1933年任故宫博物院代院长。次年任故宫博物院院长。1949年后,任北京市文物整理委员会主任委员。著有《中国金石学概要》《凡将斋金石丛稿》等。

蔡元培执掌北大后,聘马衡为北大文科教员,从此沈兼士与马衡成为同事。1922年北大成立研究所国学门,沈兼士任主任,马衡任国学门考古研究室主任,两人的交往更加密切。1925年故宫博物院成立,他们又同在该院任职。后来,沈兼士任故宫文献馆馆长,马衡任古物馆副馆长、故宫博物院院长。

去信(1922年)

叔平先生大鉴:

昨承转到静安先生不受脩金之函,敬悉一一。本校现正组织《国学季刊》,须赖静安先生指导之处正多,又研究所国学门下学年拟恳静安先生提示一二题目,俾研究生通信请业。校中每月致送百金,聊供邮资而已,不是言束脩也。尚望吾兄婉达此意于静安先生,请其俯鉴北大同人欢迎之微忱,赐予收纳,不胜盼荷。顷晤蔡孑民先生,言及此事,孑民先生主张亦与弟同,并嘱吾兄致意于静安先生。专此,

敬请
著安

弟沈兼士启

新《国学季刊》行将付印，静安先生如有近作赐登，不胜欢迎之至。又及。

（马奔腾辑注《王国维未刊来往书信集》，第61—62页）

按：信中"昨承转到静安先生不受脩金之函"，即这年8月1日王国维致马衡函，其开头云："昨日张君嘉甫见访，交到手书并大学脩金二百元，阅之无甚惶悚。前者大学屡次相招，皆以事羁未能趋赴，今年又辱以研究科导师见委，自惟浅劣，本不敢应命，惟惧重拂诸公雅意，又私心以为此名誉职也，故敢函允。不谓大学雅意，又予以束脩。窃以尊所本无常职，弟又在千里之外，丝毫不能有所贡献，无事而食，深所不安。况大学又在仰屋之际，任事诸公尚不能无所空匮，弟以何劳敢贪此赐，故已将脩金托交张君带还，伏祈代缴，并请以鄙意达当事诸公，实为至幸。"

来信（1923年9月21日）

兼士兄鉴：

今晨抵郑，寓车站大金台旅馆七十三号。午后，偕石医官往十四师，至则军中已先知之，盖已接电故，极为欢迎。靳师长在开封，约明后日可返，抚拓一事，须得靳许可，彼等不敢擅专。其器物约九十件，所定名称，间有错误，为订正之。中有监一，形如达古斋藏器而略小，□卢一，形如长方盘，有文七，曰王子□，次之□□□，此为向来言礼器者所未见。惟此器无铜锈，文字清晰可见，其余皆遍身青绿，不知有无文字，但亦有应刻字处而铜锈较薄者，细验实无文字，容俟见靳后，怂恿其剔锈传拓，然即使允剔，亦非短时期所能蒇事。毕君（毕等寓青年会）今日闻已去过，闻副官言省长力阻外人参与，靳意亦雅不欲之，防其有私意也。照相，彼处已全数照过（已得者），系由汉口觅良工来照，样张今日寄到，尚精工，将来可赠我校一份。酒器仅有壶、尊、罍、觥四种，其余所差尚多（编钟出十八枚，当尚有十四枚），想〈亲〉[新]郑土中尚有大批未出。明晨往新郑察勘，已由其副官电嘱保护矣。余续陈。此颂
著安

弟衡上〈古〉[言]
九月二十一日

附：《河南新郑发见古物之露布》

河南新郑县居郑州之南，许昌之北。周辙东迁郑，亦随之建国于此。秦置郡县，因号新郑焉。邑绅李君名锐，世居城南门内，曾任安武军军官，退闲务农。宅边有园圃，思凿井以灌溉之，延风鉴家相地，度宜雇工持畚掘，从事至三丈余，其间古物发见，时中华民国十二年八月二十五日也。云鹗驻军郑州，九月一日查防至此，闻其事，因思钟鼎重器、尊簋宝物为先代典型所寄，中邦文化所关，允宜归诸公家。垂诸后世，庶于国家保存古物之定章不至有背。爰特上达列宪备案，派遣副官陈国昌前往，以斯旨相告，李绅欣然从之，即以已得之大鼎六、小鼎三、敦四、鬲六、鉴二、罍一、□一、玉玦（误）二、碎铜片五十三，悉数缴出，先行运郑保存。仍命陈副官偕参谋王灿章会同县邑官绅再事搜罗，于五日续得鼎六、洗一、大钟四、小钟十七、大方尊（壶）四、罍一、□（罍）一、壶二、敦四、簠四、簋（误）二、匜（兕觥）一、方盘一、∪卢一、圆盘一、碎铜片五百四十，于七日又得鬲三，于九日又得兽尊（兕觥）一、匜二、簠（误）二、圆盘一、小鼎一、瓻座（误）一、兽面人身小铜像（此为鼎足）一、鹤形仪饰二、碎铜片四十二。当发见之初，许昌张君庆麟闻风而往，以八百五十元购去大鼎一、中鼎二。嗣以云鹗主张保留归公，即慨然送来，领还原价。先后计得各物九十一、碎铜片六百三十五，均随时上闻。奉巡师令，俟掘取净尽，即当派员来郑监运，转交古物保存所，什袭珍藏，吉光片羽，麟角凤毛，郑重将事，

幸无散佚。此项古物当系郑国宗庙祭享之器,第以久湮土内,强半残缺,且泥铜化合,剥触漫漶,虽花纹可观,而款识难寻,不无遗憾。仅一方盘镌有古籀一行,略可辨认而已。然其形制瑰玮,彩锈斑烂,为周代遗物,固无疑义。内中有□□大钟,高至五尺,重至三千七百余两,凸纹盘龙蟠爬。大方尊高至四尺,重至一千七百余两。及兽面人身小铜像等,均为世不经见之物。且钟鼎盘尊有发见墨漆古水银浸者,尤可宝贵。日来派员权衡轻重,量度长短,根据金石古籍,比拟形制、花纹,暂定名称,以待博雅大家有所考正。并经逐件摄影,拟即制版印书。一面继续搜掘,以冀再有所得,□归公有,按图立说,传诸艺林,以彰国粹,而惠后学。此则云鹗区区集录之微意。惟是中外名流、遐迩亲友,或移玉参观,或诒书询问,欲睹底蕴,动究根由,作答既虑无暇,在远良多驰系,谨先露布,借以奉闻,幸垂鉴焉。注:凡括弧内之字,系马衡教授订正原文错误之处。

(《北京大学日刊》1923 年 9 月 26 日)

按:1923 年 8 月,河南省新郑县农民李锐偶然挖掘出一些古物,时任吴佩孚第十四师师长靳云鹗派人从李锐处提取所有出土器物,并将陆续发现的古物运往郑州。此事引起美国考古学者毕博士等的注意,以调查为名赶赴新郑。北京大学研究所国学门闻讯,立即特派马衡教授前往调查。出发前以北京大学的名义向靳云鹗发去一封介绍信,介绍北大研究所国学门设立的考古学研究室及古迹古物调查会,“特派考古学家马衡教授前来参观,拟作学术上种种之研究,并与贵师长商酌敝校将来收积古物调查古迹之办法”。马衡于 9 月 21 日抵达郑州,参观陈列于十四师司令部的出土器物,并作此函给国学门主任沈兼士,报告当时了解的相关情况。

来信(1923 年 9 月 23 日)

兼士兄鉴:

前日寄呈一书，计已鉴及。昨往新郑履勘，归途误车，又逢大雨，附货车回郑，狼狈之状，不言可喻。归后，见郭君玉堂，得读手书，敬悉一切。靳师长今晚可来，晤后即拟赴洛阳。陈列各器，今日又往详细考察，除∪卢一器外，余皆无字。新郑发掘地点，弟去时旧坑已填，新坑才掘，实在无可看，仅据发掘人所报告绘一草图，俟将来作报告时附呈。高、裘二君已晤及，弟告以“公等且竭力去干，晤靳时不必要求，宜用全力向吴言之，或可有济；余之此来，全为考察，于省有国有，皆所赞成，第私人掠夺，或各团体朋分，则所反对耳”。专此，敬颂
著安

弟衡上言

九月二十三日

（《北京大学日刊》1923 年 9 月 28 日）

按：马衡在郑州参观结束后，于次日至新郑出土地点考察，当天又返回郑州。23 日再度参观陈列于郑州的出土器物，晚上会晤靳云鹗，商谈出土器物的归属。从信中所述看，这是会晤靳前写给沈兼士的信。“郭君玉堂”指北大研究所国学门驻洛阳调查员郭玉堂。“高、裘二君”指高丕基及供职于教育部北京历史博物馆的裘善元。

来信(1923 年 9 月 24 日)

兼士兄鉴：

昨函寄出后，靳师长即于五时抵郑，高、裘二君来约弟晚餐，靳忽派副官来邀晚饭，遂与高、裘同往。其意似颇殷勤，大约完全为名，故对十中央行政及学术机关之人极表欢迎，且谓“吴使复电，虽欲交本省教育机关筹款建馆保存，而其个人之意，则希望归诸都会保存”，坚嘱我等设法，由中央政府电请曹、吴拨归中央陈列。∪卢已属永贵去拓，今先寄呈二纸，一存学校，一请转致静安，其余俟拓齐再寄。弟今日先赴洛阳，有信寄彼可也。此颂

日安

弟衡上言

九月二十四日

(《北京大学日刊》1923 年 9 月 28 日)

按:"曹、吴"指曹锟、吴佩孚。

来信(1931 年 7 月 22 日)

兼士三兄大鉴:

去年与安得思赴蒙之团长张席禔君,今春自广州中大来函,托为其弟谋事。其弟名席祚,北大英文系毕业生,当时以谋事不易,允于暑假中代谋英文钟点,事隔半年,张君屡来请托,实无以应付,辅大或其附中想尚可设法,务请转商援庵先生,一为位置,钟点不拘多少,只求有以报命,则幸甚矣。前托之国文教员侯堮及法科教员陈宗勖二君,亦希鼎力玉成,是所至祷。专此,敬颂

著祺

弟衡上言

七月廿二日

(北京保利十二周年春季拍卖会拍品,2017 年 6 月 4 日)

按:沈兼士兄弟三人,长士远、次尹默、幼兼士,民国初年三人均在北大当教授,人称"北大三沈",友朋多依次称沈大、沈二、沈三,马衡称其"兼士三兄"亦缘于此。沈兼士时任北平辅仁大学教授。援庵即辅仁大学校长陈垣。沈、陈关系极好,因此有马衡托沈转请陈垣帮助介绍教职之议。

去电(1945 年 10 月 8 日)

重庆

马院长：

钦密。古所及史馆接收后，无人负责，拟暂交院兼管，如荷同意，请迅与主管部院商妥见复。

兼士

齐（十月九日发）

（中国第二历史档案馆藏档，卷宗号：五[2]-586）

按：马衡时任故宫博物院院长。信中“古所”指北京古物陈列所，“史馆”指历史博物馆。沈兼士时任教育部平津区特派员，负责接收平津地区敌伪文化教育机构。

来信（1947 年 3 月 18 日）

（前文复述行政院河北平津区敌伪产业处理局致故宫博物院公函略）希将该项陶器接管清册检赐一份，以便订定日期派员点收为荷。此致

沈兼士先生

院长马衡

三月十八日

（原件，故宫博物院藏）

附：行政院河北平津区敌伪产业处理局致故宫博物院公函（1947 年 3 月 11 日）

案查关于北平北海公园团城之伪古学院处理一案，业经本局审核，除该院房舍已经准予发还北平市政府外，其余书画、器物并经拟定拨交办法，提请本区第五十四次审议会议决“（一）书画拨交北京大学，（二）陶器拨交故宫博物院，（三）家具拨交文物整理委员会”等因，记录在卷。除分函及函知原接管之前教育部平津区特派员沈

兼士负责移交,并呈报行政院核备外,相应函请查照。径洽分别接管见复为荷。此致

故宫博物院

局长张子奇

三十六年三月十一日

(原件,故宫博物院藏)

黎元洪

黎元洪(1864—1928),字宋卿,湖北黄陂人。1911年武昌起义爆发,被迫出任湖北军政府都督。1912年南京临时政府成立,当选为副总统,曾追随袁世凯参与镇压“二次革命”。1916年袁世凯死,继任大总统,恢复约法,召集国会。1922年直系军阀控制北京政府,复任总统。次年,被直系军阀驱逐。

去信(1923年1月19日)

呈为请予罢免教育总长彭允彝,并乞慰留北京大学校长蔡元培以维持教育而弭学潮事。窃北京大学校长蔡元培长校以来,于今六年,群情悦服,近因见教育总长彭允彝溺职营私,举措荒谬,羞与为伍,愤而辞职。京师学界极为惶恐。查民国八年五月蔡校长因外交问题辞职,全国学界为之扰攘者数月。此次事略相同。假使蔡校长不即回校,必致影响于教育前途甚大。顾彭允彝一日在职,则蔡校长一日不回。素仰我大总统重视教育,必不忍因彭允彝一人之故,致教育界又生波折。为此迫切陈词,恳请大总统立即罢免彭允彝教育总长之职,并切实慰留蔡校长,以安教育而弥学潮。学校幸甚,大局幸甚。谨呈

大总统

北京大学教职员全体代表

蒋梦麟、顾孟余、谭熙鸿、陈启修、何基鸿、杨栋林、罗惠侨、马裕藻、朱希祖、陶履恭、王星拱、沈兼士、沈士远、王世杰、马叙伦、黄右

昌、郑阳和、胡春林、丁燮林等谨呈

（《北京大学日刊》1923年1月20日）

按：1923年1月11日，京师地方检察厅以“犯罪嫌疑不足，行为不成犯罪”，判决释放北洋政府财政总长罗文干。教育总长彭允彝为迎合国会和军阀，竟主张再办罗文干。于是，“彭允彝干涉司法独立”的说法迅速传开。北京大学校长蔡元培对彭氏的做法极为不满，于1月17日向大总统黎元洪递交辞呈以示抗议。1月19日上午，北大全体教职员按照计划召开紧急会议，决定“（一）一致挽留蔡校长，（二）不承认任何人为北大校长，（三）发表宣言表示态度，（四）仍照常上课”，并以教职员代表名义向总统黎元洪递呈此函。

余棨昌

余棨昌(1882—1949),字戟门,浙江绍兴人,法学家。1911年毕业于日本东京帝国大学,获法学学士学位。归国后,任清政府户部主事。1912年后,历任法制局参事、司法官惩戒委员会委员、司法官训练处处长兼法典编纂委员会顾问、大理院庭长兼推事、司法讲习所所长、修订法律馆顾问。1923年2月,任大理院院长兼司法惩戒委员会委员长。1928年任修订法律馆总裁。后任北平大学法学院、朝阳大学教授。著有《民法亲属编》《民法要论总则》《民法要论物权》等。

去信(1923年)

敬启者,罗案发生,栋林等未敢短长于其间,诚以案情既重大而且复杂,已交法庭,自有公判,情实则罗君宜服其辜,虽亲爱者不得而袒之,事虚则法律持平,理无屈滥。或有失出,人人得起而议之,无待栋林等之先置喙也。惟是既经法庭为不起诉之宣布,即此案已告一结束。倘谓原处分错误,或有新证据发现,均不难依法别寻救济,乃者先发逮捕之令,继提申请之议,事出中枢,法庭承命,舆论哗然,以为破坏司法,蹂躏人权,而北京大学校长蔡君元培,且因此辞职,以申其愤慨。国内教育界又因此而先行纷扰。然栋林等以为教育界一时之纷扰,所关者小,而法律所以保障人民之自由,苟一破坏,即任何人于任何地任何时皆可以受非法之侵陵。国家建立十年,祸乱相寻,生民愁苦,犹足以自慰者,此区区之法律,犹未破坏耳。今则并此而将不保。自罗君再被捕之后,舆论之激昂,外人之不平,固已播诸见闻,而近顷东省特别区法院亦且相诘难。闻将由贵院解释，以定其是非，天下皆拭目以俟之。外人固将以此下治外法权之可与收回与否，国民亦必以此证此后人权之被蹂躏与否，而执事谪居大理院，有解释法文之权，握器持衡，措施必当，此栋林之所信也。愿当此暴力横行之际，深虑有干涉解释之事。栋林等所以欲代全国之人而先呼吁于诸君子之前。《诗》曰“不畏强御”，《老子》曰“以百姓之心为心”，惟执事念之哉。草布区区，顺候

政绥

杨栋林　徐宝璜　胡春林　马裕藻　沈兼士　蒋梦麟
谭熙鸿　黄右昌　马叙伦　杜国庠　马　衡　沈士远
郑阳和　陈启修等

（《申报》1923年2月6日）

按：罗文干案声请再议，北京大学教职员杨栋林、胡春林、沈兼士等因听说此事将由北洋政府大理院解释法文，以定罗文干是非，所以致函代理院长余棨昌，请大理院“勿屈于强御，审慎解释”。

刘承干

刘承干(1882—1963),字贞一,号翰怡,浙江湖州南浔人,近代藏书家、出版家。1910 年至 1925 年,共耗资 30 余万元搜购图书,最多时藏书 57 万余卷。1920 年,在南浔兴建嘉业堂藏书楼,至 1924 年竣工。中华人民共和国成立后,他将嘉业堂藏书全部捐献给政府。

来信(1923 年 5 月 7 日)

兼士先生:

(上略)尊允代售拙刻,流行卷帙,借鼎力以传,亦其幸矣。惟三千里程途相隔,寄递维艰,稍缓当检集各种,酌定价目,托商务印书馆运京。弟频年来所刻丛书,恰分四种:一嘉业,一吴兴,一求恕,一留余。今嘉业丛编约秋间蒇事;此刻印存者,零星散卷,或有或无,不如俟其全面重印之,全部寄售,较相宜也。章实斋全书,弟去岁入都,急思就正诸公,先印十部;既而核阅,讹谬甚多,且杭郡近又寄到数篇,即已编刻,而误字又在察校,一俟竣工刷印,谨当寄数编托公分贻同好,借结墨缘。荔墙丛刻中《长术辑要》,已转告蒋孟苹舍亲,据云"板在菰城,久不归去,他日返棹苕溪,当携申重付麻沙也"……

愚弟刘承干顿首

五月七日

(《北京大学日刊》1923 年 5 月 16 日)

按:刘承干致力于私藏古籍的刊刻印行,时任北大研究所国学门主任沈兼士闻讯,同意为刘氏代售。《长术辑要》为清代汪曰桢著。

蒋孟苹即蒋汝藻(1877—1954),浙江吴兴人,民国时期实业家、藏书家。菰城代指湖州,相传楚国春申君黄歇曾在其封地内筑菰城,位于今湖州南郊。苕溪流经湖州一带,是太湖流域的重要水系。信中以苕溪指代湖州。

张载阳

张载阳(1874—1945),字春曦,号文荣,浙江新昌人。早年毕业于浙江武备学堂,辛亥革命后历任陆军第四十二协统领、第五十旅旅长,1922年任浙江省省长兼陆军第二师师长,晚年隐居杭州、新昌,关心地方公益和慈善事业。

去电(1923年9月22日)

杭州张省长鉴:

顷闻一中何校长率军警围校,学生绝食。事果属实,殊骇听闻。我公对此处置如何,亟盼示复。

蒋梦麟 吴震春 马叙伦 沈尹默 马裕藻 刘毓盘
钱家治 钱玄同 钱稻孙 沈士远 沈兼士 冯祖荀
罗惠侨 朱希祖 邵长光 樊际昌 洪式闾 郑奠
单石庵 鲍鉴清 陈大齐 赵廷炳

养

(上海《时事新报》1923年9月26日)

按:1923年9月,浙江省立一中发生学潮,校长何炳松(柏丞)以军警围校,断绝学生饮食。旅京浙籍名流、学者闻讯,义愤填膺,遂发此电致浙江省省长张载阳,希望妥善处置此事。

张宗祥

张宗祥(1882—1965),字阆声,号冷僧,浙江海宁人。1907年应聘至浙江高等学堂任教,又在浙江两级师范学堂和杭州府中学堂兼课。辛亥革命后在浙江军政府教育司服务。1914年进京任教育部视学。1922年任浙江省教育厅厅长。抗战时至重庆,先后任职于国民政府交通部、中国农民银行。中华人民共和国成立后,历任浙江图书馆馆长、浙江省文史研究馆副馆长、中国美术家协会浙江分会副主席、西泠印社社长等职。

去电(1923年9月22日)

杭州教育厅张阆生先生:

顷闻何柏丞以军警围校,断绝学生饮食。如此办理乖方,执事无所逃责。望勿再任意气,徒益纠纷。

吴震春　沈尹默　邵长光　沈士远　马裕藻　马叙伦
蒋梦麟　钱家治　陈大齐　钱玄同　刘毓盘　冯祖荀
钱稻孙　罗惠侨　沈兼士　朱希祖　鲍鉴清　洪式闾
郑　奠　单石庵　赵廷炳　樊际昌

养

(上海《时事新报》1923年9月26日)

按:参阅本书致张载阳函(1923年9月22日)。

去电(1923 年 9 月 29 日)

杭州教育厅张阆生先生：

养电计达。柏丞信用全堕，应即撤换，勿再迟延，益增众愤，速复。

吴震春　钱家治　钱稻孙　马裕藻　郑　奠　刘毓盘
樊际昌　陈大齐　钱玄同　许寿裳　洪式闾　沈士远
马叙伦　冯祖荀　罗惠侨　单石庵　沈尹默　鲍鉴清
沈兼士　朱希祖　蒋梦麟　孙伏园　赵廷炳　邵长光
艳

(上海《时事新报》1923 年 10 月 6 日)

何炳松

何炳松(1890—1946),字柏丞,浙江金华人,著名历史学家。1911年毕业于浙江高等学堂。1912年考取浙江官费留学资格,赴美国威斯康星大学,后入普林斯顿大学。回国后任北京大学教授、浙江省立一中校长。1924年任商务印书馆百科全书委员会历史部主任,后任编译所所长,主办《教育杂志》。1935年7月至1946年5月,任暨南大学校长。著有《通史新义》《历史研究法》《历史教育法》等。

去电(1923年9月22日)

杭州一中何柏丞兄:

推兄回浙办学,期望甚殷,竟以军警围校,断绝学生饮食,措置如此,何以自解,自宜亟退,以维乡邦教育。

蒋梦麟　邵长光　沈尹默　马叙伦　马裕藻　沈士远
沈兼士　钱玄同　冯祖荀　单石庵　刘毓盘　洪式间
鲍鉴清　罗惠侨　郑　奠　朱希祖　赵廷炳　陈大齐
养

(上海《时事新报》1923年9月26日)

按:参阅本书致张载阳函(1923年9月22日)。

杨鸿烈

杨鸿烈(1903—1977),又名宪武、志文、炳,云南晋宁人。毕业于北京师范大学外文系,后入清华大学国学研究院。1927年任教于南开大学。1928年任中国公学大学部文史学系教授兼主任。1931年任教于北平师范大学。以后历任云南大学、河南大学教授。1934年留学日本东京帝国大学,1937年获博士学位。1941年至1945年任南京中央大学教授。1946年至1955年任香港大学教授兼《星岛日报》英文翻译。1955年任广东省文史馆馆员。著有《史地新论》《史学通论》《中国法律思想史》等。

去信(1923年11月)

顷读《晨报》所登大作《苏曼殊传》,因记起我从前有一首吊曼殊的古诗,其中也约略写出一点曼殊的脾气和态度,特寄奉参考。

鸿烈先生

沈兼士

病中闻苏曼殊以胃病死,追怀往事,怅然有作

智度寺中记初见,智度寺为余昔在日京小石川寓居之所。输心谈笑日宴宴;新句传吟骇世俗,袈裟点点疑樱瓣。曼殊有句云:"袈裟点点疑樱瓣,半是脂痕半泪痕。"人生贵在任自然,唧唧啾啾失天全;于子乃见真颜色,乞钱且买雪茄烟。曼殊尝困乏,向人借银十元,以之尽购雪茄烟。海外归来感离索,失喜西湖逢行脚!孤山藕浆嗟至味,曼殊一日游孤山放鹤亭,主者为调藕粉饷之,归来赏叹人物之美不离口。家兄士远因戏之以

诗云:"今宵不兆兴亡梦,梦到孤山吃藕浆。"裘马清狂兴如昨。自尔南北各分张,吴江燕树长相望。病里忽闻君竟死,展读遗书徒悢悢!

(杨鸿烈《拙作〈苏曼殊传〉后的几句闲话——谢答周作人、沈兼士两先生所寄给的信和诗》,见《晨报副刊》1923年12月6日)

按:1923年11月22日至11月30日,北京师范大学外文系学生杨鸿烈所著《苏曼殊传》在《晨报副刊》连载,沈兼士读后,给作者写了此信。智度寺在日本东京,清末沈兼士留学日本,时苏曼殊亦常游东瀛,两人那时就相识。

附:杨鸿烈致周作人、沈兼士信(1923年12月1日)

我平常以为历史的范围,无论小至个人,大至家族、社会、国家、世界,千言万语,说来说去,它的目的只不过是求得真象而已(the attainment of true is the single aim of history)。梁任公先生说:"有志史学者,务持鉴空衡平之态度,极忠实以搜集史料,极忠实以叙论之,使恰如其本来。当如格林威尔所云'画我须是我',当如医者之解剖,奏刀砉砉而无所谓恻隐之念扰我心曲也。"我作《曼殊传》的时候,便是想本着这种目的,抱持这种态度,但我因"见闻有限",所以许多地方总是放心不下!现在承作人先生指出"沙恭达纶一章"在《文学因缘》第六十三页,并代抄太炎先生笔述的译文,使我得明真相;前些时玄同先生和我谈话,也说及曼殊的译诗有许多是经过太炎先生的润色改动的,但我因不确知改动过的是那几首,所以就没有提上一笔,现在很可以把作人先生的话补订于此了,这是我应该感谢作人先生的地方。还有兼士先生寄给我的一首吊曼殊的古诗,把曼殊的脾气和态度,描写的淋漓尽致。于此更可见沈先生和曼殊友情的笃挚。现在将这诗和以前我所引太炎先生的《曼殊遗画弁言》和沈尹默、刘半农两先生的诗合起来看,就联想到一年前读过麦克来(Macaulay)

所著的《约翰生行述》(Life of Samuel Johnson)书里，麦克来描写约翰生那样的贫困、饥饿、贪食、卤莽、浪费和品性狷介的地方，真和曼殊无独有偶。最可笑的就是约翰生的那位情人——伊里萨白拍特尔夫人(Mrs Elizabeth Porter)，又短又胖，偏又爱修饰边幅，养的儿子和约翰生一样的年纪，而曼殊在美利加也曾向一个"重四百斤""胫大如汲水甕"的肥女求婚，东西有这两位"独具只眼""道同志合"的大文豪，不可不算一段奇谈了！但这些琐节并不足为曼殊和约翰生之累，因为天才的人，差不多都有精神病的倾向，何况我们因这些特点而更易了解他们的作品呢？英国散文作家艾狄生(Joseph Addison)说过："我曾观察过一个读者很少有兴味耐着性子去读一本书，要等到他知道这个著作者是个面目黧黑的人或是颜容姣好的人，是个温文尔雅的人，或是个狂躁妄夸的人，是个结了婚的人或是尚未结婚的人，像这一类的特点，都足以使读者深知著作者的意思之所在。"现在就将沈先生寄给我的信和诗公布于下：(略)

周、沈两先生都是我平时极受影响、最钦服爱敬的人，这次都肯来帮忙指导，使我得着意外的高兴和内心里说不出来的感激！很希望以后常常如此的赐教。

一九二三、十二、一日
师大

(《晨报副刊》1923年12月6日)

按：杨鸿烈收到周作人、沈兼士的信后，撰写此文。

周子美

周子美(1896—1998),原名延年,字君实,号子美,浙江吴兴(今湖州市)人,版本目录学家。1913年毕业于浙江法政专门学校政治经济科。1917年加入南社。曾任湖州府修志局采访员、浙江吴兴嘉业堂藏书楼主任、上海震旦大学教授。1932年任上海圣约翰大学副教授。1941年到南京泽存书库从事编目。1944年回圣约翰大学任教。著有《庄氏史案考》《洛阳伽蓝记注》《慈云楼藏书志考》等。

去信(1923年12月20日)

子美先生大鉴:

前奉大札,极为欣慰。承委于内阁档案中,查寻吾乡庄氏史狱事,当即令会中主其事者详细察阅,无如康熙一朝摹本留存者过少(康熙虽有六十一年,而文件留存者不及乾隆百分之一,不知何故),竟未能发见,无以报命。歉歉。以后如发见,自当将原文钞奉。

此外文字狱,如曾静、吕留良诸案,当时上谕之底稿,档案中尚存有数件。其事实详略,颇与今世所传诸官书不同。将来整理完毕后,拟择要印行,以供留心史事者之取材。

北大研究所国学门创设不及两年,又值经济万分困难之秋,虽略有计划,均未能积极进行。

兹寄上印刷品数件,敬祈指正。

弟离家几十载,乡里故人,多半不通书问。今承先生不弃,殷殷以乡邦文献下问,鄙怀不胜感激。以后尚祈时赐教言,至为盼祷。专

复,即颂

大安

弟沈兼士谨启

20/12

再,商务印行之《说部丛书》中,记载庄氏史狱甚详,可供参考。又及。

(刘衍文、艾以主编《现代作家书信集珍》,
汉语大词典出版社 1999 年版,第 200 页)

按:周子美采辑旧籍,详为考订,撰写《庄氏史案考》。其间,致函同乡学者沈兼士,请求代查庄氏史案档案,此件即是沈兼士复书。信末只署月日为 12 月 20 日,未署年份。信中有"北大研究所国学门创设不及两年"句,因研究所国学门成立于 1922 年 1 月,故推算可知此信应作于 1923 年 12 月 20 日。又,北京大学于 1922 年 6 月接收教育部历史博物馆所藏明清档案,并于次月开始整理,沈兼士负责并参与这项工作。周子美闻知这些情况,所以有写信请求帮助之举。

罗 庸

罗庸(1900—1950),字膺中,号习坎,祖籍江苏江都,出生于北京。早年就读于京师第二中学。1920年毕业于北京大学国文系,次年入研究所国学门深造,1924年毕业。后任职于北洋政府教育部,兼任北京大学、北京女子师范大学讲师。1927年任中山大学教授兼国文系主任。1931年任浙江大学教授。1932年任北京大学教授。抗战时期,任西南联合大学教授。1946年任昆明师范学院教授。1949年任教于重庆勉仁文学院。著有《中国文学史导论》《魏晋思想史稿》《陶诗编年》等。

来 信

兼士先生大鉴:

前次歌谣研究会开会时,曾言今日之北京话多杂元代方言,欲就元曲中考订其意义,以北京话比附之。庸读元曲颇觉其中俗语与今日北京话不甚相远,曾草元曲释词,旋作旋辍,成者无多,兹寄上数条,以资讨论。又,先生所为《广韵声系》已脱稿否?歌谣研究会进行如何?庸俟一星期后返京,尚拟于考订元代方言有所供献。诸容续陈,即颂

教安

学生罗庸拜上

一月十二日

(北京大学档案馆藏档,档号:BD1927017-4)

按:此信作于1922至1924年间,当时罗庸正在沈兼士任主任的北京大学研究所国学门读书。沈兼士于1920年11月撰成《广韵声系叙及凡例》,并发表于同年11月16日《北京大学日刊》及《北京大学月刊》第1卷第8号。《广韵声系》经反复修订完善,至1945年由北京辅仁大学印行。

顾维钧、王正廷

顾维钧(1888—1985),字少川,江苏嘉定(今属上海市)人,民国时期外交家。早年留学美国哥伦比亚大学,获国际法博士学位。回国后历任外交部参事,驻美国、日本公使,驻美国大使。1918 年代表中国出席“巴黎和会”,拒绝在对德和约上签字。1922 年起,曾任北洋政府外交总长、财政总长,并两度代理内阁总理。后历任国民政府外交部长、驻法国大使、驻英国大使、驻联合国中国代表团团长。1985 年病逝于美国。

王正廷(1882—1961),字儒堂,浙江奉化人。1907 年留学美国密歇根大学。1911 年回国,历任北洋政府工商部代总长、中华基督教青年会全国协会总干事、国际奥林匹克委员会终身委员。后任北洋政府外交总长、代理国务总理兼外长、国民政府外交部长。1949 年移居香港。

去信(1924 年 2 月 17 日)

俄国革命,国体变更,中俄邦交,因以暂辍,然此乃事势所迫,国际常例。苟其主体已定,则邦交自当随复。若夫或有日月之延,踌躇之虑,所以视其统治之力,而察其主体之固定与否。诚以玉帛既将,则信誓无更。谨之于前,庶以寡侮,非谓一旦解携遂无复合者也。俄自革命以还,既有年所,曩者犹有旧党扰攘,可以却虑,比则苏维埃共和国已大联合,其四境已谧,寇逋就除,人情趣一,主体固定,尚复何所审顾。而俄使三至,讫无酬答,所以海内怀疑或受牵制。抑苏俄以平民革命推覆帝政，从其为治方略未与我同，此其国内之情，无涉邻与。言其宣扬民治，实吾良友。况俄之与我疆界相仳，不徒念鲁卫之政，宜先诸国复其故交，即援连疆之谊，亦当应其嘤鸣。至于迩来外交之术，每于国交回复之际，辄有要求附之条件，揆之法理，难为一谈。违理之行，岂宜率效。况俄之于我，互助之勤，亦屡宣布。苟相与以诚，何至食言。若先以利合，后图未可必也。所以思维再三，佥谓宜绝瞻顾冀望之怀，立遗尺一，复续两国之交。先民有言，当仁不让。梦麟等欲言之执事者有日矣，以为执事折冲樽俎，见岂不同，而乃声闻久寂，似畏前驱。今者着吾先鞭者已二国矣，宁当复使超轶绝尘，而甘局促自后于人哉！扬国声而辑与国，惟执事之是图。

蒋梦麟　陈大齐　王星拱　沈尹默　张竞生　胡　适　顾孟余
汤尔和　马叙伦　李煜瀛　马裕藻　沈士远　谭熙鸿　李大钊
朱希祖　沈兼士　陈　源　丁燮林　陶孟和　周作人　林玉堂
周　览　皮宗石　郁达夫　江绍原(后略)

(《申报》1924 年 2 月 18 日)

按:1923 年 6 月，苏联派遣副外交人民委员加拉罕来到中国，为两国恢复邦交进行谈判。中俄之间最为引人关注的是中东铁路问题和蒙古问题。1924 年 2 月，英国、意大利相继无条件承认苏俄，世界外交格局发生重大变化。受此影响，中国国内无条件承认苏俄的呼声再度高涨。正是在此背景下，蒋梦麟、沈兼士等 47 名北京大学教授致函北洋政府外交官顾维钧、王正廷，要求顺应形势，即行恢复中俄邦交。

伊凤阁

伊凤阁(1878—?),俄国人。早年就读于圣彼得堡大学东语系,学满语。1902年来华学习汉语,任京师大学堂译学馆俄文教习。1904年回俄国,在俄国讲授中国文学,从事西夏文研究。1922年再次来华,任北京大学研究所国学门导师。1924年任苏联驻华大使馆汉文参赞。著有《西夏语研究》《王安石及其变法》《华语初级读本》等。

来信(1924年2月29日)

兼士先生赐鉴:

敬启者,昨奉北大研究所来函,询及西夏语何时开讲,并拟与敝国交换关于东方学之书籍杂志各节。弟因敝团参议达夫田日前返赤,团内事务觉忙,故西夏语之开讲惟有俟伊回京后再行择定日期。至于交换书籍,弟一二日内与阁下晤面时再谈可也。尚希分神转知前途为盼。谨此,顺颂

文祺

弟伊凤阁上言

二月二十九日

(《北京大学日刊》1924年3月5日)

章太炎

章太炎(1869—1936),初名学乘,字枚叔,后改名炳麟、绛,号太炎,浙江余杭人,清末民初民主革命家、思想家、史学家、朴学大师。1891 年入杭州诂经精舍,师从俞樾。1899 年东渡日本,与梁启超等修好,返回上海参与《亚东时报》编务。1903 年发表《驳康有为论革命书》,又为邹容《革命军》作序,被捕入狱。1906 年赴日本参加同盟会,任《民报》主笔。1912 年任南京临时政府枢密顾问。1913 年因大骂袁世凯遭囚禁。1917 年参与护法运动,任海陆军大元帅府秘书长。20 世纪 30 年代后,常居于上海、苏州,主张读经。1935 年在苏州开设章氏国学讲习会。

沈兼士留学日本时,曾在东京从章太炎学习语言文字学,关系密切。

来信(1924 年 9 月 2 日)

坚士足下:

适由丁鼎辰交来特刊一册,所录明清实录档案诸书。鄙人于清称后金,已得明茅瑞征《东夷考略》记其檄文,次又检清太宗与朝鲜王书亦称我与瓦尔喀皆大金国后,证据已确。阅大学所存内阁档案,有天聪四年伐明誓师谕,自称金国汗,此件亦是确证。望将此件雇钞寄来,文字当不甚多也。又鄙人历考清之先祖,实受官于永乐时代。正统间有凡察者,即清人书中所谓范察。范察之兄子曰董山,成化时寇边伏诛。而范察、董山之后,仍各袭封。董山子名脱罗,范察之子名字不见。大学现有实录，宪宗一代百九十三卷皆全，欲查成化三年、成化六年两次破建州后，脱罗以外更有何人袭职。如其有之，是即范察之子；亦望将原文雇钞可也。以上两件，大约不过二千字，钞资当不过千文，寄到以后，即将原资寄还也。此问

兴居康胜

章炳麟顿首

八月四日

（《北京大学日刊》1924 年 10 月 4 日）

按：信末尾署“八月四日”为农历时间，公历为 9 月 2 日。

去信（1924 年 9 月）

太炎夫子：

月前曾由玄同转到夫子致吴检斋一函，敬悉近来从事撰述清代建国史欲搜集材料，当即答复一书，想已由检斋转达。继因丁鼎辰南行之便，托其带呈特刊一册，以便夫子按目索求。顷奉来教，所需天聪四年伐明誓师谕，兹照原文款式钞呈。中间原缺数字，可以意度得之。至宪宗实录，系教育部京师图书馆所藏，前已告知检斋，渠当已钞寄矣。大学研究所国学门所藏关于清未入关以前之史料，计有二种：一为清太宗实录及圣训残稿；一为明崇祯一朝兵科关于关东战事之题行稿。前者不久拟即铅印成书；后者因有二千件之多，势不能全印，现正从事编目及提要，大约年内可以竣事。先此奉闻，一俟将来出书，即当呈览。再清代内阁大库档案，现在分存于教育部图书馆、历史博物馆及北京大学三处。而私家收藏者，如金息侯、罗叔言，均已编辑成书。金有满洲老档秘录，内阁大库残档分目。虽有史料丛刊，恐均与清代建国史有关，将来皆可以参考也。夫子倘能北来一游，于搜集材料，当较便利，不知尊意如何？此复，敬颂

著安

弟子沈〈士兼〉[兼士]拜启

（同上）

按：吴检斋即吴承仕（1884—1939），字检斋，章太炎弟子，语言文字学家。金息侯即金梁（1878—1962），号息侯，书画家。罗叔言即思想家、古文字学家罗振玉。此信未署时间，从内容来看，应作于章太炎9月2日、9月15日两函之间。

来信（1924年9月15日）

兼士足下：

得书并清天聪四年谕，此乃入犯京师回攻永平时以谕地方军民者，竟称为伐明誓师谕则误也。金国汗之称，明人载籍所据朝鲜咨文已然，初疑只太祖称之，今观太宗亦尔，足知崇德始改称清，天命、天聪皆称金也（朝鲜诸史所书正尔）。而官书于其文告妄改为满洲皇帝，大抵《清实录》数次改□，非其原本矣。足下云成案尚多，喜甚。但鄙人所欲考者，今只限于建州始封至万历四十七年奴儿哈赤称后金国汗为止（万历四十四年虽已改元天命，然尚秘之。四十六年攻破抚顺求与明和，自称建州国汗，并见明人著述）。盖近得明人原刊书颇多，所考者正在此也。其后战争之事，亦颇有可考者。清人于师败将死，多讳之不录，虽如尼堪为李定国所诛，亦但书殁于军耳。按太祖于天命十一年正月攻宁远不克，心不怿，至七月而终，关东人相传太祖气死，独朝鲜史则谓攻宁远时中箭后疮发死。此与汉高为英布流矢所中，归长安乃崩，事例相同，而清官书讳之。此当考者一也。太宗于崇德三年命岳托、多尔衮两大将军犯京师，其时宣大总督卢象升赴援。据杨廷麟所作卢公事实，曾射杀一银盔大将，首大如斗。而《清实录》及《开国方略》，皆云报捷时无岳托名，但以偏将杜度署名，太宗大惊。使者奏言贝勒岳托及辅国公玛瞻俱病卒，太宗恸哭久之。

然则二子必为明军所杀，所谓银盔大将首大如斗者，殆即岳托，明人不知耳。此当考者二也。但此种事状，考之官书，必已削去，而零种文案，或反有罅未改之处。盖清诸臣只惧官书为实据人所持，而文案□缕，则不能尽改也。此惟深心者，为能考耳。《明实录》已属覙斋往钞数事，清之世系，更有端倪。至如"满洲"二字，非其故名，而为番僧所持赠，则《满洲源流考》已吐实供。"爱新觉罗"四字，译为金之疏属。然考崇德定制，太祖子孙只称觉罗，范察子孙并觉罗亦不得称。若素以此著氏，则人人自知，何能强削。以此知爱新觉罗之著氏，非承之自古者。其先盖本无姓，故或用明赐姓，成用佟姓，以达王官。大抵夷人不皆有氏族，或用部落，或用标识，或竟阙之不具。此不能以中土习惯稽之也。仆离北京已八年，与诸子已久不相聚，然黄陂再起时，三次招我未赴，则此时似难冒昧也。书此，即问

起居康胜

章炳麟白

八月十七日

（《北京大学日刊》1924 年 10 月 4 日）

按：信末尾署"八月十七日"为农历，公历为 9 月 15 日。黄陂指黎元洪，黎为湖北黄陂人，人称黎黄陂。"黄陂再起时"指 1922 年直系军阀控制北京政府，黎元洪复任总统。

孙伏园

孙伏园(1894—1966),原名福源,字养泉,浙江绍兴人,散文家、编辑。早年在绍兴山会师范学堂、北京大学学习,两度成为鲁迅的学生。曾参加新潮社和语丝社,先后担任《晨报副刊》、《京报副刊》、武汉《中央日报副刊》编辑。又与鲁迅同在厦门大学、中山大学任教。1939年任中华全国文艺界抗敌协会理事。1945年先后在华西大学、铭贤学院任教,同时主编成都《新民报》。1949年后,曾任国家出版总署版本图书馆馆长。著有《伏园游记》《鲁迅先生二三事》等。

去信(1925年2月9日)

伏园先生:

在许多日子以前承你寄了一张选填"青年必读书十部"的单子给我,当时因为事忙,并且觉得这个题目之下的文章很不易做,本来打算不交卷的。原来一般青年所要最低限度的必需知识,当然须求之于学校的教科书及讲义之中,这个我知道不是征求者所需要的答案。此外大之如讲社会主义的书,小之如谈个人卫生的书,又何尝不是青年应备的常识,那又太汗漫,不是十部所能概括的。后来一想,在别一种解释之下,或者可以勉强写出一个答案。所谓别一种解释者,即指中国青年在学校讲义之外关于本国历史所必需的最低限度的知识而言。这个解释或者错会了题意,文章却有法下笔了。假使你认为文不对题,给它一个0分也好。

你寄来的格式纸,破得很利害,不能用了,现在就把答案写在这里：

(1)《科学方法论》

这是正确思想，指示方法的惟一门径书。

(2)《书目答问》

譬如用兵，这是参谋用的一幅险要地图。

(3)《中国历史研究法》

(4)《经学历史》

(5)《中国哲学史大纲》(上卷)

(6)《诗经》

(7)《史记》

一切古代思想、学术、政治、制度之原，均可于此书中求之。

(8)《汉书》

文体文辞具备，窃以为与其读《文选》，不如读《汉书》，固不必仅作史书看也。

(9)《杜诗》

一洗选体诗之滥调，无体不具，亦无体不精，宋元以来之作者无能出其范围。

(10)《儒林外史》

一幅近世中等社会之缩图，读之可见儒教之流毒，固不仅为科举时代写照也。

沈兼士

九日

附注：书数拘于十部，当然难免“削足就履”的毛病。《哲学史大纲》是大学的一种讲义，并且尚未完成，举了出来，或者未免失当。

(《京报副刊》1925 年 2 月 25 日)

按：1925 年 1 月 4 日，《京报副刊》刊登《一九二五新年本刊之二大征求△青年爱读书十部△青年必读书十部说明》，由该报编辑孙伏园发起的两个关于青年读书的征求活动拉开了序幕。“青年爱读书”——“是希望全国青年各将平时最爱读的书，无论是那一种性质或那一个方面，只要是书便得，写出十部来”。“青年必读书十部”是由编辑部“备券投寄海内外名流学者，询问他们究竟今日的青年有那十部书是非读不可的”。结果后一项征求共收到胡适、梁启超、周作人、徐志摩、鲁迅、林语堂、沈兼士等共78份答卷。这些答卷从2月11日起陆续刊布于《京报副刊》，到4月9日刊毕。此事在知识界引起较大轰动，由此引发围绕“青年必读书”问题的争论一直延续至今，成为尚无定论的学界“公案”。沈兼士答卷发表于《京报副刊》2月25日，故此信应作于1月4日至2月25日之间。又沈氏信中落款为9日，写作时间应为1月9日或2月9日。又据此信开头称“在许多日子以前承你寄了一张选填‘青年必读书十部’的单子给我”，可知此信应作于2月9日。

陈万里

陈万里(1892—1969),江苏吴县人。1917 年毕业于北京医学专门学校,后在北京大学、厦门大学、江苏省卫生署、故宫博物院等处任职,擅长摄影。1925 年,赴西北地区进行实地调查。1928 年,在上海与郎静山等共同筹组中华摄影社。后长期从事中国传统文艺研究,为中国陶瓷研究作出了较大贡献。

来电(1925 年 4 月 6 日)

大学

沈兼士先生:

刻到省,翟荫君拟在敦煌剥离一洞壁画运我校,嘱电校取同意,想必赞成,并请电商陆省长,盼速覆,便进行。电寄兰州南关继美栈内谦和公司转万里。

鱼

(北京大学档案馆藏档,档号:BD1925021-5)

按:1925 年春,美国哈佛大学考古队华尔纳等将赴敦煌考察,出于其辨认沿途文字古迹、向导协助的需求,由福开森从中介绍,邀请北京大学研究所国学门派人参加,在以华尔纳、翟荫等人为主的美国敦煌考古队的资助下,北大研究所国学门派陈万里同往调查。2 月 16 日从北京出发,7 月 31 日回到北京,历时五个半月。回到北京后,陈万里把沿途记录的所见所闻整理成日记体游记《西行日记》,先在《北京大学研究所国学门周刊》第一卷连载,又于次年由北京朴社出版。这次考察所得文物曾在国学门陈列展览。这是北大研究所国学门及考古学会第一次派人进行野外考察，于学术研究颇具意义。这是陈万里赴西北途中致北大研究所国学门主任沈兼士的电文。信中“陆省长”指陆洪涛(1866—1927)，甘肃督军兼甘肃省省长。

来电(1925年4月6日)

大学
沈兼士先生：

顷发敷衍翟鱼电，详情函告，覆电吊云事赞同。应商事多，今年无及。京寓想安，款如何？速电谦和万里。

鱼

(同上)

来电(1925年4月10日)

速译转大学国学门主任沈兼士先生：

顷发灰甲敷衍翟电，翟已向甘长商，未获同意。华纳亦西来，我校以“华曩离京应商事多，无人接洽”为词，只能明年进行来复。用款付厅长，在京祈赵星垣兄接洽，由厅长电甘厅陆长划付，至盼。莛里。

灰乙

(北京大学档案馆藏档，档号：BD1925021－6)

按：信中“甘长”指甘肃省省长。

去电(1925年4月11日)

兰州南关继美栈谦和公司
陈万里先生：

电悉，款汇二百，请向财陆接洽。余俟接详函再覆，如不及待，请就近酌办。

兼

真

（同上）

按：信中“财陆”指甘肃省财政厅第一科科长、代理厅长陆叔明。

去电（1925 年 4 月 16 日）

兰州南关继美栈谦和公司

陈万里先生：

电悉，华纳离京应商事无人接洽，只能明年进行。款真日已电汇财陆。

兼

铣

陈先生灰甲电迄今尚未接到。

（同上）

吴承仕

吴承仕(1884—1939),字检斋,号展成、济安,安徽歙县人。1912年任北京政府司法部佥事。后师从章太炎,纂《蓟汉微言》。1918年参与发起昆曲研习会。1924年任北京师范大学教授兼国文系主任。后任北京女子师范大学、中国大学、北京大学等校教授。1930年起运用马克思主义观点研究传统经学。著有《经学通论》《国故概要》《经籍旧音辨证》等。

来信(1925年6月20日)

坚士、援庵先生:

昨在清宫点查休息室,闻刘含章君宣言,前在太极殿、长春宫等处发见被盗之迹,靴痕手印,了了分明,法当请地方司法官厅,侦查检举。如官厅认为所遗罪迹无保存之必要时,始能开始点查。今案既未破,而太极、长春诸处,均已点查,则委员会之处置,实为不当云云。弟等以刘君所述,甚有理致,故昨日下午同人一律不到第一组执行职务,以避嫌疑,并致函李委员长诘问其开点太极、长春之故。其函弟亦署名,明日当可发送矣。弟于此事前无所知,果如刘君所言,则委员会至少亦当负过失之责。刘君又言,足印似为皮鞋形,其端甚纤云云,言外尤有深意。不审二兄深知开点之始末否?弟昨在场亲见亲闻,故以奉告。手此,顺颂

日佳

弟承仕顿首

六月二十日

（陈智超编注《陈垣来往书信集》，
生活·读书·新知三联书店 2010 年版，第 185—186 页）

按：信中“李委员长”指李煜瀛，时任清室善后委员会委员长。1924 年溥仪被驱逐出宫后，清室善后委员会聘请学者，分组负责对宫廷物品进行点查，编号定名以明身份、数量。沈兼士、陈垣为善后委员会委员，吴承仕参与清点工作，吴点查时发现物品被盗事，即写此函报告沈、陈。

来信（1925 年 8 月 1 日）

兼士、援庵先生鉴：

昨检阅养心殿，发见康有为、升允、金梁、江亢虎等阴谋复辟函件数事。其事皆在癸、甲之际。可知溥仪自复辟失败以后，了无悔祸之意。此次驱逐出宫，待遇已为宽大，而论者颇多误会，如胡适之辈，且表同情于废帝，尤足淆乱观听。事后复有自命遗老如刘若曾之流，呈请执政，为之缓颊，是是非终未大白于天下也。意谓上述文件，应在报端公布，使民众周知。既足以闲执谗人之口，即将来处分故宫旧物，亦足使清室遗孽，不得妄有主张。务请极力主持，随时发表，于事至为有益。顺候

起居康胜

弟承仕顿首

八月一日

（陈智超编注《陈垣来往书信集》，第 186 页）

按：信中“癸、甲之际”，指 1923（癸亥）、1924（甲子）年间。

来信（1925 年 11 月 2 日）

兼士尊兄：

北大《国学周刊》三期均领，甚感！

胡适之论汉初儒道之争，弟亦思得数事足资参证：

赤乌四年，阚泽对孙权曰："汉景帝以《老子》义体尤深，改子为经，始立道学。敕令朝野悉讽诵之。"(《弘明集》引《吴书》)又法琳《辨正论》注引《汉官仪》："景帝已来，于国学立道学馆，以教学徒，不许人间别立馆舍。"又道宣《辨惑篇序》："开东夏道学馆。"(并见《广弘明集》)是汉文时始立传记博士，景帝时乃立道学，至武帝世乃罢百家而立五经。所称百家，似包有《老子》《孟子》。《艺文志》有《老子》《邻氏》《傅氏》《徐氏》《经传》，足为《老子》讲经之证。景帝改子为经，似谓老子之书足与六经相比，明汉初人视经独尊，不与他书等也。

此意不知当否，乞教之！

顺颂

撰安

弟承仕顿首

十一月二日

(《北京大学研究所国学门周刊》第1卷第6期，1925年11月18日)

按：信中"北大《国学周刊》"指《北京大学研究所国学门周刊》。

来信(1933年9月5日)

兼士兄鉴：

大著籀读一过，探求语原，得其条理，所立各例，皆足以开发头角，诚稀有之创作也。弟近撰六书条例，象形、指事、会意三部，大体已具。近方探讨形声条理，唯支节而为之，未能一贯，故略以所见录于大著上方，恐不能有所补益也。总括鄙见，亦有数事可言：从一声母之字，不必即从声母之本形，如浾训满，盖即满之音转，大著以为尔本于尼，尼止则满，义虽可通，翻成迂曲；又如"諽，饬也，一曰更也，读若戒"，训更者即用革之本形本声，训饬者，形虽作革而声实为戒，即与诚同字矣，此类似多有之，一也。以本字释本字者，实即以动词、状词释名词，盖名词本由动词、状词来也。如蒙卦之名，由蒙昧来，盍彻之名，由通彻来（彻亦为抽），乃声训之最明显者，不得以为非例，二也。番声之训白，非声之训赤，非声之训肥，庚声之训大，皆须从连语得义。如云“番番”“菲菲”“腓腓”“庚庚”始能形容白、赤、肥、大之意，止用单字，或文不成义。如属连语，即不必别求本字，以其本无假字本字之别也。《说文》仅出单字，不录连词，故不得从番求白义，从庚求大义也。又如“瞿，声也”，“謦，欬也”，明是摹声，即与“句舟”“格桀”同比，不须再从瞏声殸声求义，明矣，三也。此外，尚思得多义，亦有为昔人所未言者，匆匆不得具说，不审有当与否，聊贡一得，以俟裁正。

弟吴承仕上

二十二年九月五日夜

（《右文说在训诂学上之沿革及其推阐》，

国立中央研究院历史语言研究所集刊[1933年]）

按：沈兼士《右文说在训诂学上之沿革及其推阐》一文完稿后，曾寄给各地学者征求意见。此为吴承仕阅沈文后回信之答复。

程树德

程树德(1877—1944),字郁庭,福建闽侯人,法律史学家。早年毕业于日本法政大学专门部法科。历任清政府国史馆协修、福建法政学堂教务长、京师大学堂法科教员、留学考试襄校官、法官考试襄校官。中华民国成立后,历任法典编纂会纂修、法制局参事、福建临时省议会秘书长等。又在北京大学、北平大学法学院、清华大学等校任教。著有《中国法制史》《九朝律考》《论语集释》等。

来信(1925年7月12日)

兼士仁兄学长惠鉴:

大示拜悉,兹将拙著《律考》中“滴血”一条杂抄呈览。

《雕玉集》,弟未见。此条系从李莼客《越缦堂日记》摘出。杨守敬有《古逸丛书》,未知曾搜及之否?据李氏云,是书中土久佚,惟日本有之。弟记汇刻书目中有之,惟忘其在何种丛书中。匆匆,不暇检也。

杞良、华周事,昔人每与孟姜女混而为一,如《哀江南赋》“城崩杞妇之哭”,即其一例。他书尚多有之。此条明言秦始皇北筑长城,则其为孟姜女事审矣。“仲姿”即孟姜女之名,他书不经见。

专复,敬颂

著安

弟程树德顿首

七月十二日

(《北京大学研究所国学门周刊》第1卷第3期,1925年10月28日)

按：李莼客即李慈铭（1830—1895），号莼客，浙江会稽（今绍兴）人，著有《越缦堂日记》《越缦堂文集》等。从1924年11月起，沈兼士任主任的北京大学研究所国学门所办《歌谣周刊》开辟“孟姜女”专号，陆续刊登相关讨论文章，由编辑顾颉刚组织稿件。主要是从文献上的各种记载和各地的传说中界定作为存在意义上的“孟姜女故事”，并清理这一故事自古以来的演变轨迹。将人们熟悉的传说故事置于历史发展的脉络中，理清它的各个变化阶段，并对其由来做一个初步的交代。

来信(1925年8月18日)

兼士老兄鉴：

顷阅《东三省古迹遗闻》（本月新在奉天出版，友人购赠）内有孟姜女事迹一条，录以奉上：

孟姜祠，在绥中县，有殿二楹，四围皆石垣，为千年前之建筑物。孟姜者，秦贞妇许氏也。始皇修长城，夫被征役，十余年未归，因劳而亡。孟姜往觅夫骸，危坐城下号泣。长城崩颓，露夫骸骨。始皇闻而异之，厚葬其夫，欲纳为妃，孟姜触石而死，始皇建祠祀之。祠前有望夫石，相传即其墓。祠内有宋文天祥联，其文曰：“秦皇安在哉，万里长城筑怨。姜女未亡也，千秋片石铭贞。”

按此条系采该地父老传闻，虽不尽可信，而孟姜女之姓则尚可信，盖春秋许本姜姓也。信国联不可信。墓之所在，他书亦无可考也。

此请

著安

弟树德上

八月十八日

（同上）

按:《东三省古迹遗闻》由日本人菊池贞二著,盛京时报社 1925 年印行,主要介绍奉天省、吉林省、黑龙江省各县名胜古迹的地理位置、历史沿革及民间传说、趣闻轶事等。

容 庚

容庚(1894—1983),原名肇庚,字希白,号颂斋,广东东莞人。早年就读于东莞中学,毕业后留校任教。1922年破格录取为北京大学研究所国学门研究生。1925年研究生毕业,留校任讲师。1926年任燕京大学襄教授,兼北平古物陈列所古物鉴定委员会委员。1927年任燕京大学教授,兼《燕京学报》主编。曾发起成立考古学社,主持出版《考古社刊》。1946年任中山大学教授。著有《秦汉金文录》《海外吉金图录》《金文编》等。

去信(1925年8月6日)

希白兄:

返里后作何消遣,念念。前只为《金文编》作一序,沪案起终日碌碌,无所握管。继而内子分娩,料量家事,又延搁许久。兹勉成一首,写寄一览。如已订就,不及排入,置之可也。万里已归,所摄照相颇多,本礼拜六开欢迎会,请其报告经过,惜兄不能列席。此请

著安

令弟同候。

弟兼士

六

(广东省立中山图书馆编《广东省立中山图书馆馆藏名人手札选萃》,商务印书馆2002年版,第127页)

按:此信无年月,只有日期(6日)。“沪案”指1925年5月30日

上海学生、市民因日本资本家枪杀工人顾正红，举行抗议活动，遭英帝国主义巡捕镇压，史称五卅惨案，简称"沪案"。"内子分娩"指沈兼士最小的女儿沈兑出生，时间是 1925 年 8 月 2 日。可知此信当作于 1925 年 8 月 2 日以后。又，"万里已归"指陈万里赴西北考察于 1925 年 7 月 31 日返回北京，8 月 8 日（星期六）下午 2 时，北京大学研究所国学门召开欢迎陈万里西北考察归来会议，沈兼士任会议主席。可知此信作于 8 月 8 日前。综上，此信应作于 8 月 6 日。

易培基

易培基(1880—1937),字寅村,号鹿山,湖南善化人,民国教育家、政治家。早年留学日本,参加民主革命。民国初年,曾任湖南高等师范学校、长沙师范学校、湖南省立第一师范学校教员。1920 年任湖南省秘书长兼教育行政委员会委员长、省立图书馆馆长、省立第一师范学校校长。1924 年任北洋政府教育部署总长、教育总长。1928 年任国民政府农矿部部长。1929 年任故宫博物院院长兼古物馆馆长。1930 年兼任北平师范大学校长。1933 年辞去故宫博物院院长职务,由马衡代理。

来信(1926 年 5 月 20 日)

兼士我兄左右:

不见又将匝月,何以消遣?去季北大所购画壁,沉沉夥颐,得未曾有。弟亦有数方,但小块耳。幽居无事,记出画壁故事数则,写以奉教。

《朝野佥载》:"唐瀛州饶阳令窦知范贪。有一里正死,令门内一人为里正绘壁相,如出钱一贯,范自纳之。"

又《独异志》:"开元中,将军斐旻居母丧,诣道子,请于东都天官寺画神鬼数壁,以资冥助。"

壁画之事,始于李唐,而缘于丧主冥福之用。

又《语石记》:"金皇统中,长清临岩寺傅大士梵相及观音菩萨,皆洛阳雍简画。元光二年,僧祖昭绘达摩相。"

大概唐及五季，画壁多神鬼道教之景。宋元以降，则多佛相，不仅色泽之分也。以为如何？尊处傥有详订，尤望见示。专颂
近安

弟基再拜

（《北京大学研究所国学门月刊》第1卷第1号，1926年10月20日）

按：此件载于《北京大学研究所国学门月刊》第1卷第1号《关于壁画之讨论》内，标题为“（一）易培基（寅村）先生致沈兼士先生书”。同时刊登“（二）黄文弼（仲良）先生致易先生书”，时任北大研究所国学门助教黄文弼遵主任沈兼士所托写的回信。信开头云：“寅村先生大鉴：五月二十日致兼士先生函，读悉。所抄壁画故事数则，甚精，可为考订壁画之助；谢谢。”由此可知，易培基此信作于五月二十日。

附：黄文弼致易培基信

寅村先生大鉴：

五月二十日致兼士先生函，读悉。所抄壁画故事数则，甚精，可为考订壁画之助；谢谢。惟壁画之绘佛像，唐已有之。本所所藏伯希和敦煌壁画影本，及本所去年所撮者，皆唐代物，皆为佛像。是佛像固不始于宋元以后也。至言古人壁画以资冥助，甚是。六朝造像，其所题识，皆为丧主祈冥福，有各山洞之造像可以证明。但除祈福之外，尚有作为功德一事。例如唐人写佛经，一纸之中，重复以写，或三遍、九遍不等；盖当时和尚以写经为功德，并非为读解计也。意唐时绘佛像于壁，亦与此同。祈福者或托人为之，功德则必须躬亲绘之，此其不同。若本所所藏之佛像画壁，时代为何，尚无确切考订。一说为唐以前，以笔画精致，气味深闳为据，宋以后不能得此。一说为宋元以后，以其所绘之飞天及狮子座为证；狮子座甚高，多绘双龙，飞天及缨络均极繁复，宋元以后为然，唐则不如是也。二说各有其理。惟本所之壁画，其佛像均绘有须。佛本无须，故元明绘佛像皆不加须。

因此，人多断为宋代之物。未知先生以为然否？

现本所之壁画多已照出，合为一整块，颇为美观。惟中阙一尊女像，为美中不足耳。拟复洗一次，付之影印，亦艺林之快事也。此颂撰安

黄文弼上

二十八日

（《北京大学研究所国学门月刊》第1卷第1号，1926年10月20日）

来电（1928年6月14日）

马叔平、沈兼士、俞星枢、萧子昇诸兄鉴：

弟奉中央令接收故宫，请诸君先行负责保管，不日北来再谋善后，已电百川兄矣。

易培基

寒

（原件，故宫博物院藏）

按：1928年6月，北伐军一路北上，南京国民政府派阎锡山接管北平。6月13日，国民党中央政治会议讨论决定，派农矿部部长易培基前往北平，接收故宫博物院。18日，南京国民政府任命易为接收北平故宫博物院委员。易接受命令后，以病不克北上，即拟此电嘱马衡（叔平）、沈兼士、俞同奎（星枢）、萧瑜（子昇）组成接收委员会，代办接收。马衡、沈兼士等长期在故宫服务，并实际掌握古物、图书各馆，因而当天就与奉方管理委员会办清了交接手续。“百川”即时任京津卫戍司令阎锡山（字百川）。

来电（1928年6月17日）

吴景洲兄转马叔平、沈兼士兄鉴：

(寒电)计达,清史馆系故宫一部分,请即同时接收,接收故宫并请景洲加入。

易培基

筱

(原件,故宫博物院藏)

按:易培基发出致马衡、沈兼士等代办接收故宫电后,又发此电指定吴瀛(景洲)加入故宫接收委员会。

去电(1928 年 6 月 29 日)

南京农矿部

易部长鉴:

清史馆勘日接收完竣,清恙如何? 极盼速来。院馆两方需款孔亟,请速筹汇,至幸。

衡、奎、瀛、兼、瑜

艳

(原件,故宫博物院藏)

按:电文署"衡、奎、瀛、兼、瑜",依次指马衡、俞同奎、吴瀛、沈兼士、萧瑜。下同。

去电(1928 年 7 月 11 日)

上海江湾路四号

易部长鉴:

准接收府院办公处函称,奉国府常务委员歌电令,接收清史馆及军机处、殿阁、书房等书籍案卷,并派秘书汪洛、高近宸来接洽,已将接收情形函复,并声明军机处、殿阁、书房属于故宫范围,档案、书籍允经图书、文献两部整理保管，特电闻请与国府接洽交涉。

衡、奎、瀛、兼、瑜

真

（原件，故宫博物院藏）

附：代易培基来电（1928年7月19日）

故宫博物院

马叔平、星枢、景洲、兼士、子昇诸公：

巧电呈寅公阅悉。因重病不能向国府交涉，清史馆事请相机处置，时宪书须提回。

益

皓

（原件，故宫博物院藏）

按：电文署名"益"，应为易培基身边人，具体不详。

去信（1928年10月26日）

寅村先生道鉴：

顷阅周委员震鳞、杨秘书熙绩呈为建议关于旧都坛庙之管理应由国民政府内政部、河北省政府、北平特别市政府合组委员会共同经营保管之责一案所附组织大纲，关于各庙管理处项下内载有清太庙、大高殿、堂子等处，关于各园管理处项下内载有静宜园、颐和园、静明园、圆明园等处，关于行宫管理处项下内载有汤山行宫一处，查以上各庙、园、行宫均应由院管理。兹将理由缕陈如下：

——清太庙、堂子向归本院管理，惟在奉天政府时代为前内务部强迫接收。现值国民政府成立，自应还我故物。

——大高殿向为本院图书分馆，自应仍由院继续管理。

——汤山行宫应归本院管理，其理由证据已详，十月六日快邮代电可资参考。

——颐和园于十三年时曾由办理清室善后委员会派员加封接收，是年亦曾奉电接管，自应仍由本院继续管理，并经迭电陈述在案。

——静宜园、静明园、圆明园三处均系旧内务府管理，有印证之，本院现存档案亦凿凿可考，自应由院管理。

总之，以上各处除大高殿久经本院保管，自应继续办理外，其余各处根据上列理由亦应划归本院管理。兹将清内务府所存旧档关于相关案择要抄附，以资证明。应请察阅，并持存原建议案。闻经第一百次国府会议之决，仍照原案交内政部管理，所称前案内容如何，此间无从悬揣，并请查明酌夺办理，是否仍祈卓裁。专此奉达，敬颂

勋祺

附抄件

接收委员奎、衡、兼、瀛、瑜同启

十月二十六日

（原件，故宫博物院藏）

按：周震鳞（1875—1964），湖南宁乡人，早年加入同盟会，1927年9月任南京国民政府委员。

鲁 迅

鲁迅(1881—1936),原名周树人,字豫才、豫材,浙江绍兴人,现代文学家、思想家、教育家、革命家。1902年赴日本留学,先学医,后弃医习文。1909年翻译《域外小说集》,介绍弱小民族文学。1918年发表中国现代文学史上第一篇白话小说《狂人日记》,是“五四”新文化运动的主将。1921年发表中篇小说《阿Q正传》。1930年起,先后参加中国自由运动大同盟、中国左翼作家联盟等。参与主编《语丝》《莽原》等文艺期刊。著有《呐喊》《坟》《野草》等。

沈兼士与鲁迅同在日本随章太炎学习语言文字学,因而相识。蔡元培执掌北大后,时任教育部佥事的鲁迅到北大兼职任讲师,与文科教授沈兼士成为同事。他们共同为《新青年》写稿,支持新文化运动。1925年女师大风潮爆发,他们都在该校兼课,与其他几名同事一起发表《对于北京女子师范大学风潮宣言》,公开支持女师大学生的正义斗争。鲁迅逝世后,沈兼士发表《我所知道的鲁迅先生》,深情回忆自己与鲁迅交往的历史,认为鲁迅的逝世,是中国乃至世界文坛的极大损失。

来信(1926年12月19日)

兼士兄:

十四日奉一函,系寄至天津,想已达。顷得十四日手书,具悉种种。厦校本系削减经费,经语堂以辞职力争后,已复原,但仍难信,可减可复,既复亦仍可减耳。语堂恐终不能久居,近亦颇思他往,然一时亦难定，因有家室之累。亮公则甚适，悠悠然。弟仍定于学期末离去；此校国文科第一年级生，因见沪报而来者，恐亦多将相率转学，留者至多一人而已。季黻多日无信，弟亦不知其何往，殊奇。孙公于今日上船；程某（前函误作郑）渴欲补缺，顾公语语堂，谓得兄信，如此主张，而不出信相示，弟颇疑之。黄坚到厦，向语堂言兄当于阴历新年复来，而告孙公则云不来，其说颇不可究诘。语堂究竟忠厚，似乎不甚有所知，然亦无法救之，但冀其一旦大悟，速离此间，乃幸耳。文学史稿编制太草率，至正月末约可至汉末，挂漏滋多，可否免其献丑，稍积岁月，倘得修正，当奉览也。丁公亦大有去志；而矛尘大约将到矣；陈石遗忽来，居于镇南关，国学院中人纷纷往拜之。专此，敬颂
提福

弟迅

十二月十九日上午

（《鲁迅全集》第 11 卷，人民文学出版社 2005 年版，第 516—517 页）

按："亮公"即张星烺(1888—1951)，字亮尘，江苏泗阳人，历史学家。继沈兼士之后，任厦门大学国学院主任。"丁公"即丁山(1901—1952)，安徽和县人，沈兼士北大学生，时任厦门大学国学院助教。

斯文赫定

斯文赫定(1865—1952),出生于瑞典斯德哥尔摩,地理学家、探险家。早年师从德国地理学者李希霍芬,获博士学位。从1890年起,曾四次进入中国探险。1927年在北京得到北洋政府的许可,再次对西北地区进行探险。从1937年开始,发表考察汇总材料,总共超过50本书。去世时,书籍版权及私人财产归瑞典皇家科学院,由其名字命名的基金会管理。

来信(1927年3月9日)

沈兼士先生大鉴:

敬启者,读报得悉本月五号,北京各学术团体开会,反对敝人新疆之行。敝人深知开会诸君反对之主旨在疑敝人欲将中国历史资料与艺术遗物尽量携取。兹特奉告:敝人匪惟绝无携取此等器物之意,且对开会诸君所宣示者极表赞同。盖敝人曾向中国政府自动提出:以此行所获历史文物全数留存中国,足以证明之也。敝人并于此声明愿与任何学术机关或团体共同磋商,处置此项资料办法,兹劳先生将此函达于上次开会诸君之前,如诸君有需询之处,敝人极愿亲为答复。此外并盼诸君择一考古或历史方面素有经验之人与敝人同行,将来此君一切费用当由敝人负担也。专此,顺请

教安

斯文赫定谨启

三月九日

（单士元《兼士先生在档案和考古事业中的功勋》，
见《沈兼士先生诞生一百周年纪念论文集》，紫禁城出版社 1990 年版）

按：1927 年 1 月，斯文赫定组织“中亚细亚远征队”，计划对中国西北地区进行考查，获得张作霖的允准。但是北京大学考古学会、历史博物馆、古物陈列所、故宫博物院、清华学校研究院、中华图书馆协会、中央观象台、京师图书馆、北京图书馆等学术团体，皆认为瑞典人此举系学术侵略，遂组织中国学术团体协会，发表宣言反对。协会成立后，与斯文赫定进行多次协商，双方同意共同组成“西北科学考查团”，由北大教授徐炳昶（旭生）任中方团长，另有黄文弼、袁希渊、龚元忠等参加。定于 5 月 8 日由京出发。往返路线为由北京经包头、索果诺尔、哈密、迪化、罗希诺尔至车尔成。考查期限预定为两年，结果达三年多。

徐炳昶

徐炳昶(1888—1976),字旭生,河南唐河人。早年留学法国巴黎大学,归国后长期担任北京大学教授,讲授西洋哲学史、近代哲学史、法国语言文学。1927 年后,历任北平大学女子师范学院院长、北平师范大学校长、北平研究院研究员、西南联大教授。1949 年后,任中国科学院考古研究所研究员。1964 年当选为全国人大代表。著有《徐旭生西游日记》《中国古史的传说时代》等。

来信(1927 年 6 月 5 日)

(上略)我们现在所住底地方,叫作ㄇㄧㄥㄎㄐㄚㄕㄚ,大约属茂明安旗,在白灵庙西南八九十里。因为赫定的驼子还没有买齐,大约仍有三两礼拜的逗留。可是虽说如此,我们并不烦闷,因为材料到处皆是。据希渊说:再停两个月,作不完的事情。前几天同黄仲良、丁仲良、龚狮醒、Bergman、庄永成、靳士贵同到白灵庙。白灵庙为贝勒庙的讹音,为喀尔喀右旗札萨克贝勒的庙。但此为汉名,蒙人则称ㄅㄚㄉㄡㄦㄍㄚㄥㄨㄇ(音不甚准,因人小异)。靠ㄞㄅㄨㄍㄢ河,即《蒙古游牧记》中之爱布哈河。庙甚大,康熙年间所建,民国二年为兵所毁,现重建,工尚未完。庙中建筑〈璧〉[壁]画,为一种搀杂混合品,极有意义。但因喇嘛的贪婪,及其他各原因,我们止参观一正殿。庙外有小村,为汉人贸易之所,约二十余家。缘ㄞㄅㄨㄍㄢ河,古物颇多。黄仲良同庄永成向东北方河之下游,寻找ㄉㄠㄌㄧㄇㄙㄨㄇ的废庙及金净州遗址(ㄙㄨㄇ蒙文庙也),希望颇奢。仲良虽颇中书卷毒,但很能走路耐劳，成绩颇佳。我们此次出来后悔没有求得蒙藏院的公事，在蒙古行走，颇感不便。白灵庙之不能全看，即其一端。我想请二位给理事会说一说，请他们设法求得蒙藏院一公事寄到甘肃毛目县邮局代收，等到我们到哈什诺尔派人去取。我们的归途，大家有意入阳关、玉门不入嘉峪，横贯甘、凉，过阿拉善，进河套，访统万故城。那时候蒙藏院的公事还很有用处。前给适之函一封，请他在英款中设一点法子，不晓得他接到没有，请向他一问。款项困难，到处荆棘，将来外国人所发表底非常成功，而我们所发表的太不象样，每次念及，异常踌躇。如果适之能在英款中想出法子，有米才能炊饭也。

六月五日

（《北京大学研究所国学门月刊》第1卷第7、8号合刊）

按：此信载于《学术消息　　西北科学考查团消息》（见《北京大学研究所国学门月刊》第1卷第7、8号合刊）一文内，文章开头云："西北科学考查团由京出发情形，已载前期本刊'学术消息'栏内。今再将该团团员、本校教授徐旭生先生致本校沈兼士、马叔平二教授书节录于下。"可知，这是徐炳昶写给沈兼士、马衡（叔平）两人的信。

程演生

程演生(1888—1955),又名存材、衍生,字源铨,别号寂寞程生,安徽怀宁人。1909年肄业于安徽高等学堂。1917年任北京大学预科讲师,1919年任预科教授。1925年任安徽省第一师范学校校长。后任国民政府外交部特派员,考察欧、亚诸国。1932年任安徽大学校长。1945年秋任安徽学院院长。1949年后,任上海文史馆馆员。著有《离骚讲义》《太平天国史考》《圆明园图考》等。

来信(1927年8月22日)

兼士兄:

您的《文字形义学》讲义(铅印的),我以前拿到第一六三页(讲戴侗的《六书故》未完)。不知以后尚有印出者否。此时弟已不能再到讲义课去要,故直接函询,如这以后尚有若干页,可否检赐一份?至为感盼!

明李登的《摭古遗文》,其书是否尚可买到,抑除四库外不可得见?弟从未见过此书,近因抄龚半伦之书,见他常引此书,颇想一看,故以奉询,乞示知为荷。

龚书居然抄完了。因为原书杂用楷书、行书之笔势写他考定之古文,实在不容易看得明白,兼之诠释又极简略,初抄时误处疑处均极多,后来抄得多了,才渐渐地有些了解,今尚须复校一通。好在亡校那天,我和刘浚哲串通了,留了一封信在研究所,说此书须阳九月中旬方能抄毕送还,故此时复审尚来得及也。我以为此书在文字学史上是狠有它的地位的，它是激荡时代它的外太公们极端尊信许书的大反动，它又是激荡时代尊信汉（东汉）学以后更进一步要想踢开汉代，直接三代那个环境里的事物。它在小学上的地位，与经学上的今文家言完全相同：破坏方面，厥功至伟；建设方面，差谬亦至多；而“怀疑”和“大胆假设”的精神是极可佩服的。他假设的新说，现在从甲文、金文证明是对的也狠有些。我因为有上列的意见，故当以想劝先生们买此稿本。得来几次借来，我想抄出，终于没有抄成。此次居然把它草草录出一个底稿，至为忻然。鄙意想把它仔仔细细地审校数过，将来国研光复以后，拟用通行字体精钞，把它出板，以存文字学上一段史料，想吾兄当亦不以为非乎！弟对于龚氏父子实有所阿好，故甚乐于从事写。

弟程生

十六、八、廿二

（北京大学档案馆藏档，档号：BD1927017－5）

按：龚半伦即龚橙（1817—?），字孝棋，号半伦，龚自珍之子，富收藏，曾批校《段氏说文注》，著有《元志》等。

柳诒徵

柳诒徵(1880—1956),字翼谋,晚号劬堂,江苏镇江人。早年任南京江楚编译局编辑。1902年赴日本考察教育。回国后就学于三江师范学堂。1912年主持镇江府中学堂。1914年任南京高等师范学校教授。1926年任清华学校教员。1927年任第四中山大学教授,主持国学图书馆。1938年赴重庆,任中央大学教授。1948年当选中央研究院院士。1949年筹办上海博物馆。著有《中国教育史》《中国文化史》《中国版本概说》等。

来信(1928年10月6日)

兼士先生大鉴:

日月不居,别经三载,暮云春树,不禁驰思。北平改组以来,保存古物,执事品题望重,典藏宣劳,想即事扬庥,定符臆颂。诒徵于去秋承乏□山,检点藏书,不下数十万卷,独惜金石未备。窃欲征集故宫博物院调查影拓各本,为敝馆生色,曾托李玄伯先生达意,谅邀清听。迩日来馆阅书者恒询及此,至祈惠寄报告名目及影拓全分,以诏来兹,使南都学子得以考证参稽,皆拜先生之赐也。伫望嘉贶,敬颂
公安

柳诒徵

一七、一〇、六

(《中央大学国学图书馆》1929年第2期)

按:李玄伯即李宗侗,时任故宫博物院秘书长。

去信(1928年10月30日)

翼谋先生史席：

手书奉悉。誩诿之事，已嘱博物院将全部出版物检寄矣。贵馆藏书甲于东南，又得硕学如先生者为之理董，当更有捷足之进展，深愿一读新目。因弟近编纂《文字学书目提要》，欲有所借镜也。尚祈不吝金玉，进而教之，幸甚幸甚。专复，肃请

撰安不具

弟沈兼士拜启

十七、十、三〇

(同上)

来信(1928年11月8日)

兼士先生史席：

读环章多感赞助。故宫博物院寄件三十四种已照收到，睹此名贵之品，窃有求益之思。后有出版，仍希先生转请续寄。金石可传，足为敝馆大观也。承索书目，奉上五种(计十三本)。又馆中新刊有《咏怀堂诗》《剿奴议撮》《玉琴斋词》三种，兹检同新出版小史一并奉赠，均祈赐存为荷。手谢，敬颂

道安

柳诒徵

一七、一一、八

(同上)

按：《咏怀堂诗》为明代阮大铖著，《剿奴议撮》为明代于燕芳著，《玉琴斋词》为清代余怀著。

来信(1928 年 11 月 24 日)

兼士先生大鉴:

前玨谢笺,并奉赠各书,想登记室另有函致谢故宫博物院,谅亦达到。江云燕树,相望为劳。诒前在北平曾见大学国学研究院汉熹平石经拓本,远出翁氏模本之上。目前如有重分,敬祈惠赠敝馆一份,以益南方学子之眼福。其他可宝刊物有可分惠者,并希寄赐。买菜求益,无任主臣,恃爱渎陈,尚希荃察。专此,敬颂

撰安

柳诒徵

一七、一一、二四

(同上)

黄文弼

黄文弼（1893—1966），字仲良，湖北汉川人。1918 年毕业于北京大学哲学系。次年供职于北大研究所国学门。1927 年至 1930 年参加中瑞西北科学考查团的内蒙古、新疆考查活动。1934 年至 1937 年任西北科学考查团专任研究员。抗日战争时，先后任西北联合大学、四川大学、西北大学教授。1949 年后，任中国科学院考古研究所研究员。著有《罗布淖尔考古记》《吐鲁番考古记》《高昌砖集》等。

来信（1930 年 1 月 21 日）

兼士、叔平先生大鉴：

别来将及三载，念慕殊深。顷接齐电，敬悉先生等均安好如恒，曷胜欣慰。弼于十八年正由阿克苏到库车后（已前想徐先生均谈及不赘），三月即由库车南行，经沙雅穿塔克拉马堪大沙漠，日有五日得达于阗。中途虽因工作便利绕道，然终能达到目的地，人畜一无损伤，亦自庆幸。抵于后，休息愈旬，又出发考查。两度入沙，虽因天气渐暖，风沙弥漫，不克尽量工作，然于沙漠之构造、河流之变迁、交通之转移亦略得其仿佛。在于阗一月即返。和阗、和于一带，前英人斯坦因曾三次游历，古迹古物掇拾殆净，竟无吾人下手之地。在和勾留月余，又西返至叶尔羌，至喀什葛尔，沿途工作亦略有采集。在喀什购买风俗品、经文书籍，勾留约十余日，即东转经巴楚至阿克苏时，已中秋节也。于是，与前年路线会。又在巴楚之托和沙赖掘拾古物两箱，并觅出古迹三四，惜不暇详细工作耳。又由阿克苏至库车，运输前、去年所存采集品，于十一月初抵迪化。计自十七年三月由迪出发，南行考查，十八年十一月回迪，共计十八阅月，约采集古物四十二箱，各类均有少许，然以木瓦陶为最多，而泥塑佛像残伤实居其半。曾意十七年春德人椿克尔在和阗发掘古庙，出现佛像甚多。时弼亦至焉耆，在一个大沙漠的山峰两个不同方向的考古者，先后发现同一样的东西，非关人力，亦有数存理焉。抵迪化后，即整理各采集品，由已雇定归化骆驼运回北平（详致半农先生函中）。弼于十六年四月由北京出发，讫今计二载又九阅月，戈壁湖滩备历，艰苦至此，亦心力交瘁，不堪再用，故拟东归休息。不料到迪后俄道梗阻，草地太冷，遂逗留迪化作浪漫派的生活。今接北大研究所国学门来电，惊喜交集，如一个小孩子久别了他的母亲，在外遨游戏要正在困倦思归的时候，突闻他母亲叫唤的声音，安得不涕泗交流，况曾经过一番人事的变迁呀（闻十六年冬北大改组研究所改为国学馆）。现气候冷甚，拟稍暖即东归，阳历四月中当可抵平也。又闻守和先生曾来函述及文弼被命为古物保管委员会委员，此时弼远在边陲，消息阻滞，致未即时奉函申谢，甚歉。溥泉先生处亦恳代为致意。余不一一。肃此，敬颂
撰安

黄文弼敬上

一月二十一日

士远、尹默、幼渔、逭庵、玄伯、守和诸先生均此问好。

（《北京大学日刊》1930 年 4 月 2 日）

按：迪化即今乌鲁木齐。黄文弼参加由北大教授徐炳昶、袁复礼等和瑞典科学家斯文赫定组织的西北科学考查团，正在新疆等地考查。

来信（1930 年 6 月 10 日）

伯年、幼渔、叔平、兼士、半农、逷先先生均鉴：

今春致半农先生函，谅邀鉴及。日前返迪，接半农先生致袁希渊先生电，并李子开君致弼函，借悉种切。弼自去冬由于阗返迪后，本拟即时东归。因天气甚冷，俄道亦未通畅，而吐鲁番、鄯善一带为古时西域文化中枢，故拟乘此时前往视查，作一有系统之研究。于二月中旬至吐鲁番之雅尔湖，为古交河郡地，工作结果发现字砖及陶器之属若干，以长历推其年号，可补高昌世系之阙。转至哈拉和卓及鲁克沁一带考查，并在鲁克沁南五六日程觅得一带古址，结果颇为美满。盖远古人类居住之遗迹，史后国外之通往，借此可得一证明也。现各采集品已交白万玉，由草地运平。现弼与丁仲良先生由俄道东归，正准备一切，日内即可起程。趋领教益之期，当非远也。计弼自一九二八离开北京，迄今三载有奇。承诸位先生之关爱，多方帮助，俾弼得稍有所采获，私自庆感，然以后之事，务尚多希诸位先生指导一切，不胜感荷。专此，即颂

撰安

黄文弼再拜上

六月十日

士远、君默、旭生、守和、玄伯、援庵诸先生均此问安。

（《北京大学日刊》1930年7月12日）

按：袁希渊即袁复礼（1893—1987），河北徐水人，地质学家，1928年至1932年在西北考察。丁仲良即丁道衡，西北科学考查团成员之一。

魏建功

魏建功(1901—1980),字天行,笔名健攻、文狸、山鬼等,江苏如皋人。早年就读于南通中学。1919年考入北京大学预科,1921年升入本科国文学系,1925年毕业,留校任研究所国学门助教。1928年赴朝鲜,任京城帝国大学法文学部讲师。1929年回国,先后任北京大学助教、副教授、教授,兼《国学季刊》编辑主任。1938年任西南联合大学教授。1940年任女子师范学院教授。1946年赴台北,任台湾省国语推行委员会主任委员。1949年任北京大学教授、中文系主任,后任副校长。1955年任中国科学院哲学社会科学部委员、语言研究所研究员。著有《古音系研究》《十韵汇编》《国音基本学习表》等。

魏建功是沈兼士在北大执教时的学生。1925年,魏毕业后留在沈兼士任主任的研究所国学门当助教。两人交往十分密切。沈兼士很欣赏魏建功,说他读书时考试常得满分。魏建功对老师也十分尊重。

去信

我对于研究方言,是抱定“考证而不轻易改定”的宗旨。现在把我主张的理由,总括的写在下面:

(1) 考证是近于研究的供参考的态度,改定是近于独断的定一尊的态度。

(2) 自来训诂学家只注重纵面求是的考证意义和声音之本相,而无视横面致用的“约定俗成”之原则,这是我们应该力矫其弊的。

(3) 保存现代方言的真面目:一以备查考音义转变之轨迹,一以备后代研究现代方言的材料,这也是我们应负的责任。

(4) 后代所有的事物和思想,大半为古代所无,换一句话说:就是古代的字义,不见得能尽包含后代的事物和思想,倘先存了一个"都要审定出一个原文来"的成见,恐怕免不了穿凿附会的毛病。

(5) 从实验上看来,方言的转变大都本于双声,从叠韵转的实在是极少数,近代考证方言者,一切本章太炎先生《成韵图》所说广义的"旁转""对转",以通其所不可通,这也是我们应该注意审慎的地方。

鄙意拟将歌谣中方言用字就考证上把他列出一个表如下:

- (甲) 有通行俗字的
  - (一) 未考出正体及古借字的
  - (二) 已考出正体的
    - (a) 合于今语声音的
    - (b) 不合于今语声音的
      - 双声转
      - 叠韵转
  - (三) 已考出古借字的
    - (a) 合于今语声音的
    - (b) 不合于今语声音的
      - 双声转
      - 叠韵转
- (乙) 有通行借字的
  - (一) 未考出本字及古借字的
  - (二) 已考出本字的
    - (a) 合于今语声音的
    - (b) 不合于今语声音的
      - 双声转
      - 叠韵转
  - (三) 已考出古借字的
    - (a) 合于今语声音的
    - (b) 不合于今语声音的
      - 双声的
      - 叠韵的
- (丙) 有声无字的
  - (一) 未考出本字及古借字的
  - (二) 已考出本字的
    - (a) 合于今语声音的
    - (b) 不合于今语声音的
      - 双声的
      - 叠韵的
  - (三) 已考出古借字的
    - (a) 合于今语声音的
    - (b) 不合于今语声音的
      - 双声的
      - 叠韵的

再就表中各项,研究其有无“改定”古字之必要?——不是指“考证”。——据表看来:

甲种第一类 乙种第一类 丙种第一类	不能用古字
甲种第二类、第三类 乙种第二类、第三类	本约定俗成的原则,不必用古字

丙种第二类、第三类——有用古字的必要,但是内中还有不可能的场合,如:

丙种第二类 b 项 丙种第三类 b 项	为考出之本字,或借字,不合于今语声音者,故理论上虽有用古字之必要,而实际上仍有窒碍之处—非变其音读不可—除上列诸项外,只有—
丙种第二类 a 项 丙种第三类 a 项	是绝对应该而且可以用古字的

此外还想利用此表规定一种考证方言用的符号——此种符号当俟歌谣研究会开会时提出讨论——免得考证者拿那些“音近义通”“古今音变”“一声之转”等含混的话来殽溷人眼。

(沈兼士《段砚斋杂文》,北平协和印书局 1947 年版)

按:此信约作于 20 世纪 20 年代。

来信(1932 年 6 月 19 日)

兼师函〈文〉[丈]:

承示尊著,先生著《右文说在训诂学[上]之沿革及其推阐》一文,为蔡先生周甲纪念论文。授余,读其稿本。绎诵至再,矩矱既度,周行可遵,发读开宗,若有深感。盖旷观侪辈,擅专精诣,每有论列,无不胜生:卓识警辟,生不如丁丁山;沈思致密,生不如罗莘田;精鉴定而有工力,生不如容希白;善探索而有胆气,生不如董彦堂。年来学术风尚,趋重语言文字。诸子之外,亦颇多士。研究方法,与时俱进。而目的态度,多难餍望。守旧之徒,姑置不论;新进之士,不外二失:或拘墟局部,不求会通;或灭裂牵强,不知务实。前者尚不失实事求是,功倍效缓而已;后者则但图哗众取宠,浮光掠影,命暂价贱,重可惜也。此时代之所豢养,生活之所驱迫,早熟之果,聊以充饥,转相标引,蔚成风气。是故颛蒙隅伏,窃尚沾喜,以为幸者。昔在中学,受南通孙伯龙先生、徐亦轩先生业,即志趋文字之学。及入大学,沃闻语根、探源之教,参循疑古先生音韵之说,并承兼受顽劣,独守夸愚自擎,渐窥其兆也。

前年写《音轨条例》,冀以音韵原则罗列文字,示其孳乳线索,一以贯穿故书训诂,一以探求原始语况。在母校讲义名曰《古音系研究》,实旨可谓古语探求方法论。吾师既已披阅其内容矣。今读师著,敢陈一得,伏乞诲正。

按古文字自钟鼎甲骨继出,六书条例,已有不足用。右文之名,于旧形声例中,似更为狭隘。推右文之说,真价又应一贯形音义三者而言。文字未有之先,音声已含其义;方有文字之初,形体实兼表其义;既有文字之后,则形或兼音义,或不兼音义,或兼音而不兼义,或兼义而不兼音。其兼义而不兼音,或即本初有文字之旧相沿而下者;其并兼音义,或更承未有文字之先之旧相沿而下者。如是以论语根,其字或晚出,音乃承朔;而音不存初况,字反为初文者,自必不少。于是欲论音义,必先就形声字中求形义、形音二者,以观其先后演变孳乳,则声训之例,似有助于音义,而无与于形义、形音。盖声训之起,去形义之初已远,时代生活思想不能无影响,而形音之间,又不能无变迁,此刘成国书所以可备考汉代音,而不能据为探语根之典要也。

尝见古文字中从"×"之形,往往有"交""隔""牴""穿""空""疏""厚""满"诸谊,而与诸谊相关之声类,属旧喉牙音。展转变化,亦不出与喉牙可以相通者也。如"癸""五""爻""刈",隔抵谊多;"凶""匈""果""甲",空满谊多;"叕""疋""网""楙",交织、穿疏之谊多;"叚"

"盥""戎""爾",细腻、丛厚之谊多。赋形相通,往往谐音亦得相转。其轨迹大抵不出生列《音轨》"同位异势""异位同势"两轨,东原《转语》"同位""位同"之说是也。先生所举"玺"字从"尔"声,字形从"㸚"。所从义为穿空廔丽,而得通于交凝滞厚,其音之转,犹"叚"之于"讓""孃","囟"之于"𡿺""農","爻"之于"學"(日本音之ガケ)"覺"、"虠"之于"戎","疋"之于"雅",皆所谓"鼻通相转"。然则经纬形音、训义绮错,其有不可偏倚者尚矣。故生尝以为形声字之沿流,当假设其初为纯声符性质之同音假借,继则加形以为别,乃可谓之形符谐声。右文说之所赅,二者具备,而六书条例所指形声,大半为半音符谐声,其音符不必兼义,多后起变化之音,所谓"音不存初况,字反为初文"者,此之类也。注形作用之谐声,声义相兼;"字或晚出,音乃承朔",此之谓也。

且古语连绵之词,声首声随复合之迹,于焉可寻。而荡析离居,泯为单字。例如先生所举公式表例二之(2)夗之有"夗转"、三皮之有"旇靡"、四之(2)庚之有"康良"、(3)吾之有"龃龉"。许叔重说解,虽多存旧,而字从形体,亦皆分割。若此之类,有关审音;论其单字,固在右文。顾名考实,尚须申论。盖"右文"之说,与谓字学,宁称语学。国内言语学至不发达,历来学者,瞻徇徘徊于文字音韵之间,而不肯由语言着眼者,有以致之。先生其亦许可生说乎?

许书所收,不仅旧文,汉代语言,亦复不少。今欲取论,根源年代先后,奚以据限?如公式表六之(1),"参"或从"真"声,是汉时字也。(2)"肣"为"圅"之俗,亦汉时后起字也。则"参""真"二声及"兼""马""今""林""咸""音""佥""甘""舀"九声,含义或皆自汉以来始相和同,或本各相通,是又审谊考音易,而考音论世难也。以诸谐声系统既乱之间读(《切韵》以降音)推求谐声系统之音读,又其难之尤者也。

例如"禁持"义,九谐声声母自谐声声母,与其谐声字之音读观之,有可视为古初复声者,若"兼""禁""佥"皆 kl 复声。有声母音晚而谐声字音较古者,若从"今"之"衾"声为古浊 g 母消失所余之 j,是

“今”声亦当有自浊音演变之可能。从“覃”之字皆当为浊 d 母，而“覃”从“咸”省声。自覃姓之“覃”，与“蕈”之为“菌”论之，是“咸”声原当为 g，与 d 乃得相转。故“今”声有“贪”，读 t‘声，从“咸”之“感”尚读 k 声也。从“马”之“函”为浊 g，而与从“今”清 k 声之“肣”相通，是“马”“今”皆当有读 gg 浊音之阶段。从“舀”有“阎”“监”“啗”，犹从“今”有“衾”、从“咸”有“感”“覃”“舀”当为 g 声也。“甘”声之“箝”为 gj，是“甘”原为 g 也。“音”声声母，多与喉牙音他声通，或初本分属喉牙音之他声，大抵声纽可按其今音(《切韵》以降)上推。至于韵类，惟音尾阴阳入之大齐可别，主韵音值极难估定。如公式表中皮声注 o。近来学者论列，多主入歌部者为 ɑ，入支部者为 iɑ 也。而斯声注 ŭ，亦应是 iɑ，故“誓”“澌”“凘”“嘶”音义正合。今言“声嗄”之嗄及“沙沙”之沙，先生所注音，盖最近世威妥玛式拼音，未足以资论古探源。“夗”之声为 g、u，其变音“吉”“兼”“今”，较古之音皆为 k，是则注音之音准，至难定夺。若梁任公所注音，至堪发噱。其以形声偏旁音首注为语尾，虽殚竭思虑，惜犹未照。盖谐声字之声母以口治，而偏旁以目治，是生所说注形作用也。若使偏旁亦括有音，何取与谐声声母?合书而为形声字，则“线”“笺”“牋”“钱”“贱”“栈”“盏”“践”“醆”“浅”“溅”“诐”“伐”“饯”“践”“划”“残”，连书戈系戈竹……戈刀戈歹，直读其音可也。如是，会意字信武之类，何不闻其有合于此例者邪? 况依梁氏例，亦复重叠缴绕，如“践”“诐”皆为 y 尾，“浅”“溅”同是收 s，“栈”“盏”均附 m 声。展转所从声母，又不及分析，如“溅”从“贱”声，“贱”从“戈”声，则第一次偏旁为 S、PS 或 SP 相缀，巧合为复声随矣。古音系统，尚无定论，注音莫若取《广韵》声纽韵部为标准，兼记等第，要不失为音史上之记述，学者可以共喻。否则恐反为影响不实也。

是故形符、音准两事，窃以为最关重要，固皆先生夙所启发。至于审形考谊、察音论世、如何以定其源流孳乳，则犹待先生进而诲之也。

谨肃，敬请

钧安

学生魏建功谨上

一九三二年六月十九日

（《魏建功文集 4》，江苏教育出版社 2001 年版，第 188—191 页）

按：此信收入《魏建功文集》有注云“据作者手稿排印”。据内容可知，本书后录一信（1933 年 6 月 21 日）当依此信删节修改而成。为保存原信内容，此处仍予录出，标点略有改动。

来信（1933 年 6 月 21 日）

兼师函丈：

承示尊著，绎诵至再，矩矱既度，周行可遵，发读开宗，若有深感。敢陈一得，皆素闻之绪余，伏乞诲正！

按古文字自钟鼎甲骨继出，六书条例已有不足用，“右文”之名于旧形声例中似更为狭隘。推右文之说，其真价又应一贯形、音、义三者而言。文字未有之先，音声已含其义。方有文字之初，形体实兼表其义。既有文字之后，则形或兼音义，或不兼音义，或兼音而不兼义，或兼义而不兼音。其兼义而不兼音，或即本初有文字之旧，相沿而下者。其并兼音义，或更承未有文字之先之旧，相沿而下者。如是以论语根，其字或晚出，音乃承朔；而音不存初况，字反为初文者，自必不少。于是欲论音义，必先就形声字中求形义、形音二者，以观其先后演变孳乳，则声训之例似有助于音义，而无与于形义、形音。盖声训之起，去形义之初已远，时代生活思想不能无影响，而形音之间又不能无变迁。此刘成国书所以可备考汉代音，而不能据为探语根之典要也。尝见古文字中从“×”之形，往往有“交”“隔”“抵”“穿”“空”“疏”“厚”“满”诸谊，而与诸谊相关之声类属旧喉牙音，展转变化亦不出与喉牙可以相通者也。如“癸”“五”“刈”“爻”，隔抵谊多；“囟”“匈”“果”“甲”，空满谊多；“叕”“疋”“楙”“网”，交织穿疏之谊多；“殺”“盥”

“戎”“爾”，细腻丛厚之谊多；赋形相通，往往谐音亦得相转，其轨迹大抵不出生列《音轨》“同位异势”“异位同势”两轨，东原《转语》“同位”“位同”之说是也。先生所举“壐”字，从尔声，字形从㸚，所从义为穿空廔丽，而得通于交凝滞厚。其音之转，犹“毀”之于“讓”“孃”，“囟”之于“𡿺”“農”，“爻”之于“學”（日本音之ガク）“覺”，“䖝”之于“戎”，“疑”之于“疋”，皆所谓“鼻通相转”。然则经纬形音，训义绮错，其有不可偏倚者尚矣。故生尝以为形声字之沿流，当假设其初为纯声符性质之同音假借；继则加形以为别，乃可谓之形符谐声；右文说之所赅，二者具备。而六书条例所指形声，大半为半音符谐声，其音符不必兼义，多后起变化之音；所谓“音不存初况，字反为初文”者，此之类也。注形作用之谐声，声义相兼；“字或晚出，音乃承朔”，此之谓也。

且，古语连绵之词，声首声随复合之迹于焉可寻，而荡析离居，泯为单字；例如先生所举公式表例二之(2)夗之有“夗转”，三皮之有“旇靡”，四之(2)庚之有“𢊁㝗”，(3)吾之有“齟齬”，许叔重说解虽多存旧，而字从形体，亦皆分割，若此之类，有关审音；论其单字，固在右文，顾名考实，尚须申论。盖“右文”之说，与谓字学，宁称语学。国内言语学至不发达，历来学者徘徊瞻徇于文字音韵之间，而不肯由语言着眼者有以致之。先生其亦许可生说乎？

许书所收，不仅旧文，汉代语言，亦复不少。今欲取论根源，年代先后，奚以据限？如公式表六之(1)“参”或从“真”声，是汉时字也。(2)“肣”为“函”之俗，亦汉时后起字也。则“参”“真”二声及“兼”“𢎘”“今”“林”“咸”“音”“佥”“甘”“臽”九声，含义或皆自汉以来始相和同，或本各相通。是又审谊考音易，而考音论世难也。以诸谐声系统既乱之音读（《切韵》以降音）推求谐声系统之音读，又其难之尤者也。例如“禁持”义九谐声声母与其谐声字之音读比观之，有可视为古初复声者若——

“兼”“禁”“佥”皆 kl 复声。

有声母音晚而谐声字音较古者，若——

从"今"之"㑹"声为古浊 g 母消失所余之 j，是"今"声亦当有自浊音演变之可能；

从"覃"之字皆当为浊 d 母，而"覃"从"咸"省声，自覃姓之"覃"与"蕈"之为"菌"论之，是"咸"声原当为 g，与 d 乃得相转，故"今"声有"贪"读 t' 声也，从"咸"之"感"尚读 k 声也；

从"ㄢ"之"函"为浊Ɣ，而与从"今"清 k 声之"肣"相通，是"ㄢ""今"皆当有读Ɣ，g 浊音之阶段；

从"臽"有"阎""监""啗"，犹从"今"有"㑹"，从"咸"有"感""覃""臽"当为Ɣ声也；

"甘"声之"箝"为 gj，是"甘"原为 g 也；

"音"声声母多与喉牙音他声通，或初本分属喉牙音之他声。

大抵声纽可按其今音(《切韵》以降)上推。至于韵类，惟音尾阴阳入之大齐可别，主韵音值极难估定。古音系尚无定论，注音莫若取《广韵》声纽韵部为标准兼记等第，要不失为音史上之记述，学者可以共喻。

是故"形符""音准"两事，窃以为最关重要，固皆先生夙所启发；至于审形考谊，察音论世，如何以定其源流孳乳，则犹待先生进而诲之也。

受业魏建功敬上

二十二年六月二十一日

(《右文说在训诂学上之沿革及其推阐》，

国立中央研究院历史语言研究所集刊[1933 年])

按：沈兼士的学术论文《右文说在训诂学上之沿革及其推阐》撰成后，曾以此广泛征求魏建功、李桂芳、林语堂、吴承仕等专家学者的意见。此信就是魏建功阅后所提看法。

来 信

兼师钧右：

师兄病况能康复，再常与人见面，想即无事。生所印书已至末尾，先生心绪如何，能否在此三五日为我作序？烦渎之至，惶悚何似！惟三数月来精神创痛，于此书聊当安慰耳。谨肃，敬请

诲安

受业建功敬上

十月廿七日

（北京大学档案馆藏档，档号：BD1927017－1）

按：信中“师兄病况能康复”，指沈兼士长子沈观生病事。魏建功是沈兼士北大执教时的学生，因此魏称沈兼士子为师兄。信中“为我作序”指魏建功请老师为其音韵学专著《古音系研究》作序。

来　信

兼师函丈：

《古音系研究》一书，大学业将付印。生前乞先生为序，曾蒙许可，兹敢渎恳，早日赐下。生编此书心愿，在使文字音韵两相沟通，期为研究中国语言学之前驱而已。国内诸家往往偏于一端，多困于枝节饤饾，而不得纲领。生亦愧乏于才识，皆不应扃此巨业也。今年《方音研究》编完，有志试为《中国语学史》，倘亦先生之所乐闻，而有以教之否？刘君诗孙转下右文研究抽印本，谢谢！

尊珍奉还。匆匆，敬请

诲安

受业魏建功敬上

一月廿九日

细玩《古音系研究》稿，觉发挥先生之说处实多于疑古先生，盖生于形音相贯之旨三致意，乃特重“语根”之说而自然如此也。此意似当自白于先生。又肃。

（北京大学档案馆藏档，档号：BD1927017－1）

按:应魏建功之请,沈兼士于1935年2月10日为魏著《古音系研究》撰写序文。这篇序文后来发表于《国语周刊》第24期(同年3月23日),又被收入沈著《段砚斋杂文》。《古音系研究》由北京大学出版组于同年5月印行(铅印本)。信中"刘君诗孙转下右文研究抽印本",指1933年印行的沈兼士《右文说在训诂学上之沿革及其推阐》,为中央研究院历史语言研究所集刊外编《庆祝蔡元培先生六十五岁论文集》抽印本。综上,此信当作于1933年至1935年2月10日之间,即1934年1月29日或1935年1月29日。刘诗孙又名刘文兴,民国学者,曾任燕京大学、中央大学教授,东方文化事业总委员会委员。

傅增湘

傅增湘(1872—1949),字淑和,号润沅、沅叔,四川泸州人。早年就读于保定莲池书院,师从吴汝纶。1898 年中进士,授翰林院庶吉士,任顺天乡试同考官。1908 年创办京师女子师范学堂,任总理。1917 年任北洋政府教育总长。1927 年任故宫博物院图书馆馆长。1929 年赴日本搜访中国古籍,后专事目录、版本、校勘学研究。著有《双鉴楼宋金元秘本目录》《藏园东游别录》《清代典试考略》等。

来信(1932 年 8 月 3 日)

兼士先生阁下:

睽教至念。兹恳者:杨生承祚新自美国毕业回国,成绩颇优,又为故人之子。弟喜其志向坚卓,特为介绍于本校。下学期开始,教课必有增加或改动,敬恳执事告本科主任,能否分配钟点,俾得用其所长。附上该生履历,其所习经济各科目,均可胜任也。祈雅意裁成,无任感荷。此候

台安

弟傅增湘拜启

八月三日

(陈智超编注《陈垣来往书信集》,第 81 页)

按:是年 8 月 8 日,傅增湘又作致辅仁大学校长陈垣信,在介绍杨承祚时,称“曾作介绍于沈兼士许,附有略历,敬祈我公推爱”。与此信内容合。

朱家骅

朱家骅(1893—1963),字骝先,浙江吴兴人,近代教育家、地质科学家、政治家。1914年赴德国自费留学,攻读采矿工程。1917年任北京大学预科德语教授。1918年再次赴欧美留学。1924年回国任北京大学地质系教授兼德文系主任。1930年任中山大学、中央大学校长。1931年任国民政府教育部部长。后历任交通部长、行政院副院长、国民党中央执行委员会秘书长兼国民党党务委员会主任委员、中央调查统计局局长、国民党中央组织部部长等。1949年移居台湾,任"总统府"资政。

沈兼士与朱家骅是吴兴同乡,早年同在北京大学任教。又,沈兼士长兄沈士远、二兄沈尹默都是朱家骅读小学时的国文老师。抗战胜利后,沈兼士任教育部平津区特派员,负责接收平津地区敌伪文化教育机关,与时任教育部部长朱家骅为上下级关系,联系频繁。

去电(1932年10月24日)

教育部朱部长骝先兄译转蔡孑民先生、吴稚晖先生、戴季陶先生、张静江先生、陈果夫先生公鉴:

育密报载陈独秀君被逮解京。陈君以往倡导文化、赞助革命,功绩甚伟,近年举动偶或偏激,其主张已为彼党所不容。务恳俯念前劳,交由司法机关从宽办理。诸公党国柱石,一言九鼎,务请曲赐矜全。恳切晋词，诸维霭照。

蒋梦麟、徐颂明、刘复、马裕藻、周作人、陶履恭、钱玄同、沈兼士、周炳琳、徐鸿宝、赵万里、樊际昌叩

敬

（《1932年蔡元培等营救陈独秀函电辑录》，《档案与史学》1995年第1期）

按：信中“敬”指代24日。是年10月15日，陈独秀在上海被捕。蒋梦麟、沈兼士等北大老同事闻讯，联名发此电为其求情。

去信（1945年6月28日）

骝先先生部长惠鉴：

前有北平故宫博物院文献馆科员方绍烈、李德启二君，前因从事华北文教协会抗敌工作，被敌逮捕，判刑监禁。该员等家境清寒，敢乞援例拨给每人救济费国币叁万元。如蒙俯准，不胜感荷之至。专肃，敬请

公安

弟沈兼士启

三四、六、二十八

（中国第二历史档案馆藏档，卷宗号：五-11662）

按：华北文教协会于1939年在北平由“炎社”改组而成，沈兼士任主任委员，主要从事抗日宣传及掩护青年赴国统区等秘密工作。

来信（1945年7月2日）

兼士先生大鉴：

六月二十八日惠书敬悉，方绍烈、李德启二君以从事华北文化工作被敌逮捕，至深系念，承嘱各补助国币叁万元，自当照办，知后特复。顺颂

台绥

弟朱〇〇拜启

（同上）

按：此件载于教育部稿纸，署“中华民国卅四年七月二日封发”。

去电（1945 年 9 月 24 日）

重庆川东师范

教育部朱骝先部长赐鉴：

弟在宁已与何总司令晤谈，津浦未通，渠嘱来沪候机，约周内可飞平。

兼士

敬

（中国第二历史档案馆藏档，卷宗号：五[2]-586）

按：1945 年 8 月，国民政府教育部为办理收复区各公私及日伪所办教育文化机关接收事宜，并辅导地方教育复员工作，设置各收复区教育复员辅导委员会。全国共设 6 个区：京沪区，包括苏、浙、皖等省。平津区，包括冀、鲁、豫、晋、察、绥等省及青岛市。武汉区，包括湘、鄂、赣等省。广州区，包括粤、桂两省。东北区，包括辽、吉、黑、热四省。台湾区，包括澎湖列岛。各区辅导委员会由教育部派特派员 1 名主持会务，委员 5 至 9 人。辅导委员会之任务为：（一）宣扬国民党中央教育政策及法令；（二）抚慰在陷区与敌伪艰苦奋斗之教育文化工作人员及青年学生；（三）接收国立性质及敌伪所设之教育文化机关与事业；（四）辅导地方教育行政机关及私立教育文化机关，办理复员工作；（五）调查及接收并策划保管各区文物；（六）其他关于各区教育复员紧急事项。沈兼士被任命为平津区特派员，于 9 月 16 日乘机离开重庆，途经南京、上海，转赴北平。这是他在途中发给教育部部长朱家骅的电报。

去电(1945 年 9 月 30 日)

渝,教育部朱部长,济密

骝先先生赐鉴:

弟宥抵平,正积极与孙长官前进指挥所商洽接收事宜。复员会议议决事项,及各大学接收后学生处理办法,请详细指示,俾有遵循。复示乞电北平地内慈慧殿三号。

弟沈兼士

申卅

(同上)

按:电函中"孙长官"指时任国民党军第 11 战区司令长官兼河北省政府主席孙连仲,"宥"指代 26 日。

来电(1945 年 10 月 3 日)

地安门内慈慧殿三号

沈兼士特派员:

铁密。申卅电悉。关于各地伪组织所办学校之处□,必须十分慎重,尤其含有伪国立性质平津□北大、师大及其他专科以上学校等,应先将员生附逆有据者,速交军警机关,送交法办,□余亦一律不承认,□遣散□,待稍缓再□□审外,指定少数可靠事□□员,负责保管校产。□学生先行遣散,再办登记审定手续;稍缓设法筹设短期□习班,侧重精神教□;但不承认原校学籍。将来另按其程度,分别□以充分就学机会。诸请切实办理为要! 至□会决议各案,另航快寄□。

弟朱家骅

酉江

(同上)

按：此函主要谈对原敌伪所办学校学生的处置问题。

去电(1945年10月6日)一

渝

教育部朱部长赐鉴：

济密。弟到平后，即与十一战区前进所及各委员联络，开会议决，首先接收东厂胡同日本东方文化事业总会，即在该处办公，并已议定接收程序：先文化机关，次伪组织学校，次日人学校。业将人文科学图书馆、近代科学图书馆同时接收，尚称顺利。谨电报告。

弟沈兼士

酉鱼(十月六日发)

(同上)

按：电函中"十一战区"指1945年6月国民党军队新增设的第十一战区，孙连仲为司令长官，负责接收平津和冀鲁地区。

去电(1945年10月6日)二

渝

教育部朱部长骝先先生赐鉴：

济密。此间伪北大学生连日来处请示，学校接收后，学生如何处理，请速指示。又伪师大艺专将来善后，及师范公费生每月伙食应如何办理，亦请速示。

弟沈兼士

酉鱼(十月八日发)

(同上)

来电(1945年10月7日)

教育部平津特派员办公处沈兼士兄：

济密。据闻京沪一带人士，对教育会议决议甚为不安云云。查此项决议与弟八月广播大致无甚出入，因广播未明言处理办法，且对大学与专科更为含蓄，兄可检出一对。兹拟在京沪平津□地，从速或各设立临时大学一所，招收解放区之非私立各校学生，专办补习，务使青年即能复学。下学期或下学年再设法转入正规大学。其详细办法与甄别细则正在拟办，稍缓即行公布。此点务希设法披露，以安人心□要。

弟朱家骅

酉虞里

（同上）

按：抗战胜利后，国民政府教育善后复员会议提出，收复区各学校接收后，须一律解散。教职员和学生安置一直未能解决，临时大学或补习班也迟迟没有组建。对师生的甄审缺乏公信力，广受质疑。

去电(1945年10月8日)

万急，重庆

教育部朱部长钧鉴：

济密。此间军政机关联络尚好，哲民对弟亦颇推崇，工作进行不致有何阻碍。惟孔德学院旧址，敌伪所设之新民印书馆，本与十一战区指挥所商妥，由弟接收，手续已备，而争者层出。嗣经市府主持之党政接收委员会议决，因该机关本属教部，仍应由我方接收，而准许中宣部特派员张明炜派员参加。他如北平市党部及臧启芳主持之文化服务社（据称系果夫兄所办），均以预备党费自给为辞，意图占有该馆,纷电中央请求接办。现虽由我部接收,而隶属未定。查该馆设施完备,足资实现我公印刷事业之计划。弟在渝曾与尹默兄及师俊讨论及此。盼就近协商,务由中央决定办法,并得中宣部之谅解,电知熊市长、孙长官,弟在此随机接洽,俾可掌握。又该馆职工甚多,解散不易,接收后拟不停工,以便维持。可否,请速电示。

弟沈△△

西齐密(十月九日发)

(同上)

按:敌伪所设新民印书馆资产较大,引起国民政府教育部、国民党中央宣传部等所属接收机关的青睐,各显神通,引起纷争。"熊市长"指北平市长熊斌(字哲民)。"孙长官"指国民党第十一战区司令长官孙连仲。

来电(1945 年 10 月 12 日)

沈特派员兼士:

铁密。酉虞电悉。伪北大、师大及艺专学生附逆有据者,应送军警机关转法办,其余先行解散,并说明解散之故,系为洗刷敌伪之名义,以使将来转入正规大学。□授权该辅导委员会,从速成立平津区专科以上学校学生甄审委员会,办理登记甄审事宜,并筹设平津区临时大学补习班,收容登记合格学生,予以短期补习,课程另行颁发。至师范生在甄审期间,不得发给公费,在补习期间,应与其他学生同样待遇,须俟转入正规师范学院后,方行恢复。

教育部长朱家骅

酉文

(同上)

按:"辅导委员会"指教育部设置的各收复区教育复员辅导委员会。

来电(1945 年 10 月 16 日)

教育部平津区特派员办公处沈兼士兄：

济密。酉齐电敬悉。印书馆事已分电李主任、熊市长，恳托主持，仍由教部接管，并已呈报行政院矣。

朱家骅

酉铣里

(同上)

按：电函中"李主任"指国民党军事委员会委员长北平行营主任李宗仁。

来电(1945 年 10 月 19 日)

辅仁大学转沈特派员兼士：

铁密。并转雪屏兄鉴：北平临时大学补习班主任，业已发表雪屏担任，希筹办，经费电汇。京王书林、沪寿雍、津王季高，武汉、广州两地正在规划中。书林兄已聘到中大名教授十余人，不日前往开办。平地青年众多，特别重要，尤盼紧赶办是荷。

弟家骅

酉皓印(十月廿三日到)

(同上)

按："雪屏"即时任北平临时大学补习班主任陈雪屏。

去电(1945 年 10 月 22 日)

急，重庆

教育部朱部长赐鉴：

（一）伪华北政委会工务总署设有土木工程专科学校，造就中级土木建设技术人才，规模宏大，设备齐全，学生程度亦尚整齐。际兹复兴建设工作全面展开，需人孔亟之时，似有续办必要，在校学生约三百人，食宿均由学校供给，应如何处置。（二）又伪师大有附中、附小各二处，成绩为一般中小学之冠。伪师大停办后，该附属学校如何处理，可否托由北平市教育局暂行接管。（三）伪北大内分泌研究所在华北尚属首创，设备甚佳，研究已具成果，每月经费约伪币五万。该所所址在前地质调查所，现经济部奉翁部长命，催还甚急，预备为办公之用。查该地并不适于办公，精密仪器急促移挪，无异拆毁。此间科学家均认为可惜。可否就近商诸翁部长，准予暂缓移让，并转饬另择办公地点，一面由此间觅地，从容迁移。是否可行，请速指示，俾有遵循。

弟沈兼士

酉祃

（同上）

按："伪华北政委会工务总署设有土木工程专科学校"指原建设总署土木工程专科学校(1943 年建设总署改组为工务总署)，创办于 1940 年，分水利、道路、工程管理 3 个系，校址初设在护国寺街原庆王府内，后迁至颐和园对面西苑，1946 年转归清华农学院。

去信(1945 年 10 月 22 日)

案准私立辅仁大学"辅字第三一五九号"公函，略开：查此次太平洋战争事起，凡属我盟邦国籍教士，悉遭暴敌强令集中校中。惟余德籍雷冕等四十七人，多方折冲，苦心维护，直接支持本校，使不停办，即间接掩护同人得继续推进爱国工作。当今胜利来临，闻德侨将令集中。上述本校德籍雷冕等四十七人原以研究学术，提倡文化为职责，既不与闻政治，尤非国社党人，可否顾念前劳，准其仍旧留校服务，免予集中，以示宽大等由。查该校德籍教职员雷冕等提倡文化教育，掩护地下工作，均属实情，准函前由，理合转呈钧部，鉴核示遵。谨呈

教育部部长朱

教育部平津区特派员沈兼士谨呈

附呈《辅仁大学德籍教职员一览表》一份（略）

（中国第二历史档案馆藏档，卷宗号：五-2693）

按：此件载于教育部平津区特派员办公处呈稿纸，署"中华民国三十四年十月廿二日"。北平辅仁大学是一所教会学校，各学科均聘请大量外籍教员。德国人雷冕长期担任该校校务长。沈兼士时任教育部平津区特派员，兼任辅仁大学教授及文学院院长。

去电（1945年10月24日）

万急，重庆

教育部部长朱钧鉴：

铁密。平市伪大学学生对甄审办法颇多误会，谣诼繁兴；虽经兼士召见学生代表，解释抚慰，而奸党煽惑甚力，学生依然浮动；主座似有所闻，曾电哲民市长，加以注意。兼士循绎累次部电，处理伪大学五种步骤（一接收，二解散，三登记，四甄审，五补习），对于当前情况，不甚适宜；经与在平委员，再三研讨，佥认应先补习，然后甄审；即一面接收，一面设班登记补习，经过相当期间，使其对主义遗教及主席言论等课业，均有所修习，然后加以甄别试验，则情理俱顺，轻而易举；否则解散既不免动乱，而先行甄审，有类不教而诛，更贻奸党以煽动口实；其关系教育前途，及社会秩序者实钜。询之各方意见，均认改定办法为必要。务请早赐卓裁！再此间伪政务组织均已接收解消，伪院校经费仅能维持至本月底；接收补习，势须即日进行，刻不容缓。望促陈、王两主任速来主持一切，是

为是盼！

弟沈△△

酉敬(十月廿四日早发)

(中国第二历史档案馆藏档,卷宗号:五[2]-586)

按:1945年9月,国民政府教育部制定《收复区中等以上学校学生甄审办法》,规定对原日伪区学生先登记甄审,然后再进临时补习班学习。这一决定引起各地师生的强烈不满。沈兼士也反对"先甄审后补习"的政策,在函中明确指出教育部的政策"对于当前情况,不甚适宜",建议先设班登记补习,然后加以甄别试验。同年11月,教育部为安抚学生,不得不废除"先甄审后补习"的政策,改为"先补习后甄审"。

去电(1945年10月26日)

急

重庆教育部、南京成贤街教育部转朱部长赐鉴:

济密。酉敬电谅由师俊转陈。兹悉中宣部在此间曾接收伪《华北新报》附设印刷局及伪《武德报》附设中华印刷局,两处规模之大,不亚新民印书馆,犹为未足,仍四出争攫。所传行营接收云云,并非事实,恐系中宣部之破坏策略。查新民馆为实现我公印刷事业计划,实属必要。又前此文协及党部工作有功诸人,胜利后中央尚无安置办法,亦可酌令入馆供职,略酬辛劳。倘经管之权轻让他人,不但成为笑柄,且于今后我部威信大有妨碍,务请在院力争为盼。

弟沈兼士

酉宥(十月廿六日发)

(同上)

按:抗战胜利后,国民党中央各机关及政府各部门各自设立接收机关,为抢夺利益,互不相让。沈兼士代表教育部接收平津区文化教育机构，信中建议教育部长朱家骅出面力争接收新民印书馆，以防被中宣部所属机构接收，占为己有。

来电（1945 年 10 月 27 日）

北平地安门内慈慧殿三号

沈特派员兼士兄：

铁密。印书馆迅速筹复，员工赶印教科书应急。关于（本）部接收情形，业已呈奉行政院十月廿五日平玖字二三五一号令准案矣。除分电李主任、熊市长外，特达查照。

朱家骅

酉感总印（十月廿九日九时到）

（同上）

按：朱家骅此电是与沈兼士商量接收及重新开办新民印书馆事宜。

去电（1945 年 11 月 7 日）

南京成贤街

教育部朱部长、上海愚园路七四九弄廿三号蒋特派员慰堂转朱部长钧鉴：

济密。昨日辞修、立夫两部长召集大学生训话，到会学生将近万人，秩序良好。辞所谈为一般问题，立则涉及教育，嘱学生安心。关于处置问题，政府必有妥善办法云云。此间环境及学生素质，均与京沪不同，我部对于甄审补习，亟应改定较宽办法。请速示遵。

沈△△、陈雪屏

戌虞（十一月七日下午五时发）

（同上）

按:蒋慰堂即时任教育部京沪区特派员蒋复璁(号慰堂),辞修即时任国民党军政部长陈诚(字辞修),立夫即时任国民党中央组织部部长陈立夫。

去电(1945 年 11 月 16 日)

教育部朱部长钧鉴:

东厂胡同日本东方文化事业总会、人文科学图书馆,前奉西铣五二二九五部电,应由中央研究院接管,自当遵办。此外尚有毗连之近代科学图书馆,似亦可一并由中央研究院接管。查该会西部闲房历年空废,接收后已将其一部辟为特派员办公处及复员委员会会址,其余房屋拟应用如左:

一、华北文教协会此后对于教育复员及宣传文化效力之处尚多,该会在地下组织时代未有固定会址,现拟以西院一部划充该会办公之用。

二、本处所收伪教育总署所藏清代档案、书籍及沦陷八年来机密档册甚多,连同本处陆续收集不属于任何图书馆之图书五十余万册,拟辟西院另一部为庋藏清理之所,一俟复员后,再由部令处置。

右二点,敬希核准备案,实为公便。

沈兼士

戌铣

(同上)

按:"近代科学图书馆"指北平近代科学图书馆,1936 年 12 月由日本人开办,其目的在于从事文化侵略,推行奴化教育。

去电(1945 年 11 月 24 日)

上海愚园路四〇号

蒋特派员转重庆教育部朱部长赐鉴：

此间日伪中小学校，除伪组织学校由北平市教育局接管外，日方学校共十九处，已由本处会同教育局接收，内有十处业经军队占用（详另表），校具日有损坏。其余未经占用各校，虽已派员保管，因近来军队纷纷开入城内，随时有被占可能，似宜早为处置。同人集议，拟定办法三项：

一、由处请北平行营及十一战区长官部通令驻军，对于占用学校之校舍校具，加意保护，不得损坏，并应尽速迁出。

二、由处派员前往各驻军学校清查现存之教具、图书、仪器，造册报部。

三、闻北平市府将呈部，请将日方各校校舍校具，拨给北平现有之市立中小学应用。查十九校中除一部已经处置外，其余各校，部中似应从速决定办法，如部中不拟支配，同人意见以为平市学童甚多，每年升学问题极为严重，似可拨交教育局就原地添办各级学校，以广教育。倘该局一时不能添办学校，再由处呈部请示另定办法。

右三点谨请鉴核示遵。

沈〇〇

戌敬

（同上）

来电（1945 年 11 月 28 日）

限即刻到东厂胡同

沈特派员兼士先生：

×密。译转梅校长贻琦先生鉴：弟前日返渝，昨得一明电，彼处学潮已起，情势严重，联大已罢课，波及云大与中等学校，事态日趋扩大，影响所及，实匪浅鲜。希立即返渝转昆主持，并请与兼士先生同访李主任,务恳予以乘机便利。

弟朱家骅

戌俭秘印

(同上)

按:梅贻琦时任西南联合大学校务委员会常委兼主席,主持校务。梅于11月27日因公飞抵北平,朱家骅当天得知昆明西南联大发生学潮,于次日发此电致东厂胡同沈兼士处,请转告梅贻琦。“东厂胡同”又作“东昌胡同”。

来电(1945年12月2日)

沈特派员兼士先生:

济密。并转雪屏、天挺二兄:伪校处理办法,孟真等与联大员生表示极端怀疑,部中同人亦有同感者,弟已详细解释:(1)补习班伪校教职员,系援征用日伪技术人员办法,彼等将来仍应甄审,即甄审后可用,北大亦无任用之义务。孟真等则深虑事实上一经征用,伪校教员将赖着不[走]。(2)补习班结束考试,孟真深虑伪校教员任意给分数,弟告以可以由北大自派教员,或由部派员组织考试委员会考试,不使伪校教员考试。以上弟向孟真保证者,务请注意其必可办到,不受阻挠。此外,如此时征用,只可限于万分不得已者,务必淘汰大多数之伪教职员,尤其恶劣份子,甄审时必须绝对从严,更向彼等说明,甄审非即由北大或他校任用之谓,征用者补习班绝不下聘,故无补班教员资格,更非北大或任何其他大学教员也。先勿误会,以免争执。至于办补习班时,盼严格管理,并由兄等慎选良善忠实之党员、团员担任学生会,逐渐淘汰可受伪校教员鼓动之份子,以重学业。弟不能对不起教育界,尤不能为北大贻羞。故已向孟真兄缓严重保重。诸事务乞照此原则办理,至要。

□□□□□□□□□。

朱家骅

亥冬裹印

（同上）

按：天挺即北京大学教授郑天挺，当时负责北京大学复校及接收复员事务，同时参与沈兼士领导的教育部平津区复员辅导委员会事务。孟真即北京大学代理校长傅斯年。

来电（1945 年 12 月 3 日）

沈特派员兼士先生：

铁密。两复梅校长□近言达，昆明学潮继续涨叛，情势严重，各地或间有所及，关键仍是梅先生不抵，则无以剩□，请力催挽，即飞返转昆处理为要。

弟朱家骅

亥江

（同上）

按：梅贻琦收到朱家骅 11 月 28 日电函后，因故没有立即南返，所以朱再发此电催其成行。

来电（1945 年 12 月 6 日）一

限两小时到东昌胡同

沈特派员兼士亲译：

铁密，并转陈雪屏兄。顷电计达。弟在此所谈，与在平时商定，并无二致。微电不胜惊异，不知兄如何宣布，北平各报所载为荷，念甚。此事至此，犹生枝节，显系伪教职员别有企图，不得不从速有□□理，必要时希即商请李主任，将请节较重者，一律依照处置汉奸办法,普捕法办。倘学生闹事,亦捕其为首者,必要时,并予解散,集中军训。中央具整顿学风之决心,主座数月以来,迭有指示,日来因后方学潮,又提及不得已时,对任何学校均不惜解散,集中军训,不再宽容。希与李主任商□。迭电梅校长速返,乞未复,究竟如何,并盼速示。

家骅

亥鱼秘

(同上)

按:国民政府教育当局对收复区师生实行甄审等政策,遭到广大师生的反对。北平学联发出《给收复区全体青年同学的一封信》,认为国民政府对收复区学生、教师、职员进行"甄别审查"的措施,是对他们的侮辱,因此号召收复区同学团结起来与国民政府作斗争。教育部长朱家骅对此十分恼火,竟指示平津区特派员办公处将这些师生移送有关部门"一律依照处置汉奸办法"办理。

来电(1945 年 12 月 6 日)二

限两小时到东昌胡同

沈特派员兼士□□:

铁密。并译转陈主任雪屏兄鉴:微电敬悉,一切与在平所谈,并无不同,均依照全国教育善后复员会议决办理,处处从宽。校教职在未甄审之前,未以敌伪人员相待。甄审办法,业一再宣布,众所周知,可誊情理,事实面面顾到,如再有异议,只有严厉处置,决不再事姑息。希作最后劝遵为要。

弟朱家骅

亥鱼秘

(同上)

去电(1945 年 12 月 7 日)

限即刻到重庆
教育部朱部长赐鉴:

济密。亥鱼密电指示各点,实获我心,惟顷雪屏谈,行营与部方态度极不一致,且闻李主任已电主座有所陈述。此种现象不予消除,中央决策无法推动,应似速请主座电李协力,否则内外分歧,奸伪及好事者又当施其煽惑故技。弟等办事,利钝不足计,惟关系我部威信实大,至祈察纳为祷。又月涵先生拟齐返渝,合并附陈。

沈〇〇
亥虞秘
(同上)

按:此函中沈兼士报告,梅贻琦(字月涵)于 12 月 8 日回重庆,后因故梅贻琦迟至 12 月 11 日才离平返渝。

来电(1945 年 12 月 8 日)

特急,北平东厂胡同
沈特派员:

〇密,并转雪屏、千里二兄鉴:鱼日两电计达,迄未得覆,此事谅可解决。总之,主座昨又嘱,整饬校育先从收复区做起,旧伪校教职员倘有异动,即作汉奸逮捕法办,不得已时,“解散学校,学生集中军训”之议重提。中央对此已尽宽容之能事,今后勿再姑息。弟并无对旧伪校教职员在甄审以前,以敌对人员相待。此间新发表者,与前在平所宣布者,并无不同。至昆明学潮,系异党发动,因当地处理未妥,至生枝节。顷主座文告指示种种,当可不日解决,但彼等已向各地策动扩大。平津情形复杂，尤堪注意，希妥为防范，勿使波及，并希与李主任及一山兄详谈，遇事恳请协助，秉承处理为要。

十二月八日

（同上）

按：电函中“李主任”指北平行营（后改称行辕）主任李宗仁。“一山”指北平行营秘书长萧一山。

来电（1945年12月11日）

东厂胡同

沈特派员兼士兄：

铁密，并转雪屏兄：闻行营与其他方面，对部中复员处置多不了解处，此乃环境影响。主座对于本部复员措施，业已甚为了解，并竭力支持。今晨飞平，希即同往晋谒，报告种种，并解释部中对平一切均根据决议，十分从宽办理，以免主座有所误会为要。

弟朱家骅

亥真（十二月十一日）

（同上）

按：电函中“主座”指于当天飞赴北平的国民党首脑蒋介石。

来电（1945年12月13日）

沈特派员兼士兄亲译：

铁密。师俊托来寝电，得悉种切。北平方面一般情[形]及处理经过，已迭报主座，并得嘉许。现主座在平，或仍有人误报，请即与雪屏兄一同晋谒，解为陈述。□□伪校教职员必须经过甄审手续，□□必要。因苟无甄审办法，后方学校员生又将发□处，尤盼详为解释为荷。

弟朱家骅
亥元
（同上）

按：师俊即国民政府教育部总务司司长贺师俊。

来电（1945 年 12 月 15 日）

沈特派员兼士兄：

济密。前在平时，由师俊兄托张怀兄为弟收罗中文书籍，不知已买否？恐后涨价，以早买为佳。主席仍有意将北平青年团交张伯瑾办理，请密知雪屏注意。弟顷电主席，请召见英千里、董洗凡、张怀诸兄，请兄陪同晋见。本部在平对伪校员生处理办法，已极宽大，兄所深知，平市人士既不清楚，主席经弟面谈，已颇了解。兄晋谒主席时，请妥加说明，以免为人所乘是幸。

弟朱家骅
亥删里秘
（同上）

按：张怀（1896—1987），字百龄，湖南长沙人，时任北平辅仁大学教授兼教育学院院长，又任国民党北平市党部委员。英千里、董洗凡、张怀均为北平辅仁大学教授，沈兼士原在辅大的老同事。

去电（1945 年 12 月 17 日）

万急，重庆
教育部朱部长赐鉴：

济密。主席莅平第二日即参观故宫，甚满意，颇以三殿分隶内政部为不合理。昨晨在太和殿对大学、高中学生约二万人训话，并降陛与学生握手,一时情绪热烈,山呼不绝。主席极为愉悦。弟随众参见,共计三次,曾托商参军长代达,拟单独晋见,尚未蒙召。据雪屏兄云,郑彦棻副秘书长曾以部电请召见弟等垂询事相商,继谓学生、教员顷均相安无事,似可不必报告。至英、董、张三君,弟亦曾签请召对,惟尚未奉谕,特先电闻。

弟沈〇〇

亥筱

(同上)

按:奉朱家骅令,沈兼士拟面见在北平的蒋介石,未能如愿。函中“英、董、张”指北平辅仁大学教员英千里、董洗凡、张怀。

来电(1945年12月18日)

沈特派员兼士兄鉴:

密。印书馆拟即改为部办公司,组织规章与立案手续正准备中。董事会人选当照尊意办理,日内先派印刷专家余国益赴平,更拟征求前邮政总局黄乃樟意请其经理其事。黄甚可靠,老练有为,操守极廉,但不知其有意于此否耳。又顷接国定本检联处称“北平供应委员会正主席宣节带纸版〇〇日内到平,副主席吴遵明等先在平成立供应委员会,即拟商请本部印书局代为大量赶印国定本教科书,请予协助”等语。此事系弟催该处办理应需要,希特加注意是荷。

弟朱家骅

亥巧里

(同上)

按:电函中“印书馆”指不久前接收完成的原敌伪北平新民印书馆。

去电(1945 年 12 月 21 日)

万急,重庆

教育部朱部长赐鉴:

铁密。顷接河北平津区敌伪产业处理局孙越崎代电,准中宣部特派员函请正中书局分局经理吴遵明电称"北平新民印书馆业奉主席批交正中书局应用,请点交"等由,附抄主席戌梗代电及行政院十二月八日致教育部训令。查本月十八日奉到部电,尚对印书馆组织人事有所指示。兹准前由,如何办理之处,请速示遵。又印书馆房舍系成达学校所有,顷已呈处请求发还。此项产权问题如何办理,亦请指示为盼。

弟沈〇〇

亥马

(同上)

按:正中书局 1931 年由陈立夫创立于南京,是一家隶属于国民党中央的出版机构。抗战胜利后,书局先后在全国各地设有 27 个分支机构。

去电(1945 年 12 月 24 日)

急电,重庆

教育部朱部长赐鉴:

铁密。戌敬电谅蒙钧览,昨日北平市党政接收会议,教育局签请将本处接收之日本学校拨交该局应用,响应者甚众,虽由处极力说明已电部请示处置办法,并已建议将日人学校拨给市用,以广教育,而通过决议仍为"除已由部指定者外,其余日人学校由会议借与该局"。查此项决议似与部权有关,除由处函请会议仍俟部电到后再为办理外,特以电闻,务请速定方针,电处遵办,以示处置仍系我部主动而维部权为盼。

弟沈○○

亥敬(三十四年十二月[二十]五日下午发)

(同上)

按:函中"除由处函请会议……"之"处"特指沈兼士主持的教育部平津区特派员办公处。

去电(1945 年 12 月 26 日)

重庆

教育部朱部长赐鉴:

奉亥马中六四六六一号部电,平津区日方所办中小学准予拨交各该市教育局添办各级学校,惟须保留地址适中,校舍较佳,设备较全,可容学生五百人之学校一所,以备成达师范迁平之用等因。查平津两市日人所办学校,北平十九处,天津十五处,共卅四处,除奉令保留及曾由学校团体呈部拨给,尚未蒙批示暂时未便移交者外,兹遵将北平市日人学校十三处,天津市十一处,移交各该市府转拨教育局添办各级学校。至各方关于拨给校址呈部请求,谨请迅予批示,以便转知遵照为祷。

弟沈○○

亥宥

(同上)

去电(1946 年 1 月 3 日)

万急,重庆

教育部朱部长赐鉴:

济密。亥艳电奉悉，印书馆移交正中，系处理局奉院令函知，如不移交，应由部径电孙越崎关照。吴遵明顷又来函，以延宕相责，盼速电示办法。

沈兼士

子江

（同上）

按：函中“正中”指正中书局，“处理局”指国民政府行政院河北平津区敌伪产业处理局。

去电（1946 年 1 月 4 日）

重庆

教育部朱部长骝先先生赐鉴：

济密。子支总电奉悉，业遵转孙局长。顷间同人循绎此中关键，本部接收运用印书馆，系按照行政院全国性事业接委会规定办理，并无错误。而中宣部则本中常会决议，请[遵]主席手谕执行。此事苟不从根本解决，似无从挽回。又部电馆中大部机件系故宫、北大所有，当系一种假借之谈。因事实上全部机件皆系该馆自有也。孙现随宋院长赴津，俟回平面谈。此事中宣部催迫甚急，不能久延，望速解决示复。

弟沈〇〇

子支

（同上）

按：函中“印书馆”指北平新民印书馆。

去电（1946 年 1 月 7 日）

重庆

教育部朱部长赐鉴：

日本画家矢崎千代二，现年七十余壮岁，周游世界，擅长用粉彩作画，设色生动，尤以风景写生，自然入妙，画面敷以油质，经久保藏不变。历年展览，蜚声艺坛。现自动将其毕生所制各国名胜精品千零八帧，献与教育部，已由处接收，暂行保管。兹谨将作品目录开送（详见另表），应如何处置，请示遵为荷。

沈兼士

子虞

（中国第二历史档案馆藏档，卷宗号：五[2]-906）

按：矢崎千代二（1872—1947），日本画家，曾创立日本第一家彩色粉笔画协会。抗战时期，曾在北平艺专任教。日本投降后，他拒绝回国，并将其全部作品送给北平艺专，由国民政府教育部门接收。此函所谈正是他捐献画作事。

去电（1946 年 1 月）

重庆

教育部朱部长赐鉴：

铁密。

一、海源阁书，宋院长来平，弟与朱桂老皆有详陈，院长乃在津与张市长商定，为拨一千五百万。现定由谭伯羽主任请宋院长□电促张市长，速行交书，由本处会同北平图书馆赴津，沿途护运，详情俟到日详陈。

二、德人杨宁史铜器已献与政府，宋院长决定交由故宫辟室保管。谭主任伯羽派故宫会同本处（洗凡）及王世襄（王留用，原有研究）定期点收，详情俟续报。

三、洗凡已函聘为政院平处经济专员，百龄事渠曾有电陈，闻已定后日就职市委。

一二两项并请分电守和、叔平为荷。

弟沈○○
子

（中国第二历史档案馆藏档，卷宗号：五[2]-586）

按：海源阁位于山东省聊城市，是清代四大藏书楼之一和中国历史上最著名的私人藏书楼之一。“朱桂老”指实业家、古建筑学家朱启钤（字桂莘）。“德人杨宁史铜器已献与政府”指天津禅臣洋行经理、德国人杨宁史喜爱中国文化，收藏大量古董文物。1945 年 11 月，国民政府行政院长宋子文到北平视察时获悉杨宁史收藏国宝的消息，遂专程赴天津与杨商谈献宝事宜。杨最后答应将自己数十年收藏的 241 件近代铜器自愿献给国民政府。这批铜器后交与故宫博物院保管。谭伯羽时任行政院驻北平办事处主任。

去电（1946 年 2 月 11 日）

教育部朱骝先部长赐鉴：

济密。丑佳电陈印书馆事，谅已达览。顷与郝任友、徐侍峰、董洗凡诸兄商讨，佥谓和平门分馆，我方为将来出版《教育论坛》《民国日报》北平版及发展文化事业前途计，实有保留之必要。此层已由洗凡征得行政院代表谭伯羽之支持。我公如以为然，请速向陈立夫部长当面要求，俟得其允许后，再行移交城外本馆。查该分馆为前顺天时报旧址，地邻厂甸，为文化市场中心，且备有相当器材，亦一值得争取之机构。尚乞卓裁，速复为祷。

○○
丑真发

（同上）

按：郝任友、徐侍峰、董洗凡 3 人皆为教育部平津区教育复员辅导委员会成员。

去电(1946 年 2 月 12 日)

重庆

教育部朱部长赐鉴:

华北文教协会对于抗战劳绩具在,卅三年春,北平事发,主持乏人,经组织部取消。胜利后,同人集议,拟本骝公指示,以民众团体立场,使之恢复,借资纪念,且以表示对于骝公之仰慕。前此呈部请拨会址,并成立文协图书馆,蒙准借用东方文化事业总会西部余房,并蒙骝公示及,可拨基金。该会将来效力之处尚多,拟即促其实现。一面对会员严格甄收,不使见异思迁及徒事嚣乱者厕身其间;一面秉承指示,积极推进,使之蔚为我方之一助。主持人选,百龄既任党委,拟仍由兼暂为担任,未悉意谓若何。现拟请拨基金,以利进展。应用何种方式,盼秘示遵行。

丑文

(同上)

按:电函中"日本北京高工"指北平沦陷时期日本人设立的华北高等工业学校。沈兼士主持平津区教育复员辅导委员会期间,按照教育部的指令,将该校接收后改办为工业职业学校。1946 年 3 月,新学校开始筹办,国民政府教育部同意沈兼士的建议,聘请留学比利时的工程师陈光熙任校长,学校命名为"国立北平高级工业职业学校"。

去电(1946 年 2 月 20 日)

教育部朱部长赐鉴:

"渝社字第〇五一四七号"部电,令将接收日本画家矢崎千代二作品交由国立故宫博物院暂存保管等因。经与故宫方面研究,此项画件尚应敷油一层，方可持久，否则必将脱损，而故宫门禁素严，矢崎等不能随时出入。文物一经封存，亦不能随时启封。顷矢崎业由补习第八分班征用，经商定，此项画件先交由第八分班监督敷油，俟完毕再由国立故宫博物院暂行保管，合谨电呈鉴核。

沈兼士

丑哿

（中国第二历史档案馆藏档，卷宗号：五[2]-906）

江　瀚

江瀚(1857—1935),字叔海,号石翁,福建长汀人,近现代著名学者、教育家、诗人。曾任职于北京大学、京师图书馆、故宫博物院等处,先后任故宫博物院维持会会长、理事会代理理事长、京师大学校代理校长。著有《慎立斋稿》《北游》《东游》等。

来信(1933年1月6日)

径启者,兹定于本月七日(星期六)上午十时,在本院办公室开在平理事会议,务希届时拨冗惠临出席为荷。此致

张理事继、张理事学良、易理事培基、熊理事希龄、柯理事劭忞、李理事宗侗、马理事衡、沈理事兼士、俞理事同奎、陈理事垣

理事长江瀚启

一月六日

(原件,故宫博物院藏)

按:沈兼士收到此函并参加此次故宫博物院理事会议。

来信(1933年1月14日)

径启者,准故宫博物院协助会函请准予特开会议一次,推定代表司徒雷登、朱桂莘、钢和泰、周作民先生等陈述重要意见等。纫兹定本月十五日(星期日)下午准四时,在东华门内传心殿开在平理事会议,届时务请拨冗莅临出席为荷。此致

张理事继、张理事学良、易理事培基、熊理事希龄、柯理事劭忞、李理事宗侗、马理事衡、俞理事同奎、陈理事垣、胡理事若愚、沈理事兼士

理事长江瀚启

一月十四日

（原件，故宫博物院藏）

按：沈兼士收到此函并参加此次故宫博物院理事会议。

王世杰

王世杰(1891—1981),字雪艇,湖北崇阳人。早年入湖北优级师范理化专科学校。1911 年肄业于天津北洋大学。1913 年留学英国伦敦大学。1917 年转入法国巴黎大学,攻读国际法,获法学博士学位。1921 年回国,任北京大学教授。1927 年任国民政府法制局局长、湖北省政府委员兼教育厅厅长。1929 年任武汉大学校长。1933 年 4 月至 1938 年 1 月任国民政府教育部部长。1935 年当选中央研究院评议员。1938 年后,历任国民党中央宣传部部长、国民参政会主席团主席、外交部部长等职。1948 年当选中央研究院院士。1949 年去台湾。著有《比较宪法》《宪法原理》《中国奴婢制度》等。

去信(1933 年 8 月)

雪艇先生部长大鉴:

近报纸纷传大部有筹印《四库全书》未刊本之议,且将开始工作矣。宣扬文化,提携学术,无任钦佩。惟兹事体大,非徇一二人之意所能立致。兹有二事未敢默尔,谨为先生陈之。管蠡之见,或有补于万一,幸垂察焉。

采用他本　　(一)四库书有他本可用以替代者,应采用他本也。考四库成书时,馆臣任意窳改。有恶其内容不雅驯者,如周南《山房集》之删疏文,周孚《蠹斋铅刀编》之删□两文是也。有恶其行文多忌讳者,如黄宗羲《明文海》,凡明人制夷御侮之作,多加删落,以稿本《明文案》比勘,便可了然其著例也。此外,宋、元人文集、奏议中精粹语为库本失书者，又何止千数。而卷数之增出倒置，序目之刊落改削，更无论矣。有据残本入录而原书尚存天壤间者，有据辑本入录而所辑实未完善者，凡此种种目录，学家类能言之。今兹选印，似应先向海内外公私藏家及专门名家广征意见，严定去取。所有各书无他本可代者，则汇为甲编，以示别于他书。至其他各书虽近世无覆刻本，然宋、元、明旧刻或旧抄具在，较库本高出百倍，或即库本所自出者，则汇为乙编与甲编之书，互为表里，相辅而行。甲、乙两编拟定名曰“四库萃珍”(或以他名代之亦可)，而详著编辑改革之旨于凡例中，以明示世人。如此则二难并矣。如谓乙编之书，既非库本，似不必与甲编合印，以昭划一。实则甲编之书悉用库本，本已无甚价值可言，今有乙编辅行，使甲集之书为之增色，海内外学人必奔走相贺，使天下后世知大部筹印此书之经过，非草率将事者可比，岂不善哉。如谓乙编之书征集非易，善本盘穷，焉能立致。此亦过虑，且中国版本目录之学至今日而极盛，国内固不乏精通斯学之士，国外亦有闻风继起者。关于调查编制诸项，尽可延聘专门名家，或委诸以藏旧刻善本书著称之公私图书馆与中央图书馆共同负责办理，限以时日，事必能成。是非得失，在此一举。此愿为先生告者一也。

重加考量　　(二)《四库全书》未刊本名称及范围、内容应重加考量也。查四库各书，据稿本入录者，为数无多。即辑自《永乐大典》或录自抄本者，当时亦大抵有刊本或旧刻本。惟历世久远，遂湮没不传耳。兹所选印如统以“未刊”为名，似欠斟酌。不如以北平馆近编之罕传本目，以“罕传”为名，较合于逻辑也。如谓“未刊”云者，乃狭义的而非广义的，则狭义的未刊究至何代截止？谓截止于明以前耶！则何解于近出之中央图书馆所辑拟目中亦有明人著述在内。谓截止于明清以前耶！则书虽刊于明代，而传世之希罕不亚于宋元旧刻，如《北河犯滇略》等书，何以悉入探入。且中央馆拟目中所收宋元人著述，如经部之《石鼓》《论语问答》《四书管窥》，史部之《太平治迹统类》《大金德运图说》《熬波图》，子部中之《资政要览》，集部之《苕溪集》

《山房集》《本堂集》等，皆有同元后单刊本或丛书本，何以又悉未列入。似此矛盾支离，殊难索解。似应即日延聘通儒，从长考量，否则徒令外人齿冷。此愿为先生告者二也。

此上所举，均系当务之急务，希先生等本学术公器之至意，采愚者一得之请献。弟等不敏，于薄录之学粗涉藩篱，自当勉尽棉力，共襄大举，以底于成。文化前途，实利赖之。敬布区区，请希鉴谅。专此，顺颂

道祺

董康、傅增湘、叶恭绰、朱启钤、江瀚、沈士远、朱希祖、李盛铎、沈兼士、陈垣、张允亮、徐鸿宝、马廉、冒广生、马衡、徐乃昌、张之铭、顾燮光、顾颉刚、刘复、汤中、陈寅恪、陶湘、赵尊岳、刘承干同启。

（《申报》1933年8月13日）

按：1933年6月，国民政府教育部令中央图书馆筹备处和商务印书馆订立合同，影印北平故宫博物院所藏的文渊阁本《四库全书》未刊本，引起文化教育界人士的极大关注，对如何影印问题展开广泛争论。社会各界基于不同的立场，充分表达自身的诉求，其论题也逐步超出专业范围，进而扩展到传统学术与现代学术、教育的普及等一系列更深层次的问题。沈兼士、董康、傅增湘等学者、名流联名写此信给时任教育部长王世杰，主要表达两点意见：一、四库书有他本可用以替代者，应采用他本；二、“未刊本”的名称及范围应该重新考量。

林语堂

林语堂(1895—1976),又名玉堂,福建龙溪人,著名文学家。1912年考入上海圣约翰大学学习,获文学学士学位。1919年留学美国哈佛大学,获文学硕士学位。后入德国莱比锡大学,获语言学博士学位。回国后任北京大学英文系教授,兼北京师范大学英文系讲师。1926年任厦门大学教授兼文学系主任、国学院总秘书。1928年任中央研究院英文总编辑。1932年创办《论语》《人间世》《宇宙风》等刊物,参与发起中国民权保障同盟。1967年任香港中文大学教授。1975年任世界笔会副会长。著有《吾国吾民》《京华烟云》《风声鹤唳》等。

1923年,林语堂获德国莱比锡大学比较语言学博士学位回国,任北京大学教授。此时沈兼士已在北大任教十余年,两人成为同事,时常在一起开会讨论学术问题,交往密切。

去信(1934年4月1日)

错被人呼小学家,莫教俗字写架裟。有山姓氏讹成魏,无虫人称本是蛇。端透而今虔知澈,鱼模自古属歌麻。眼前一例君须记,荼苦由来即苦荼。

和岂明打油诗写上一首,聊塞雅望。

语堂兄

弟制兼士

四、一

按:《人间世》由林语堂在上海创办,创刊号(是年4月5日)即刊登周作人《五秩自寿诗》,同时刊出沈尹默、刘半农、林语堂的和诗。沈兼士应林语堂之邀,将这首和诗发表于该刊第2期,同期刊登的还有蔡元培的和诗一首。

杨树达

杨树达(1885—1956),字遇夫,号积微,湖南长沙人。1905 年留学日本,入东京宏文书院学日语。1908 年入东京第一高等学校预科,次年升入京都第三高等学校。1911 年回国,任职湖南教育司、图书编译局。1913 年任湖南省立第四师范学校国文教员。1920 年任教育部国语统一筹备会编辑,兼中国大学教授。1921 年任北京高等师范学校教授。1926 年任清华学校教授。1937 年任湖南大学教授兼文学院院长。1945 年参与发起成立九三学社。1948 年当选中央研究院院士。1953 年任湖南师范学院教授。1955 年当选中国科学院哲学社会科学部委员。著有《汉书补注补正》《声训学》《论语疏证》等。

来信(1934 年 3 月 5 日)

兼士吾兄左右:

大著印本,再一籀读,搜采之富,条理之密,佩服佩服!弟亦略有献疑之处,不审当否?仍希教之为幸!(一)第七节“应用右文比较字义”,如“屺岵”,两方兼证,自为可据,若系单文,颇有危险,以有相反得义,从中为祟故也。(二)“非”声有交织文一义,兄存疑不知是何本字,弟意即违义之反。弟前为清华撰一文,亦论声训,月内可出版;出版当承求教。文中似有一二条,足补兄公式者;弟论赤字,依舌音双声转,则为赭,帾,杜,赨,铜,彤,丹,又依郝,捇,赫诸字读音,则赤有喉音,双声转则为瑕,鰕,霞,瑚,红,皆赤义也。是为一字,由音别分两类孳乳。又弟觉字得义于声，故义近之字，析其声类，往往亦相近，竟是一通则；拙稿亦颇详言之。兹附上近印拙作二篇，无非说明此通则，尚希督教其当否为幸！语源之事，重要万分，环顾海内，谈及此事者，尚未有闻。弟与兄趣向相同，又幸同居一地，切磋必可相益，弟固极愿受教耳。此颂

道安

弟杨树达顿首

二十三年三月五日

（国立中央研究院历史语言研究所编

《庆祝蔡元培先生六十五岁论文集》，1935 年）

按：沈兼士的学术论文《右文说在训诂学上之沿革及其推阐》撰成后，曾以此广泛征求国内专家学者的意见。此信就是杨树达阅该文后所提看法。

去信（1934 年 3 月 11 日）

拙作承过誉，汗颜之至。所示尊见极是。大著二篇极精审，《释旐》尤佳，佩佩。迟日当走谒请益。先此奉复

遇夫先生撰席

弟沈兼士顿首

（一九三四年）三、十一

（杨逢彬整理《积微居友朋书札》，

湖南教育出版社 1986 年版，第 40 页）

按：《释旐》一文后收入杨树达著《积微居小学金石论丛》。

去信（1936 年 5 月 28 日）

遇夫先生著席：

兹有恳者，友人刘厚滋君为铁云先生令孙，顷闻清华有聘其担任金石学之消息，嘱弟函求先生推爱照拂，不胜感荷。此请
撰安

弟兼士顿首

（一九三六年）五、廿八

（杨逢彬整理《积微居友朋书札》，第40—41页）

按：刘厚滋为刘鹗之孙，罗振玉外孙，著有《北平东岳庙碑刻目录》《传世石刻中女真语文材料及其研究》《张石琴与太谷学派》等。刘铁云即刘鹗（1857—1909），清代小说家、学者。

去信（1936年12月6日）

手示诵悉。数月以来，子病妻狂，终日扰扰。课余退食，嗒然若丧。愧无西河之闲情，而有容甫之穷痛。大作之序，屡思着笔，终不成篇，惭悚惭悚！稍闲必当报命耳。先奉还尊稿两册，乞收。《歌谣纪念增刊》中有应作一首，请赐正为荷。复请
遇夫先生撰安

小弟兼士顿首

（一九三六年）十二、六

（杨逢彬整理《积微居友朋书札》，第41—42页）

按：信中“《歌谣纪念增刊》中有应作一首”指北京大学研究所国学门歌谣研究会编《歌谣周年纪念增刊》（1923），内有沈兼士所作《今后研究方言之新趋势》一文。

去信（1936年12月17日）

顷为尊著勉成《跋》一首，殊不足观。兹呈请斧正，不中用则弃之可也。

遇夫先生著席

弟兼士顿首

（一九三六年十二月）十七

（杨逢彬整理《积微居友朋书札》，第42页）

按：信中“《跋》一首”指沈兼士应杨树达所请撰写的《〈小学金石论丛〉序》。杨树达著《小学金石论丛》于1937年由商务印书馆出版。

去信（1937年1月12日）

遇夫先生惠鉴：

手书拜悉。拙文承点订，极感极感！校样附还，乞收。日前因辅大学生新编一《人文周刊》（天津《益世报》附刊），向弟索稿，急无以应，适此文脱稿，即为之取去登入。荷注，附闻。复请

撰安不具

弟兼士顿首

（一九三七年一月）十二

（杨逢彬整理《积微居友朋书札》，第43页）

按：“拙文承点订”指沈兼士所撰《〈小学金石论丛〉序》曾得杨树达审校。此文后发表于《益世报·人文周刊》第2期（1937年1月8日出版），标题为“《小学金石论丛》跋”，故函中有“即为之取去登入”句。

去信（1937年2月4日）

遇夫先生惠鉴：

奉示，以校中小有结束，遂稽作答。顷又辱手翰，惶悚惶悚！“己”字为“跽”之初文，《文始》已有此说。“田”字弟疑是乎甲甲坼之

形。“口”象其孚，“十”象其坼。“牢柙”之“柙”亦即通于孚手之义，不审尊见如何？“匕”字兄谓系“妣”之初文（郭沫若似曾言之），甚是。“匕㔾”字古作“牝牡”用，亦犹“也”为古尊匜字而有“女阴”之说正同，盖均以器形比拟之也。弟近于日声、聿声、术声、矞声之字略有所悟，俟著成篇，当求教也。来函对弟奖誉过实，不胜惭汗，敬当努力以期不负良友之所期。至谓骖驾吾兄，则弟岂敢！諈诿之事，已略与马君谈及，暇当再从容言之，俟得当再奉告。清华已开课未？复请

著安

弟兼士顿首

（一九三七年）二、四

（杨逢彬整理《积微居友朋书札》，第44—45页）

按：信中“校中”指沈兼士任教授兼文学院院长的北平辅仁大学。

去信(1940年9月27日)

遇夫先生著席：

昨由季豫兄转达手教，拜悉壹是。足下播越艰险，而著述不辍，敬佩敬佩！惜《东方杂志》此间无法觅得，大作尚未拜读，急煞急煞！弟年来只作得两篇小文，一为《希杀祭古〈读〉[语]同原考》，已登《辅仁学志》（已寄港大马季明兄转致）；一为《经籍旧音辨证发墨》，为辅大语学会讲演稿。兹寄请评阅，乞不吝匡正为幸。邮便盼常赐好音，以慰契阔。顺颂

研安

弟兼士

（一九四零年）九、廿七

（杨逢彬整理《积微居友朋书札》，第45—46页）

按：“季豫”即余嘉锡(1881—1955)，字季豫，湖南常德人，著名目

录学家、古文献学家，杨树达好友兼湖南同乡，沈兼士北平辅仁大学同人（沈兼士任教授兼文学院院长，余任教授兼国文系主任）。沈兼士所作《希杀祭古语同原考》，发表于《辅仁学志》第8卷第2期（1939年12月出版）；信中“《经籍旧音辨证发墨》”即《读经籍旧音辨证发墨》，发表于《辅仁大学语文学会讲演集》第一辑。

去信（1940年10月22日）

遇夫先生再鉴：

舍甥方新黎原肄业中法，继因中法停办，转学交大，后以交大不能贷费，又向湖大经济系借读。闻今年湖大不许继续借读，而该生以功亏一篑，中法亦已允许于学分修满后给予卒业文凭，敢乞先生推爱，一为说项。贵校长是否仍为皮皓白先生？皮公与弟亦有雅故。望代恳曲予成全，不胜感荷之至！再请

著安不具

弟兼士拜

（一九四零年）十、廿二

便中请饬唤方甥至尊处一询经过情形为荷。

（杨逢彬整理《积微居友朋书札》，第46—47页）

按：方新黎为沈兼士二姐沈毓珏（丈夫方梦超）之子。信中“中法”指北平中法大学。皮皓白即沈兼士原北大同事、时任湖南大学校长皮宗石。

去信（1941年2月15日）

遇夫先生著席：

舍甥前有信来，知荷关拂，不胜感激。兹由其原在之中法大学寄去修业证书，以便办理转学手续。仍恳推爱格外照应，素交当不以琐

渎见罪也。再该生学行尚望随时予以策励，俾不致有负裁成大德，尤所切祷者也。《东方》登载之大作迄今仍未得拜阅，不知能以副本见示否？盼盼！弟昨冬寄请赐正之稿(《经籍旧音辨证发墨》)务乞予以不客气之批评，困穷中惟此得少安慰，想彼此正复相同也。尊函所示“鼀”“需”二字，发前人所未发，佩佩。弟近悟《说文》重文中亦有同义换读之例。如羑诱之或体作“誦”，即“循循善诱”之“循”；“锐”籒文“㓹”即“剡”字；“握”古文“[illegible]”即《释名》“台，持也”之“台”；“譀”俗作“誌”，即《集韵·漾韵》“諺，诳也”之“諺”。自来以为重文之定义为音义皆同之别体，实不尽然。拉杂牵率及此，不知尊见如何？暇乞不吝赐教，企荷奚似。草草，即颂
撰安，不尽欲言

弟兼士顿首

(一九四一年)二、十五

皓白先生及诸旧友敬乞候念。

(杨逢彬整理《积微居友朋书札》，第47—48页)

按：“《东方》登载之大作”指杨树达发表于《东方杂志》第37卷第11号(1940年6月1日)的《积微居字说》及第37卷第14号(1940年7月15日)的《积微居字说(续)》。

去信(1941年6月7日)

遇夫先生著席：

舍甥来信，借悉起居平安，讲诲不倦，至慰远念。近著尚未收到。《东方》无法觅得，尊文迄未拜读，耿耿何似！《经籍旧音辨证发墨》兹再寄一份乞正，恐前寄港者已遗失故。拙作《字族研究举例》及《初期意符字之性质及其形态》二种，积稿甚多，近来因患血压高，常常头痛，尚未能整理就绪。《说文重文分例》稿亦中辍，不知何时方能就正于有道也。舍甥方心黎屡承推爱关拂，感不可言。顷闻其有数门学

科前曾在交大选习，湖大未予承认，今年毕业恐成问题。不知先生能否设法转求校方格外通融，曲予成全？因该生家境不裕，无力再读故也。恃爱琐渎，幸勿见罪。敬颂
撰安不具

弟兼士顿首
（一九四一年）六、七

（杨逢彬整理《积微居友朋书札》，第48—49页）

按：沈兼士《说文重文分例》后来未发表，原稿至今未见。

来信（1941年8月12日）

前奉二月大示，谕以《说文》重文中有同义通读之例。“锐”籀文作“㓹”，即“剡”字。“剡”，锐利也。“握”古文作𡂃，即《释名》“台，持也”之“台”。“譀”俗作“誕”，即《集韵·漾韵》“誕，诳也”之“誕”，精义入神，得未曾有，至佩至佩。弟近翻检《说文》又得二事，颇足证成尊说。“三篇下”又部“及”古文作“遘”，“遘”即“逮”字也。《说文》：“逮，唐逮，及也。”“五篇下”会部“会”古文作“㣛”，“㣛”即“合”字也。《说文》：“会，合也。”又弟前说鼌字从旦，旦、朝同义。鼌即得声于朝，“需”字从而，而、须同义，需即得声于须。近又得一新证，木部“栝”训“炊灶木”，从木舌声，音他念切，前人疑者纷纷，不悟“丙”训舌貌，读他念切，栝从舌声，实读舌为丙也。段氏欲改栝为柄，从丙声，不悟古人本有通读之例，不必改也。又弟前据《诗经》同义通读之例以证鼌、需二文。如《小旻篇》之读集为就，《文王篇》之读躬为身，是也。近亦加得一证，《小雅·雨无正》四章曰：“戎成不退，饥成不遂。曾我暬御，憯憯日瘁。凡百君子，莫肯用谇（谇通误作讯）。听言则答，谮言则退。”答、对义同，此读答为对，以与上下文退、遂、瘁、谇、退为韵也。或疑此为诗文第七句，不必谐韵。然本章首句以退谐韵，知此第七句亦谐韵也。且《大雅·桑柔》之十三章曰：“听言则对，诵言如醉。”同

一句也。此篇作答，彼文作对，用知此文之当读答为对也。又此二句与《桑柔》诗二句文例恰同。彼文以对醉为韵，又证知此文之当以对退为韵也。大抵同义通读之例，以今日所得文证论之，约可析为三宗：一曰，诗文，韵不谐协，以同义字求之，则毫无疑阂，如上举《小旻》《文王》《雨无正》三篇是也。二曰，形声声类，音不相近，以同义字读之，则涣然冰释，如尊说农从囟声，读囟为匘。弟说鼂字读旦为朝，需字读而为须，栝字读舌为丙是也。三曰，《说文》及韵书重文，如尊说锐或作剫，握或作台，譀或作謔；弟说及或作䢔，会或作佮，是也。昔魏渊谓陆法言云："我辈数人定则定矣。"同义通读之事，乍听似足骇人，然得此三宗为证，左右逢源，略无乖隔，此事似大可由吾二人定之矣。我兄以为何如？

三十年八月十二日

（《金陵学报》第 10 卷第 1、2 期合刊，1940 年 5 月 11 日）

按：此件发表于《金陵学报》第 10 卷第 1、2 期合刊，标题为"与沈兼士论字音同义通读书"。

去信（1943 年 6 月 28 日）

遇夫先生惠鉴：

承赐大著，人事倥偬，尚未能细细籀读。略一翻阅，已觉美不胜收，佩服佩服！顾颉刚不主持中大刊物，尊稿容缓设法觅读也。弟在渝不服水土，或于日内赴西北一行，惟未敢必耳。拙著六篇：一、《希杀祭古语同源考》；二、《经籍旧音辨证发墨》；三、《汉字义读法之一例》；四、《声训论》；五、《袒裼、但马、划袜解》；六、《联绵词音变略例》，拟合印为《识小斋语文学论丛》。惟尚未接洽承印之机关，且我辈说字之文印刷时刻字过多，亦颇不便。现正向中央研究院研究出版办法，将来当丐兄一叙也。小诗一首呈政，聊可见近日萧骚之情绪，诗固不足道也。敬颂

纂安

弟兼士顿首

（一九四三年）六、廿八

违难入蜀，自冬徂夏，家讯杳然。会有人自北平来，将余女君健近画雪景一帧报平安。谓敌警时至家中刺问余消息，嘱勿寄书；且言河朔民穷食匮，人怀偕亡之志。感慨终夜，起而有作。

尽室羁穷域，孤征念老身。千山劳物役，一纸慰情亲。战地诛求急，胡天雨雪频。转蓬聊忍性，生意待来春。

遇夫先生正之

兼士

三二、六、廿八

（杨逢彬整理《积微居友朋书札》，第50—51页）

按：沈兼士因任国民政府教育部所属华北文教协会主任委员，从事地下抗日宣传工作，受到敌伪追捕，被迫于1942年12月逃离沦陷区北平，经河南、陕西抵重庆。《识小斋语文学论丛》后来因故未印行。

去信（1944年5月13日）

遇夫先生道席：

去岁内来，得快读近作，仍以未获窥全豹为怅。顷由叔平兄转来《六十述怀诗》，欣悉故人饴养弄孙，优游著述，敬贺敬贺！弟则丧乱余生，毫无佳趣；兼之豫乱方告，陕警已亟，几席纷扰，日夕数惊，佳什竟未能答和，愧罪愧罪！乱后及逃亡时曾有杂诗数首，稍闲当移录请正。旧文稿一篇偶检行箧得之，奉乞不吝匡谬。相思天末，把晤何时？临颖神驰，伫企金玉。敬颂

著绥

弟兼士顿首

（一九四四年）五、十三

（杨逢彬整理《积微居友朋书札》，第51—52页）

按：叔平即沈兼士北大旧同事、时任故宫博物院院长马衡（字叔平）。

去信（1945年4月29日）

遇夫先生道鉴：

尊函拜悉。弟自去冬患肠疾，误服热药，引起血压高旧恙，致肺脉溢血，偃卧数息，静养三月，幸免危险，现仍在服药打针。两奉手教，稽迟作答，死罪死罪！《曾先生传》俟奉到后当为教部言之（病后尚未出门访友）。大著粗略拜读，未敢赞一词也。闻复旦大学将聘先生来渝，信否？亟盼能晤教也。草草不恭，复颂

著安

弟兼士顿首

（一九四五年）四、廿九

（杨逢彬整理《积微居友朋书札》，第52—53页）

按：《曾先生传》指杨树达所著《曾星笠传》。曾运乾（1884—1945），字星笠，湖南益阳人，音韵学家，曾任东北大学、中山大学、湖南大学教授。杨树达对曾十分推崇，称其“以湘学论，近数百年来一人而已”。杨曾托沈兼士向国民政府教育部建议表彰曾星笠，沈在信中答应此事。后来曾果然受到教育部明令褒扬。

去信（1946年11月16日）

遇夫先生道鉴：

屡承寄赐大著，顷又辱书责问迟答之故，愧悚愧悚！年来俗冗坌集，未亲笔砚，劫余之旧书残稿，委积敝簏，尚未发箧。尊著寄到，空谷足音，闻之者争先快睹，展转传观，率经旬累月不返。职是之故，不遑细读，加以弟对于钟鼎之学，所涉者浅，寻诵来牍，〈汉〉[叹]赏之余，实

莫由赞一辞。万希鉴原勿罪，百叩百叩！旧都同辈中人，可与谈艺者凋丧殆尽，惟思泊兄以居近常过从，聊破岑寂耳。贱体于北平沦陷期间得头脑眩痛、血压增高之疾，冬春两季辄发，不敢作深沉之思，殆将成为废物，奈何奈何！《声训论》寄呈一本。又《初期意符字发微》一篇，材料虽尚有许多(皆是四年前讲堂之口义)，因日刊登载，篇幅不能过长。将来写定，当郑重请教也。惟不守家法，离经畔道，恐为方家笑耳。敬候

著安

弟兼士

(一九四六年)十一、十六

(杨逢彬整理《积微居友朋书札》，第53—54页)

按：思泊即于省吾(1896—1984)，字思泊，辽宁海城人，文字学家、历史学家。当时执教于北平辅仁大学。

去信(1946年12月13日)

遇夫先生道鉴：

前复一函，附呈《声训论》求教，不审已入览否？如尚未接到，乞示复，当再寄也。弟主张初期意符字形音义未尝固定之说，记得上次曾陈小文一篇，敢祈不吝赐教。弟近来又犯血压高症，不耐深沉之思，于高明不克有所贡献，愧对之至。晤劭西兄，知以不能厌肉食为憾，而弟正需蔬食，易地则皆满足。不知兄何时能作北游？不胜翘企。新作望陆续见赐为祷。此颂

撰安不具

弟沈兼士顿首

(一九四六年)十二、十三

(杨逢彬整理《积微居友朋书札》，第55页)

按：劭西即黎锦熙(1890—1978)，字劭西，湖南湘潭人，语言文字

学家、教育家，曾任北平师范大学等校教授。

去信（1946 年 12 月 23 日）

遇夫先生著席：

前寄上《声训论》，后又邮奉一笺，不审均达览否？于《大公·文史副刊》得读匡正拙文之大作，获益匪浅，感刻感刻。弟自在沦陷区患脑疾以来，学殖日益荒落。老友不遗在远，惠然赐教，何幸如之！关于初期意符字形音义不固定一文，尚乞不吝指诲，盼切盼切！古人云"惯迟作答爱书来"，于弟有之，万望见宥。顺颂

撰安

弟兼士启

（一九四六年）十二、廿三

（杨逢彬整理《积微居友朋书札》，第 56 页）

按："于《大公·文史副刊》得读匡正拙文之大作"指杨树达发表在天津《大公报》"文史周刊"第 10 期（1946 年 12 月 18 日）的《说瞿——读沈兼士先生芣苢说献疑》。

陈寅恪

陈寅恪(1890—1969),字鹤寿,江西义宁(今修水)人,著名历史学家、语言学家。1902年留学日本。1910年自费留学欧洲,先后入德国柏林大学、瑞士苏黎世大学、法国巴黎高等政治学校就读。1918年冬再次出国游学,先入美国哈佛大学,又转往德国柏林大学。1925年回国,次年任清华学校研究院导师。1938年任西南联大教授。1952年以后,任广州中山大学教授。先后当选为中国科学院哲学社会科学部委员、中央文史馆副馆长、第三届全国政协常委等。著有《隋唐制度渊源略论稿》《唐代政治史述论稿》《元白诗笺证稿》《金明馆丛稿》等。

来信(1934年3月6日)

兼士先生道鉴:

奉示,惶悚!近日家君旧病复发,故在城内。今夕返清华,始得读手书;迟缓之罪,乞宥原是幸。大作宗旨及方法皆极精确,实获我心。大约中国语言文字之学以后只有此一条路可走也。“右文”之学即西洋语根之学,但中国因有文字特异之点,较西洋尤复杂,西洋人苍雅之学不能通,故其将来研究亦不能有完全满意之结果可期;此事终不能不由中国人自办,则无疑也。然语根之学实一比较语言之学。读大著所列举诸方法外,必须再详考与中国语同系诸语言,如西藏、缅甸语之类,则其推测之途径及证据,更为完备。此事今日殊不易办,但如德人西门,据高本汉字典,以考西藏语,便略有发明。西门中国学至浅，而所以能有少少成绩者，其人素治印欧比较语言学，故于推测语根分化之问题，较有经验故耳。总之，公之宗旨、方法，实足树立将来治中国语言文字学之新基础，若能再取同系之语言以为参证之资料，则庶几可臻于完备之境域也。匆此奉复，即求教正，并颂
撰祺

弟寅恪

三月六日

（中央研究院《庆祝蔡元培先生六十五岁论文集》，1935年）

按：沈兼士的学术论文《右文说在训诂学上之沿革及其推阐》撰成后，曾以此广泛征求国内专家学者的意见。此信就是陈寅恪阅该文后所提看法。

来信（1936年4月18日）

大著读讫，欢喜敬佩之至，依照今日训诂学之标准，凡解释一字即是作一部文化史。中国近日著作能适合此定义者，以寅恪所见，惟公此文足以当之无愧也。专此奉覆，敬颂
著祺

弟陈寅恪拜覆

四月十八日

（《“鬼”字原始意义之试探》附录，北京大学《国学季刊》第五卷第三号）

许寿裳

许寿裳(1883—1948),字季茀、季芾、季黻,浙江绍兴人。早年就读于杭州求是书院。1902年留学日本,入东京高等师范学校。1909年秋回国,任杭州浙江两级师范学堂教务长。1912年起任教育部佥事、科长、司长。1914年兼任北京大学、北京高等师范学校教授。1922年7月至1924年2月,任北京女子师范学校(1923年改名北京女子师范大学)校长。后历任中山大学教授、中央研究院秘书处主任、北平大学女子文理学院院长。抗战爆发后,历任西北联合大学、华西大学教授。1946年任台湾省编译馆馆长。后任台湾大学教授兼国文系主任。著有《章炳麟传》《鲁迅年谱》《中国文字学》等。

沈兼士与许寿裳同为章太炎弟子。1913年,沈兼士到北京大学任教,与在教育部任职的鲁迅、许寿裳重逢,时常聚餐聊天,交往密切。许寿裳任北京女子师范学校校长后,沈兼士曾应聘到该校兼课。

去信(1934年7月10日)

季茀尊兄大鉴:

兹有刘兴炎君任旧女师大职员多年(文书及庶务课主任),系前观象台台长常伯琦先生之令亲,在女大任职亦有年所。去岁为范院长停职,现拟恳先生关怀旧雨,予以复职,不胜盼荷。敬请

勋安

弟沈制兼士顿首

七、十

（北京鲁迅博物馆编《鲁迅博物馆藏近现代名家手札[一]》，

福建教育出版社 2002 年版，第 72 页）

按：常伯琦（1874—1939），名福元，江苏南京人，曾任中央观象台台长，后执教于北京大学、北平辅仁大学。

来信（1945 年 11 月 7 日）

幼渔、兼士尊兄大鉴：

胜利乍临，初以为南朔通行，朝发夕至，老友握手，即在目前矣。不料准备不够，诸多脱节，重游故都，徒劳魂梦，怅怅。景宋有信来，近况尚佳，惟焦虑豫才生前北平之存书。弟亦深恐岂明及朱女士或有变卖之事，务望两兄暨知友设法阻止，不胜翘企。

（上海鲁迅纪念馆编《许寿裳家藏书信集》，

福建教育出版社 2016 年版，第 129 页）

按：景宋即许广平，鲁迅夫人。岂明即鲁迅二弟周作人。朱女士指鲁迅原配夫人朱安。

来信（1945 年 12 月 4 日）

兼士老哥大鉴：

上月间闻豫才兄存平之书，有为朱夫人变卖情事，特上一笺，命小儿世瑛转呈，请予设法阻止，谅荷洞鉴。

兹有奉恳者：瑛儿在抗战时期，艰于筹费，不能离平内迁，自燕大被迫解散后，辅大仅四小时，无法维持生活，遂与燕大国文系同事容庚、郑骞两氏一同转入伪北大文学院，担任燕大转学生另行开班之教席，四年于兹，身处艰厄，心矢靡它。华北情形，确与京沪不甚同，教育界多认真教书之人，衡鉴所及，定已明了。瑛儿在平情形，敬求严加考核，如情有可原，务求谅宥，俾得甄审及格，无任同感。

再有声明者：前上笺时，尚不知幼渔兄已去世，故与台衔同列，及得小儿信，始知，旋又在《大公报》广告上见到叔平兄讣告，始知幼渔兄在四月间逝世，老友凋零，想兄亦同深悲悼。

草此，顺颂

时绥

弟许寿裳敬启

十二月四日

（原件藏北京鲁迅博物馆，转引自《许寿裳书简集》，中央研究院2010年发行，第446—447页）

按：世瑛即许世瑛（1910—1972），字诗英，许寿裳之子，曾长期在国内多所大学任教，著有《中国文法讲话》《常用虚词用法浅释》等。幼渔即马裕藻（1878—1945），字幼渔，章太炎弟子，马衡（叔平）二哥，曾长期执教于北京大学。

去信

鲁迅兄遗诗九纸，可照相一张送还，乞检收。敬谢！即颂

季茀尊兄晚安

弟兼士顿首

十、廿七

（北京鲁迅博物馆编《鲁迅博物馆藏近现代名家手札[一]》，第73页）

按：沈兼士、鲁迅、许寿裳皆为章太炎东京讲学时的学生，关系密切。

郭沫若

郭沫若(1892—1978),原名开贞,字鼎堂,号尚武,四川乐山人。1912年考入成都高等学校理科。1913年留学日本,入东京第一高等学校预科、冈山第六高等学校。1918年入九州帝国大学。1923年回国,在上海创办《创造季刊》。1926年任中山大学文学院院长。同年参加北伐,任国民革命军总政治部副主任。1928年赴日本,从事甲骨文、金文和中国古代史研究。1937年回国,任国民政府军委会政治部第三厅厅长、文化工作委员会主任。1948年当选中央研究院院士。1949年后,历任全国文艺界联合会主席、中央人民政府委员、政务院副总理兼文化教育工作委员会主任、中国科学院院长兼哲学社会科学部主任、中共中央委员、全国人大常委会副委员长、全国政协副主席等。著有《中国古代社会研究》《甲骨文字研究》《卜辞通纂》《奴隶制时代》等。

来信(1936年4月29日)

兼士先生:

由知堂先生转致大作《"鬼"字原始意义之试探》已拜读,新颖翔实,可为定论。余尝疑"网""䰣""罔"象为马来语猩猩 Oransutan(此语今欧人通用)之对译。此意曾质之尹默先生,颇以为可信。又疑螭魅实 Chacma 之对译,乃南非洲所产狒狒,古代盖由中央亚细亚而入中国者。今得读大文知鬼夔为一,则三者均为禺属,甚感深厚之趣味。原始人舍具象的组织之外不能作抽象之悬想,鬼必由夔而魂者,断无可疑。

郭沫若再拜

四月二十九日

（《“鬼”字原始意义之试探》附录，

国立北京大学《国学季刊》第五卷第三号）

章导、章奇

章导(1917—1990),字夷吾,号孟匡,章太炎长子。章奇(1924—2015),字子抗,号仲连,章太炎次子。

去电(1936年6月14日)

苏州锦帆路五十号章孟匡、仲连兄礼鉴:

先师梦奠,骇痛何极!

敬唁

钱玄同、吴承仕、许寿裳、马裕藻、周作人、沈兼士

寒

(《申报》1936年6月16日)

按:这是章太炎去世时在北平的章门六位弟子沈兼士等致苏州章氏二子的唁电。

台静农

台静农(1902—1990),安徽霍邱人,著名学者、作家、书法家。1914年就读于汉口德华中学。1922年入北京大学旁听,后半工半读。1923年任北京大学风俗调查会事务员。1924年回安徽搜集歌谣。1927年任教中法大学中文系,讲授历代文选。1929年起,历任北平辅仁大学国文系讲师、副教授兼校长秘书。1933年任教北平大学女子文理学院文史系。后任厦门大学、山东大学、齐鲁大学教职。抗战时任四川白沙国立女子师范学院教授。1946年去台湾,任台湾大学教授。著有《静农论文集》《台静农先生辑存遗稿》等。

沈兼士为台静农在北大就学时的老师。后来,两人均执教于北平辅仁大学,关系十分密切。

去信(1936年9月21日)

静农兄鉴:

屡奉手教,竟未一复,歉悚歉悚。俗冗纷纭,又复懒散,兼之妻子病累经年,心绪恶劣,不可名状云。闻兄移教青岛,甚喜甚喜。今夏游青,曾与人言,厦门与青岛同为海频,而美恶悬殊,太平角风景尤足令人回忆。兄能于此环境中教读,未始非浮生之一快事也。前弟与淑周见转来一信,久置未寄,兹附请览。树年、季聪闻均在山大任职,信否?敬复,即请

著安不尽

弟兼士顿首

九、廿一

（台湾大学图书馆特藏组，编号：ntul mf0003 0666）

按：信中“闻兄移教青岛”指是年7月台静农辞去厦门大学教职，8月北上青岛，专任山东大学和兼任齐鲁大学中文系讲师。“淑周”指沈兼士好友王淑周。

去信（1945年6月5日）

静农吾兄大鉴：

倾晤目寒兄，知尊公清恙日有起色，甚慰甚慰。本星期日请我过午饭，借可长谈。霁野如尚未行，望同来。燕堂届时亦可自沙坪坝来会此约。顺颂

侍安

弟兼士顿首

六、五

（台湾大学图书馆特藏组，编号：ntul mf0003 0667）

按：信中“目寒”指张目寒（1902—1980），安徽霍邱人，早年在鲁迅任教的北京世界语专门学校学习，曾参加北京著名文学团体“未名社”的发起工作，先后担任南京国民政府中央执行委员等要职。喜爱书画艺术，与张大千、黄君璧、台静农等过从甚密。“尊公”指台静农之父台佛岑（1882—1968），名肇基，早年毕业于天津法政学堂，历任地方法院推事、院长等职。“霁野”指李霁野（1904—1997），安徽霍邱人，曾在北平辅仁大学任教，抗战时在四川白沙国立女子师范学院任教。“燕堂”指董作宾（1895—1963），字彦堂、雁堂、燕堂，河南南阳人。当时任职于中央研究院历史语言研究所。

去信（1945年8月7日）

静农我兄著席：

接手简拜悉×是,×遵示将抗战以来拙著钞目奉览。居平时婴家国之忧,复以事告之,有所敬戒,特借此以排遣苦闷镇静神经耳,不足言著作也。各文虽体系已具,而例证尚须补置者孔多。所论概为发凡性质,自问可为汉语研究辟一新途径。惟破坏家法,不守师承,是吾之罪也。

霁野、青峰、建功诸兄,琼英女士均候。顺颂

撰安

兼士

八、七

建功兄仍兼教务否?念念。

(台湾大学图书馆特藏组,编号:ntul mf0003 0821)

按:信中"青峰"指柴德赓(1908—1970),字青峰,浙江诸暨人,陈垣弟子,时任四川白沙国立女子师范学院副教授。"建功"指魏建功(1901—1980),字天行,江苏如皋人,时任四川白沙国立女子师范学院教授。

去信

静农兄:

兼士倾遭大故,请代报告校长及余主任一切,偏劳为荷。此请

公安

兼士顿首

恳赐一日人名单(乞斟酌),以便讣报。

(台湾大学图书馆特藏组,编号:ntul mf0003 0830)

许广平

许广平(1898—1968),号景宋,广东番禺人,鲁迅妻子。1918年就读于天津直隶第一女子师范学校。1922年考入北京女子高等师范学校,曾当选学生会总干事。1925年领导反对校长杨荫榆的学生运动。1926年任广东女子师范学校训育主任。次年任中山大学鲁迅助教。1937年参与创办《复社》。1949年后,历任政务院副秘书长、全国妇联副主席、全国人大常委、全国政协常委、中国民主促进会中央副主席等。著有《关于鲁迅的生活》《欣慰的纪念》《许广平忆鲁迅》等。

去信(1936年11月24日)

景宋女士惠鉴:

手书拜悉。豫才兄逝世,既为公痛,益增私悲。年来同好辞谢,急景凋年,令人慨息。前曾致孑民先生信,乞代索遗札,不知能见寄一帧否(原照相为佳)?小儿观平日私淑豫兄,五体投地,豫兄亦垂爱,常常赐予作品,渠之欲瞻对遗像者寝馈不忘,故乞拨冗惠寄至祷。《全集》之编纂及出版已有头绪否?弟与季茀、幼渔极以此事为念也。闻启明云,女士有北来之讯,确否?垂委之件,自当尽力也。匆复,即候近安。世兄聪吉

弟兼士顿首

(一九三六年)十一月廿四日

(周海婴编《鲁迅许广平所藏书信选》,湖南文艺出版社1987年版,第350页)

按:"小儿观平日私淑豫兄"指沈兼士儿子沈观(字劭颙)崇拜鲁迅,鲁迅亦极喜爱沈观。鲁迅曾将自己翻译的《引玉集》《死灵魂》等赠给他,其中《死灵魂》扉页上亲笔题写"劭颙兄惠存,鲁迅寄自上海",时间为1936年2月26日。

丁声树

丁声树(1909—1989),号梧梓,河南邓县人。1926 年入北京大学预科学习,1928 年入本科国文系,1932 年毕业。后入中央研究院历史语言研究所从事语言研究,先后任助理员、编辑员、副研究员和专任研究员。1944 年至 1948 年去美国考察、讲学,任哈佛大学远东语言部研究员、耶鲁大学语言部研究员。1950 年后任中国科学院语言研究所一级研究员、所学术委员会主任委员、方言研究组组长。当选为中国科学院哲学社会科学部委员,兼任《中国语文》杂志总主编,《现代汉语词典》主编。编有《现代汉语语法讲话》《现代汉语词典》《古今字音对照手册》等。

丁声树是沈兼士北大时的学生,深得老师喜爱。沈兼士曾对后来的学生说,北大国文系过若干年便出人才,前有魏建功,后有丁声树。

去信(1937 年 4 月)

余春间为诸生讲《释名・释水》"人所为之曰潏。潏,术也,偃水使郁术也,鱼梁水碓之谓也",觉刘氏所解,较《尔雅》《说文》为详,而毕、王诸家均于"术也"之训区盖不释,殊为缺失。余意水碓之制,乃借水之回力以为用,故谓之郁术。术者,《说文》训为邑中道。城中道路,周转互通,亦取义于回。《说文》"术,循也;遹,回避也",其异文耳。又《说文》"潏,涌出也;泬,泬辟,深水处也",段氏依小徐本作流水处。按"潏"实兼该深与流二义,故《说文》"矞"之一曰义为"满有所出”。深即满，流即有所出也。《尔雅·释水》“滎辟流川，过辨回川”，名虽各异，事实相成，水回旋处必深满，及其盈科而出，势更汹涌，《尔雅》特析其本末为旋流与通流，以注滎辟、过辨之转语耳，解者若认旋流、通流为截然两事则泥矣。它如《庄子·达生》“与汩俱出”之“汩”，《说文》“水从孔穴疾出”之“泬”，《周礼》“田间水道”之“遂”(《月令》作“术”)与“洫”，以及复辞之回穴、回遹，皆一语也。继思《三百篇》中遹、聿、曰三字往往互用，黄生《字诂》“欥”下云：“许慎注诠词也，引《诗》‘欥求厥宁’。今《诗》作‘遹’。愚按诠词，谓自解说其上文语意之词，《诗》‘遹骏有声’以下四句，皆发明文王有声之义，注但以‘遹’为发语词，是不知《说文》诠词之训。”戴震《毛郑诗考正》本之，谓皆为承上文所发端诠而绎之之词，是矣。惟云《诗》郑《笺》往往释之为遂、为述，乃缘辞生训，则殊不然。故王氏《经传释词》云：“遹训为述，又训为循(见《释诂》)自是古训如此，非《尔雅》之缘辞生训也。”余按《诗》“岁聿其暮”，《正义》云“岁实未暮而云聿暮，故知聿为遂，遂者，从始响末之言”，甚为得之。严元照《娱亲雅言》驳《正义》不得其解而曲为之说，盖亦未达遂、述、遹、聿、曰五字义均互通，而皆取义于循回也。又聿者，笔之初文，为记事述意之具，故《释名》云：“笔，述也，述事而书之也。”盖口述为曰，《说文》欥、粤二字均应为曰之或作，许云□象气出形，余以为当是与回同意，说为其后起字。笔述为聿，聿又孳乳为法律，犹术之孳乳为技术，盖习贯成俗，法之所生，箕裘绍业，术之所出，亦皆取义于循回也。

又思《诗》“鴥彼晨风”，《传》“鴥，疾飞皃”，“鴥”《诗》引作“鷸”。《说文》“鴥，鸇飞皃”，沈涛《说文古本考》云：“《诗》《释文》引鸇飞作疾飞，古本如是，凡鸟之疾飞皆为鴥，不必晨风也。”余谓沈说殊欠精审，按晨风即隼，故《诗》又云“鴥彼飞隼”，《尔雅·释鸟》“鹰隼丑，其飞也翚”，郭注“鼓翅翚翚然疾”。又《说文》“翚，大飞也”，余谓均觉欠妥。盖鴥、翚声转，从军声者，又脂谆对转也，鹰鹞之属，其飞喜盘空作回旋之势，故云鴥云翚，《诗·诗干》“如翚斯飞”，亦是以雉飞之势得名。《尔雅·释鸟》"雉绝有力，奋"。郝疏云："奋者，《说文》云翚也。翚，大飞也。按鸡属云，绝有力、奋，羊属亦同。《淮南·时则训》云'鸣鸠奋其羽'。高诱注'奋迅其羽，直刺上飞也'，然则凡有力者通谓之奋。"余谓郝说与沈同病，从羊属亦同观之，知奋绝非指鸟羽之直刺上飞而言，盖鸟兽之有力者均喜作势而善还，因之同得此名，故《释鱼》亦云，鱼有力者徽。又《北山经》言有兽名䮝，善还。鴥、翚、奋、徽、䮝，殆均脂谆对转，异名同实，而皆取义于回旋，若泛训为大为疾，音义荡析，失之疏矣。

又思《说文》"颶，大风也，从风日声，于笔切"。段氏改为曰声，极是。按《艺文类聚》引庾阐《海赋》"回颶泱漭，耸散穹隆"，下句"耸散"用双声，上句"回颶"亦当是双声，匣于两类古通。"回颶"应与"回泬"同，盖亦取义于回旋。《说文》又有"欻飔"二字，"欻，有所吹起也，读若忽"，谓风吹尘起，从地上旋转而上，飔训疾风。傅毅《舞赋》"云转飘忽"，殆皆异文或作，亦均以回为义也。

上来所述各辞，分之为四类，合之为一族，虽仅略事举证，尚未穷搜冥讨，充类研究。然于古义之不易明者，旧说讹误或含胡未了者，随文解义偏而不全者，已能多所举发匡正，然则字族研究之有益于实用训诂，盖犹工匠之必须利赖櫽栝准绳，岂可忽乎哉。

上列诸字之声母，多为脂灰部字。惟军在谆部。穴声血声，段氏《六书音韵表》列于真部，王氏念孙别入至部不与脂通，未必然也。且含有循回旋转义之字族，多为合口呼与撮口呼，上举诸例，莫不皆然。准此，则王氏由脂部分归至部之血、穴及祭部之岁、卫、兑、会、夬、月、厥、戉、粤诸字，恐亦未必能恝然与平声回、褢、归、畾等字绝缘也。鄙意颇欲利用字族之义类，以辅助审定古音之部居远近，不知有一尝试之值否。

又余意以为研究中国语中之字族，须先从事一种筚路褴褛之豫备工夫，因我国语言与文字之纷乱纠扰，实含有三种情形：一语数字，所谓"重文""变易"，如上例之"曰"与"吹"，"欻"与"飔"之类，一也。

一语数音，所谓“方言”“转语”，如上例之“聿”与“笔”，“骳”与“翚”之类，二也。语异而义可通，字别而音犹近，词类无间于事物，音读不拘于单复，所谓“孳乳”“字族”者，如上例之潏、术、曰、笔、徽、驒、湀辟、回颶之类，三也。学者须先从第一、第二两项下一番工夫，然后方能进行第三项汉语字族之研究。余之作《广韵声系》，复令诸生研究《广韵》《集韵》中之重文，并将古籍中之声训材料汇集成书，皆是为搜讨字族张本。又王氏《广雅疏证》之材料既丰富，去取复精审，亦令其以上列三法分别整理，小作试验，尚未知效果如何耳。高本汉君之《汉语词类》，欲以读音之形式定语辞之义类，而其取字说义似均可商，余不自揣，欲别辟一途径以研究汉语之历史，故写此乞教。暇当广征例证，推衍成篇，以为余字族研究之导言。

民国二十六年四月

（沈兼士《段砚斋杂文》，1947 年 12 月版）

按：这封致丁梧梓（声树）信，主要讨论《释名》“潏”字之义类问题。后发表于《益世报》“人文周刊”第 21 期（1937 年 5 月 28 日），标题为“致丁梧梓书”。又收入《段砚斋杂文》（1947 年 12 月印行），标题改为“与丁声树论《释名》‘潏’字之义类书”。

罗庸、罗常培、郑天挺、魏建功

罗常培(1899—1958),字心田、莘田,号辛田,北京人,满族。早年就读于北京市第三中学、速记传习所。1916年入北京大学半工半读,1920年毕业。1923年任西北大学教授。1926年任厦门大学教授。1927年任中山大学教授。1928年任中央研究院历史语言研究所研究员。1934年任北京大学教授。1940年任西南联大国文系主任。1944年赴美国珀莫纳大学、耶鲁大学、密歇根大学讲学。1948年回国,任北京大学教授兼文科研究所所长。1949年任中国科学院语言研究所研究员、所长。1955年当选中国科学院哲学社会科学学部委员。著有《唐五代西北方音》《汉语音韵学导论》《普通语音学纲要》等。

郑天挺(1899—1981),字毅生,福建长乐人。1917年考入北京大学国文系,1921年毕业。后考取北京大学研究所国学门研究生。1924年任北京大学预科讲师。抗战时期,任西南联合大学教授。抗战胜利后,任北京大学历史系教授兼文科研究所明清史料整理室主任。1952年任南开大学历史系教授。1963年任南开大学副校长。著有《清史简述》《清史探微》《清代的幕府》等。

罗庸、魏建功简历本书已录,此处从略。

来信(1937年11月23日)

廿一日,塘沽出口——雨雪霏霏。(天时)
廿二日,烟台停泊——碧海青天。(地利)

廿三日，威海南航——出而哇之，莘幸而免。（人和）

廿四日以后——下回分解。

敬祝

兼士、援庵、一庵、憩之、青峰、季豫诸公健康

膺中、常培、天挺、建功

廿六年十一月廿三日

（原件，苏州大学博物馆藏）

按："七七事变"后，北大、清华等校奉命南迁，先撤到长沙成立临时大学，后撤至昆明成立西南联合大学。罗庸、罗常培、郑天挺、魏建功等是北大最后一批撤离人员，他们在途中作此明信片，向滞留北平的同人沈兼士等报告行踪。明信片正面书写地址及收件人为"北平沙滩廿九号沈兼士先生"，注明"自威海卫湖北轮发"。援庵即陈垣，一庵即汪怡，憩之即赵荫棠，青峰即柴德赓，季豫即余嘉锡。

容肇祖

容肇祖(1897—1994),原名念祖,字元胎,广东东莞人。1917 年考入广东高等师范学校。1922 年考入北京大学哲学系。1926 年任厦门大学国文系讲师。1927 年任中山大学预科教授。1930 年任岭南大学副教授。1934 年任北京辅仁大学副教授。1938 年任西南联大哲学系副教授。1940 年任岭南大学教授。1942 年任中山大学历史系教授。1946 年任北京大学哲学系教授。1952 年起,任北京市文教委员会文物组研究员、中国科学院哲学研究所研究员。著有《中国文学史大纲》《李卓吾评传》《李贽年谱》等。

来信(1942 年 9 月 7 日)

援庵、兼士吾师尊右:

不奉几杖,忽忽五年,敬惟起居安适,著述不倦,为慰。肇祖奔走衣食,现已从香港(二月离香港)转至坪石(四月到坪石),任中山大学史学系教席,学殖荒落,不免惭恧。兹有恳者,为部审资格事,拟请辅仁填一证明书,证明肇祖在校中史学系、国文系,从廿三年九月至廿六年七月任副教授三年。费神,不胜感谢。匆匆不尽,即请

著安

学生容肇祖敬上

(北京师范大学档案馆藏档,档号:6.1-0078-0001)

按:此信载于北京辅仁大学稿纸上,文号为“收文字第 1249 号”,标题为“容肇祖先生函(中华民国卅一年九月七日时呈阅)”。

贺师俊

贺师俊(1902—1962),别号和钦,浙江镇海人。早年毕业于上海东吴大学,后赴英国留学。1931 年至 1933 年在南京国民政府教育部总务司任职。1939 年至 1945 年任国民党中央党部文化驿运处处长。1945 年 3 月 7 日任国民政府教育部总务司司长,1949 年 1 月 15 日被免职。

沈尹默三女沈令莹嫁贺师俊为妻,因此贺师俊为沈兼士侄女婿。

去电(1944 年 5 月 9 日)

中央文化驿站总管理处贺处长师俊,请转教育部陈部长、吴司长尊鉴:

辰微电奉悉,郝德元君已赴渝,救济费到后当寄交本人,兹先代谢。近据续报称,辅大讲师——教育系欧阳湘、西语系左明辙(女)、国文系葛信益、化学系祝福祥,助教——西语系孙硕人、经济系郑国柱,训育主任李宝勋、体育员李凤楼、《辅仁生活》编辑秦晋、附中英文教员丁德勋,均先后遭捕。又辅大国文系讲师陈祥春、经济系助教邢宗江亦于日前逃来后方,刻已抵陕。并闻。

沈兼士

辰佳

(中国第二历史档案馆藏档,卷宗号:五-2693)

按:电函中“陈部长”指时任国民政府教育部长陈立夫,“吴司长”指教育部高等教育司司长吴俊升。郝德元为北平辅仁大学教员,与欧阳湘、左明辙、葛信益等均在沦陷区北平从事过地下抗日宣传活动，并先后遭敌伪逮捕，现已离平来大后方。沈兼士致电贺师俊转告国民政府教育部，请予接待救助。

去电(1945 年 10 月 15 日)

万急，重庆

教育部贺司长师俊鉴：

×密。前上部长酉齐秘一电，谅已阅悉。兹再分举其要：

(1) 新民印书馆为日人垄断印刷事业之组织，规模甚大，接收后充分利用，可望发展。

(2) 该馆业务有继续性，数百工人亦不便辞散，接收期间工事未停；接收后仍以保管名义，进行业务，款项筹垫、人才配置及工场管理诸问题，均已与洗凡兄计划周详。

(3) 兼在党政接收委会曾申明，奉有部令，由我接管，而中宣部终得参加接收。今点收完毕，即当独自经营，拟不再与之会同。但如中宣部正中书局及市党部均思争攫，权利所在，必须迅速电复申明，为印刷学校教材，授以经营全权。并分电孙长官、熊市长，托其关拂，则隶属既定，觊觎自绝。

以上各点，务请侄倩详陈部长，务于赴欧前办妥。机会稍纵即逝，无使为人作嫁。倘侄倩能亲来北平视查布置一切，当更妥善。盼速电复。

沈△△

酉咸秘(十月十五日发)

(中国第二历史档案馆藏档，卷宗号：五[2]-586)

按：洗凡即私立辅仁大学教授董洗凡。沈兼士时任教育部平津区教育复员辅导委员会主任、平津区教育特派员，董洗凡在沈手下当平津区教育复员辅导委员会委员。

去电(1945 年 10 月 17 日)

急,重庆

教育部贺司长师俊鉴:

×密。关于新民印书馆问题两电,计当达览。兹有亟待部长指示者三事:

(1) 接收后欲罢不能,只好继续经营,但旧名不便沿用,应改何名,可否改称教育部印刷局?

(2) 文化服务社拟翻印国定本教科书,来议合同。记得此项书曾由教部指定四家书局签约包印,该社是否在内?印销权有无限制?

(3) 印销如无限制,我局可否自印自销,不接受该社合同?

以上三点,均望酌陈部长核示,不胜伫盼。

沈△△

西筱秘(十月十六日发)

(同上)

按:教育部平津区特派员办公处接收原敌伪所设北京新民印书馆后,特派员沈兼士作此函向教育部请示下一步如何办理。

来电(1945 年 10 月 22 日)

东昌胡同一号

沈特派员兼士:

鉴密。咸电奉悉。(1) 新民事,已呈院及李主任、熊市长,□得李[主]任复电,“已由参会同中宣部接收,如何使用管[理],候中央决定”。当俟院批回,再电李。(2) 部定教科书纸牌,当设法运。(3) 骝公决不出国,月初将视察收复区,或将随往。(4) 雪屏兄奉命主持临时大学补习班;宗真宁兄思来京任教,或任训导,请就近一得复,即可北来。（5）弟已赴京，车辎赴平。

侄师俊

酉养卯（十月廿三日到）

（同上）

按：电函中“新民事”指接收原敌伪所设北京新民印书馆事，“骝公”指时任国民政府教育部长朱家骅（字骝先）。

去电（1945年10月24日）一

急，重庆

教育部贺司长师俊鉴：

0015密。酉养电悉。新民印书馆业于酉佳按合法手续，由我部接收。中宣部特派员虽派员参加，但仍以我为主体，而继续进行业务，系我方独自主持，进行颇为顺利，中宣部并未要求参加。嗣奉部长酉铣里电示，该馆仍由教部办理，并已呈报行政院等因。故对印行教科书事，正积极进行。所称李主任复电已由参处会同中宣部接收一节，并非事实。行营参处，亦未过问。望再参阅咸电，陈请部长，务在政院获得经营管理之权，万勿转让，免贻笑柄为要。

兼士

酉敬秘（十月廿四日发）

（同上）

按：北京新民印书馆虽已由教育部平津区特派员办公处接收，但此前国民党中央宣传部、北平市政府等机关均曾参与争夺该馆接收权，沈兼士担心节外生枝，故致电教育部贺师俊司长，请朱家骅部长出面向国民政府行政院争取该馆经营管理权。

去电（1945年10月24日）二

急，重庆

教育部贺司长师俊鉴：

密。酉筱电计当达览。东方文化事业总会及其附设之人文科学图书馆，业于十月六日接收，同人原拟将所收北平日方图书馆三处藏书（计东厂胡同东方文化事业总会人文科学图书馆、王府大街近代科学图书馆及东安门大街日本图书保管会）合为一处，命名教育部图书馆。兹奉部长酉铣五二三九五电，东方文化事业总会应由中央研究院接管，自当遵办。惟该会西部房舍尚多，历年空废，接收后已将其一部辟为特派员办公处及复员委员会会址，其余西部空房，拟应用如左：

一、华北文教协会八年来对于抗战劳绩俱在，现抗战虽胜利，该会对于此后文教复员效力之处尚多，同人集议拟仍继续，借资纪念，且以表示对于朱公之仰慕。该会在地下组织时代，未有固定会址，现拟以东方会西院一部划充该会办公之用，并设立文协图书馆，即以近代馆及日本图书保管会图书庋藏该处。

二、兼在渝时，部长曾迭嘱在平网罗教育人材，参考西文课本，从事编辑教科书工作，现正积极进行。将来以一部房舍拨为编审会址，以便就近使用文协图书，且可主持印书馆编审事项，会名拟为教育部教科书北平编审分会。是否有当？

三、此间近来军队占用官房，无法拒绝，故将其余房舍已辟为职员宿舍，以利典守。兼近来头部时时作痛，旧疾复作，颇苦奔波，故亦迁入，以便办公，一以养疾，望于便中转告孟真。

右三点是否可行，务希侄倩转商部长，早作决定，并盼速复。顷得酉养电获悉将随部长巡视收复区，把晤匪遥，极为欣慰。

兼士

酉敬秘（十月廿四日发）

（同上）

按：电函中“孟真”指中央研究院历史语言研究所所长傅斯年（字孟真）。

去电(1945 年 10 月 29 日)

南京成贤街

教育部贺总务司长师俊鉴：

密。新民印书馆事，昨晤李德邻主任，已面允维持。顷接骝公电知，业奉院令备案。该馆现已接受文化服务社订单，翻印国定本教科书应急，借资维持。刻有急待解决者数事：一、名称是否可改为教育部北平印书馆；二、性质问题，同人以为与其部辖，宁用信托制，由骝公私人出名领导；三、内部人事组织，拟征求侄倩意见；四、关于孔德学院地权问题，望征求默奇意见；五、侄倩如能来平，互商办理，尤所盼切。骝公处请代陈一切。何日由京来平，亟望预先电示。

兼士

西艳(十月卅日晨九时发)

(同上)

按："孔德学院"指北京中法大学孔德学院。

去电(1945 年 11 月 5 日)

万急，南京成贤街

教育部贺总务司长师俊：

济密。北平情形复杂，地方环境、学生人数，与京沪不同，□□活动甚力，近以甄审办法为机缘，对伪校院学生多方煽惑，致谣诼繁兴，人心浮动。主座已有所闻，曾连电哲民市长嘱教育部特派员注意审慎，何总长、李主任、孙长官均以暂维现状，万勿操切，致碍大局为言。同人衡诸时势，并参照各方意见，佥以接收与补习应相衔接，甄审宜在补习之后，决定于雪屏到达前暂缓接收。一面会同地方当局筹措经费食粮，暂行维持现状；一面已电陈请示在案。顷辞修、立夫两部长连袂来平，闻辞意在吸收青年，旗鼓大张，至应注意。兼在此间只能作消极应付，不能有积极对策。雪兄初到，历访地方首长，亦感难于着手。明日辞公在太和殿召集平市私立及伪大学学生训话。今日晤谈时，兼曾言政府对于学生办法不宜主张两歧，是否生效，殊难预测。最好骝公能立即向主座请示较宽办法，俾局面可以改善，不然各方对学生极力怀柔，并对主座有所陈设。惟我部始终不动，中枢印象，青年向背，关系至大。请即转陈骝公为盼。

兼士

戌歌

（同上）

按：对沦陷区大学生登记、甄审、补习问题，国民政府及国民党中央政策不统一，引起广大师生的强烈不满。譬如登记后甄审和补习先后问题，教育部原主张先甄审后补习，各地情形复杂，实际操作中存在许多困难。沈兼士主张先补习后甄审，后来教育部迫于形势，不得不执行这一做法。因此，沈兼士在电文中强调，国民党各机关向学生解释应主张统一，避免相互矛盾，产生不良后果。

去电(1945 年 11 月 6 日)

急，南京成贤街

教育部贺总务司长师俊：

铁密。接戌东电，听侄斌甥北返在即，至为快慰。平津区部员本俸加倍，及米代金成数有无固定办法？部长何时来平？盼速电示。

△△

戌鱼（十一月〈五〉[六]日发）

（同上）

来电(1945 年 11 月 7 日)

部座定文(十二)日搭中航机飞平,一行四人,俊亦随来。

贺师俊叩

戌虞

(同上)

按:电函中"部座"指教育部长朱家骅。

去电(1945 年 11 月 26 日)

重庆

教育部贺总务司长师俊:

铁密。据张伯瑾云,市政府曾接主座电报,有美国新闻记者报称,部派教育复员人员与平市教育界形成新旧两大壁垒,嘱市当局注意。又此间外人消息,Winfield 受伪院校教授包围,认识不清,谓骝公、兼士、英千里等坚持成见,不肯予伪院校教职员就事机会。查两事与事实全然相反,请转告骝公向主座加以解释,以免淆混听闻为盼。

兼士

戌寝

(同上)

按:张伯瑾即张吉唐,时任北平市副市长。

去电(1945 年 12 月 22 日)

重庆

教育部总务司贺司长师俊:

铁密。接伯明信，欣悉清恙早痊，并留陪都，至慰。兹将待陈诸事列左：

一、印书馆事昨接处理局孙越崎代电，叶楚伧、陈立夫呈准主席，将北平印书馆交正中书局应用，并抄示行政院十二月八日致教部训令。顷吴遵明已来询问此事，惟本处迄今并未接奉部令，不便擅自移交，望速请骝公电示，俾便遵行。又该馆两月来赶印教科书情形，另电报告。

二、中国银行接部电，嘱垫支补习班经费三千万元。该行要求兼具保证书，已经照办，希将该款从速筹发。

三、书籍又已购得带箱《四部备要》，价法币卅二万。《丛刊》有初、二编，现正续觅三编，俟全即定，请告骝公。

四、本处并无与密电码，请速要应用为荷。

沈○○

亥祃

（同上）

按：电函中提及的“《丛刊》”指《四部丛刊》，是一部集中各方面必读书、必备书的小型丛书。从1922年起，由上海商务印书馆张元济等编辑出版，共出了初编、二编、三编，计五百余种三千多册。

去电（1945年12月26日）

重庆

教育部总务司贺司长师俊：

兹将本处为平津日人所办学校事致部长电送请转呈。孔德及生活学校事，行旌在平时曾由各该校负责人面恳，至请惠予协助为荷。又闻令□□□□□□□不晤□□。

兼士

亥宥

（同上）

来电(1945 年 12 月 28 日)

东昌胡同一号

沈特派员兼士尊鉴:

鉴密。电悉。新民印书馆事,部中接有院令,惟以房产属于孔[德],内部机件有故宫及其他学校者,乞速查明产权情形,以便呈覆。在未得部令前,乞暂勿移交。该厂机件共有若干,估值若干,乞列示。

师俊叩

俭

(同上)

去电(1946 年 2 月 12 日)

关于此间图书,曾有长函致骝公,并详报呈部,谅蒙览及。兼对此事至感兴趣,前此亥有秘部电,许拨搬运整理经费,已遵造预算,计约千五百万。惟适接守和信,对于日本图书有所建议,容当商之同人。倘部中对于日书别为处置,工作即去大半,款亦只需半数,盼俟呈到速办。

事前承指示各点,已令新铭详陈。日昨晤谈,据云此间警局政训科主持者秘告行营翰长曾函骝公,谓某近遭一般人攻击,能力薄弱,不孚重望。如有机会,渠甚愿主持教育,借展所长。未悉有无其事。千里人过老实,惟□对无见异思迁之事,处境至为困难,半年来努力维持,学潮半天下,独北平一片净土,虽非一人之力,其功亦不可磨,望转陈骝公。

更生事前已函托。渠昨经过二次手术,一度甚危,顷已略好。医药所需已达法币七十余万,均由兼暂代借垫,尚无法补偿。查行政院对于公教人员医药补助,在卅四年十二月底前定有规则施行。更生八年来尽瘁国事，不无微劳，应如何请予补助设法。无任盼祷。

丑文

日本北京高工部令改办工业职校。陆原仁函兼，谓骝公嘱推荐机械出身人选。经查以留比、鲁□工程师陈光熙为最宜，容当征询其意见，函陆转荐，谨先奉闻。陈君详历另开送，请代为先容。又陆君在部职位，并祈速示。

（同上）

按：电函中“千里”指时任北平市教育局局长英千里。

来电（1946年2月20日）

东昌胡同一号

沈特派员：

骝公胃疾复发，两电已呈阅。新民印书馆事于文（十二）日奉到院令，铣（十六）日通知尊处，交由处理局处理。孔德请求赔偿损失及房屋产权一案，并移尊处及处理局办理。分馆事再与立夫、列生商量，恐有未便，谨此电闻。

侄师俊叩

丑哿

（同上）

去　电

师俊贤侄倩如晤：

子支总电及航快函奉悉。顷与冼凡研究，意见如下：

一、印书馆机件大部系该馆自置，中宣部方面会合本处接收时，调查甚为清楚，且机件购置经过，馆中均有清账。原任常务理事、专务理事、总经理田中等亦均留用。发还机件，均极清楚。至燕大所有者，在本处接收，前已由该馆自行归还。

二、该馆直辖于伪华北政委会，为一印刷教科书之机构，虽名新民，与伪新民会毫无关系。如中宣部以其为伪政党的附属机关，而要求接收，实为错误。此点请注意。

三、宋院长在平津迭次声明，各机关接收应遵行政院全国性事业接收委员会规定办理。所有接收之敌伪产业，凡未按行政院规定办法处理者，均无效。

查本部接收□□印书馆，即系根据行政院全国性接委会规定办理，至无错误。而中宣部则本照中常会决议，请主席手谕执行，故此事需要从法理上根本解决。宋院长谈话及行政院全国性接委会规定如能引用（此层力争），似较第一点批件之说为合理。

四、全部房产为成达学校所有，系成达学校伪校长黎世蘅非法租与新民印书馆者。以产权而论，自应由教部接管。

五、目下馆务维持极感困难，营业亦不便积极拓揽。昨由金城银行透支百五十万元，亦始勉强应付，人心不安，保管方面种种费心，无论保留或移交，只盼早有解决办法。至印刷教科书，则仍照常进行，纸版亦已寄到，可不误下期应用。知□附闻，并盼转陈骝公。

总上，二、三、四三项似可由部引用力争。至机件一节，洗凡明日再赴馆详查，倘实无各校之物，俟吴大钧来平时，此间除拟告等候部令之外，无其他办法。

沈〇〇

（同上）

按：电函中“宋院长”指国民政府行政院院长宋子文，“骝公”指教育部长朱家骅（字骝先）。

去　电

万急，重庆

教育部贺司长师俊：

转呈朱部长赐鉴：一、张怀兄事，渠已有电，谅达。闻组织部已补渠为平市党委（因现党部无教育界重要分子），但就否尚未定。二、洗凡声明，因经济窘迫，将赴津经营进出口商业。同济事，渠因与医、理、工方面无直接关系，恐不胜任。三、方更生现患肠瘤甚剧，正动手术一次，经过尚佳。尚须二次开刀，乃可告愈。市党委已被开缺，希望部长能予以相当位置，以资劝慰。是否有当，乞卓裁。

〇〇

（同上）

按：张怀（百龄）为北平辅仁大学教授兼教育学院院长，又担任国民党北平市党部委员。“洗凡”即辅仁大学教授、教育部平津区复员辅导委员会委员董洗凡。

吴俊升

吴俊升(1901—2000),字士选,江苏如皋人。1920年考入南京高等师范学校。1925年毕业于东南大学,获教育学士学位。1918年留学法国巴黎大学。1925年回国,任北京大学教授。1938年至1945年,任教育部高等教育司司长。1945年秋去美国考察教育,年底回国,任中央大学教授。1949年任教育部政务次长。同年去香港,任教于新亚书院。不久后去台湾,曾任台湾教育主管部门政务次长、政治大学文学院院长。后任香港新亚书院副校长。著有《伦理学概论》《教育哲学大纲》《杜威教育学说》等。

去信(1944年11月24日)

士选先生大鉴:

顷奉十一月廿一日赐覆借悉,辅大上年度补助费壹百万元已经拨到。兹根据前次面谈办法,业与金城银行副理兼成都分行经理徐辅德先生接洽,承其允为设法妥速兑交,请即将该款拨付两路口金城银行办事处副主任兼出纳何扬波先生收转可也。专此奉烦,敬颂
公安

弟沈兼士拜启

十一、廿四

(同上)

按:两路口为重庆市地名,位于市中心靠长江一侧。

濮绍戡

濮绍戡(1887—1954),原名彦珪,笔名濠上,浙江杭县(今杭州市)人。早年毕业于浙江法政学堂。民国成立后,历任江苏省政府顾问、北京国务院秘书厅佥事等职。1926 年任国民军第三军军部秘书长。1928 年任绥远省政府交际处处长。1931 年任山西省政府秘书主任。抗战爆发后,历任保定行营处长、重庆国民政府军委会少将参议、铨叙部总务司司长。抗战胜利后,历任北平市政府参事、察哈尔省政府参事、华北"剿总"少将参事。中华人民共和国成立后,任中央文史研究馆馆员。

去电(1945 年 9 月 24 日)

重庆国府路建设路三号

濮参议绍戡兄转哲民先生鉴:

兼铣抵宁。津浦北段未通,现来沪候机飞平。台旆何日启行,敬盼。

沈兼士

敬

(中国第二历史档案馆藏档,卷宗号:五[2]-586)

按:"哲民"即时任北平市市长熊斌(字哲民)。

沈衡书

沈衡书，浙江吴兴（今湖州市）人，生卒年不详。曾任职于中英庚款董事会、国民政府教育部及中英文教基金委员会。

来电（1945年11月14日）

沈兼士先生：

书密。江电敬悉。张慈荫经理元月飞平，款一千四百万元由其带奉，收到后请以书密电复。又书密校正本附于戍庚电内航邮寄上。

宗晚衡书

戌寒

（中国第二历史档案馆藏档，卷宗号：五[2]-586）

按：沈衡书与沈兼士都属吴兴沈氏，旧称同宗，且前者比后者年龄小，因此自称“宗晚”。

李延年、何思源

李延年(1904—1974),字吉甫,山东广饶人。20岁时考入黄埔军校第一期,追随蒋介石参加东征和北伐。1929年任国民革命军少将旅长。1937年参加淞沪会战。1938年增援台儿庄战役。1945年任山东地区受降长官,负责受理该区日本侵略军投降事宜。1949年率部逃往台湾。

何思源(1896—1982),字仙槎,山东菏泽人。早年考入北京大学读书。1919年留学美国芝加哥大学。1922年入德国柏林大学留学。1924年入巴黎大学留学。归国后历任中山大学、山东大学教授。1928年任山东省教育厅厅长。1944年任山东省主席兼保安司令。1946年任北平市市长。1949年后,曾任全国政协委员、民革中央委员。著有《国际经济政策》《中国人口问题》《近代中国外交史》等。

去电(1946年1月2日)

急电,济南

第十一战区李副长官、山东省政府何主席赐鉴:

查华北文教协会山东分会委员兼书记长武占元(瞻源,化名武员),确为便利会务,打入敌伪组织,潜伏工作,历年名单、工作报告,均呈报中央组织部备案。顷闻贵部、府已将乃弟武培元逮捕作质,相应电请查照,即祈释放,并请对文协同志如无危害国家事迹,希本总裁不问职守、只问行为之旨，妥为保障为感。

教育部平津区特派员沈兼士

子冬

（中国第二历史档案馆藏档，卷宗号：五[2]-586）

傅斯年

傅斯年(1896—1950),字孟真,江西永昌人,生于山东聊城。1913 年考入北京大学预科,1916 年升入本科国学门。在学期间组织新潮社,创办《新潮》月刊,是五四运动学生领袖。1919 年北大毕业,公费留学英国伦敦大学,修实验心理学和自然科学。1923 年入柏林大学研修哲学。1926 年回国,后历任中山大学文学院院长、中央研究院历史语言研究所所长、北京大学教授、北京大学代理校长等。1949 年 1 月赴台湾,任台湾大学校长。著有《中国历史分期之研究》《中国古代文学史讲义》《诗经讲义稿》《东北史纲》等。

来信(1929 年 10 月 22 日)

兼士、叔平两先生左右:

闻东亚考古协会议事录上有历史语言研究所请求加入一事,此实当日与叔平先生电话中之误会,当日谨言到会可以考虑,未言加入,至于到会则斯年于上星期六已前往矣。照中央研究院规则,史言所仅为其一部,如北大之有文科,不能加入任何团体,请删去此节,至荷。至于北大考古学会之发达,斯年等固无不于有机会时,竭力襄赞,若此协会则以上项理由不能加入也。专此,敬颂

教安

斯年敬上

十月廿二日

(王汎森、潘光哲、吴政上主编《傅斯年遗札》,中央研究院历史语言研究所 2011 年版,第 236 页)

按：信中“东亚考古协会”指成立于1926年6月的东方考古学协会。是年6月30日，东方考古学协会第一次总会在北京大学第二院举行，中日双方学者公开讲演，并得到中日及欧洲学者的祝贺。会则规定协会的目的在于交换知识，以谋求东方考古学的发达；研究结果将以日、中、欧三种文字发表；隔年于日中两国轮流召开研究总会。此外，选举了委员、干事。7月3日，日本学者归国前在北京饭店设宴答谢中国学者，出席的有沈兼士、沈尹默、张凤举、徐旭生、陈垣、陈万里、罗庸、马裕藻、朱希祖、顾颉刚等，大多是参与东方考古学协会的骨干。1927年3月27日，在东京大学召开东亚考古学会成立大会及东方考古学协会第二回总会，同时举行中日学者公开讲演会。中方讲演者为北京历史博物馆罗庸和北大教授沈兼士、马衡。1929年10月19日，东方考古学协会在北京召开第三回总会，并举行讲演会，由滨田耕作、梅原末治、徐旭生等分别演讲。东方考古学协会成立后，中日还进行了东北貔子窝、河北易县燕下都等几次合作考古发掘与调查。

来　电

沈特派员兼士转朱教育部长启密：

今日报载中央社稿，伪校学生甄审办法有动，无任惶骇，欲取得北大学籍之学生，无论来自何方，均勿由北大行考试，教部不能以伪校之成绩来分发，究竟如何办，祈示！发，乞慎重！

傅斯年

（原件藏中国第二历史档案馆，转引自欧阳哲生编《傅斯年文集》第7卷，中华书局2017年版，第403页）

按：此件作于1945、1946年间。

来 电

沈兼士先生转朱部长：

郑毅生兄等来信，知伪北大学生多所要求，弟意处理伪北大应与处理伪中大同，不宜迁就，必求一致。部令必须贯彻，部中对彼等宜多劝导，解释多种办法，皆为结束伪局，重视学业之故。若彼等期正式入北大，先闹风潮，而有所得以后，学风不可复回，于是北大真亡矣！弟飞渝，并闻。

傅斯年叩

戌

（原件藏中国第二历史档案馆，转引自欧阳哲生编《傅斯年文集》第7卷，第404页）

按：郑毅生即北大教授郑天挺，当时郑天挺参与教育部平津区教育复员辅导委员会事务。此件作于1945、1946年间。

傅斯年、梅贻琦

梅贻琦(1889—1962),字月涵,天津人。1909 年留学美国。1914 年回国,任教于清华学校。1926 年起,历任清华大学教务长、留美学生监督处监督、校长。抗战爆发后,率校南迁,任西南联合大学校务委员会常委兼主席。1940 年,被伍斯特理工学院授予名誉工程学博士学位。抗战胜利后,任清华大学校长。1948 年旅居美国。1953 年任台湾驻美文化事业顾问委员会主任委员。1958 年任台湾教育主管部门负责人,兼台湾清华大学校长。1962 年当选台湾“中央研究院”院士。著有《清华学校的教育方针》《教授的责任》《大学一解》等。

傅斯年简历本书已录,此处从略。

去电(1946 年 1 月 4 日)

昆明西南联合大学、重庆聚兴村中央研究院宿舍

傅孟真、梅校长月涵先生亲译:

密。部定收复区专科以上学校教职员甄审办法及甄审委员会组织章程,计当达览。顷与雪屏、一山谈及此事,佥以为此间环境特殊,委员组织似不必公开,一切工作在严密方式下切实推进,以防意外,而收实效。尊意如何,盼速电示。

弟沈兼士

子支(35 年 1 月 5 日下午发)

(中国第二历史档案馆藏档,卷宗号:五[2]-586)

按:电函中“35 年”为民国纪年,公历为 1946 年。

何思源

简历本书已录,此处从略。

去电(1946年6月17日)

急,济南

何主席惠鉴:

女师教员齐白江系辅大教育系毕业生,并为华北文教协会会员,品行端正。顷闻以嫌疑被捕,如无重大情节,请即准予保释为感。

沈兼士、张怀

35年6月17日

(中国第二历史档案馆藏档,卷宗号:五[2]-586)

按:电函中“35年”为民国纪年,公历为1946年。

李宗仁

李宗仁(1891—1969),字德邻,桂林人。早年就读于广西陆军小学堂、广西陆军速成学校。1910年加入同盟会,后参加护国战争、护法战争。1922年任广西自治军第二路总司令,后组成定桂讨贼联军,任总指挥,统一广西。1926年任国民革命军第七军军长,参加北伐战争。抗战时先后任第五战区司令长官、汉中行营主任,指挥徐州会战。抗战胜利后,任北平行辕主任、国民党政府副总统。1949年任代总统,同年赴美国。1965年回国,在海内外产生重大影响。

去　信

德邻主任先生钧鉴:

接奉手示,敬悉一是。槐里胡同万将军房舍业转知临时大学补习班陈主任,转饬附属医院即速誊让矣。谨复,敬请

崇安

沈兼士谨上

十二月十五日

陈秘书查前函转去万委员。

雪村

十二月十七日

(原件图片,北京翰海拍卖公司2003年夏季拍卖会拍品)

按:此信作于1945、1946年间。"万将军"指曾任国民党第一集团军副总司令、辽宁省政府主席万福麟。

赵迺抟

赵迺抟(1897—1986)，又名乃抟，号廉澄，浙江杭州人。1915年考入北京大学预科，后升入本科。1923年留学美国哥伦比亚大学，后获博士学位。1930年任南京中央政治学校教授。1931年任北京大学教授。1938年任西南联合大学教授。1945年回北平，参与北京大学复员事宜，兼任北平临时大学补习班总务长。1946年任北京大学教授兼经济系主任。著有《欧美经济学史》《商业循环》《社会主义史》等。

去信

廉澄先生直鉴：

尊纸一幅涂就送上，殊不清□，歉歉。友人王叔梅先生曾任俄文法专校长及平大法学院教授多年，沦陷期间被敌人逮捕，艰苦不屈。八年来穷困之极，颇欲在北大法学院担任功课。附上课目一纸，敬乞期酌延聘为荷。顺颂

教祺

弟兼士拜启

八、十九

(原件图片，西泠印社2018年春季拍卖会拍品)

按：此信作于1945年至1947年间。王叔梅即王之相(1891—1985)，字叔梅，辽宁绥中人，曾任北平大学、东北大学教授。

杭立武

杭立武(1903—1991),祖籍浙江杭州,出生于安徽滁县。1919年考入南京金陵大学,修政治学。1925年起留学英国、美国,获伦敦大学博士学位。1929年回国,任国民政府考试院编纂兼金陵大学教授。1930年任中央大学教授兼中央研究院特约研究员。1932年任行政院中英庚款董事会总干事。1944年任教育部常务次长。1946年任教育部政务次长,协助策划战后教育复员,主持在北平、南京等地分设临时大学补习班。1949年任教育部长,同年去台湾。

去信(1947年7月4日)

立武次长勋鉴:

查伪满之影印《清实录》经贵部接收后,贮藏于国立沈阳博物院筹备委员会,曾令知各文教机关径行洽领在案。该项《实录》内容与日寇有关文字多已删除,本院拟请分配一部,以便与原本校勘,另编补遗刊物。除已向贵部电请配发一部外,并将邮费已如数径寄国立沈阳博物院筹备委员会矣。兹特函达,敬希令饬该会拨寄一部,无任感盼之至。专此布达,敬颂

勋祺

弟马衡、沈兼士

卅六年七月四日

(原件,故宫博物院藏)

按:马衡时任北平故宫博物院院长,沈兼士为故宫博物院文献馆馆长。信中"卅六年"为民国纪年,公历为1947年。

罗振玉

罗振玉(1866—1940),初名宝钰,应童子试时改名振玉,字式如,又字叔蕴、叔言,号雪堂,祖籍浙江上虞,生于江苏山阳(今属淮安市楚州区)。富收藏,精书画、金石、考古,对古钱印考评尤精辟。1896年在上海创立学农社,并设农报馆,创《农学报》,专译日本农书。1898年创办上海东文学社,教授日文。1906年奉召入京,任学部二等谘议官,后补参事官,兼京师大学堂农科监督。辛亥革命后逃亡日本,后曾参与伪满洲国活动。1936年任满日文化协会会长。著有《殷墟书契》《殷墟书契菁华》《三代吉金文存》等。

1922年1月,北京大学研究所国学门成立,沈兼士任主任。不久,研究所国学门聘请罗振玉为通讯导师,指导研究生学习。

去　信

雪堂先生侍右:

兹送上《史学杂志》一册,内有莫利逊文库展览会陈列品目录,请查阅。敬请

晚安

兼士拜启

静安先生并候。

(马奔腾辑注《王国维未刊来往书信集》,第61页)

按:莫利逊(1862—1920),澳大利亚人,1897年任伦敦《泰晤士

报》记者，来华并留居北京达20年之久，爱搜集各类西文书籍，决心完成“欧西文献之东亚文库”，并对外开放，人称“莫利逊文库”。信中“静安”即王国维（字静安）。

马裕藻

马裕藻(1878—1945),字幼渔,浙江鄞县(今宁波市鄞州区)人。1903年公费留学日本东京帝国大学,后转学早稻田大学。1911年回国,任浙江省教育司视学。1913年任北京大学教授,后任研究所国学门导师。1921年至1937年,兼任北大国文系主任。又在北京女子师范大学兼课,任国文系主任。1937年奉命留守北大,保管校产。抗战时期拒任伪职。著有《戴东原之音韵》等。

沈兼士与马裕藻在日本留学时,曾同随章太炎攻读语言文字学。以后又长期在北京大学同事,关系极为密切。

去 信

幼渔兄鉴:

前承静安先生面允,代为修改伊凤阁博士《西夏国书略说》,兹将原稿送请费神转交静安先生。想已移居入织染局新居矣!此请

著安

弟沈兼士拜启

六、廿九

(马奔腾辑注《王国维未刊来往书信集》,第62页)

按:《西夏国书略说》后改名为《西夏国书说》,发表于北京大学《国学季刊》第1卷第4号(1923年12月)。

顾　随

顾随(1897—1960),字羡季,笔名苦水,别号驼庵,河北清河人,著名学者。1917年入北京大学英文系读书,后任山东青州中学国文、英文教员,济南《民治日报》记者,济南女子职业学校、山东省立第一女子中学教员。1929年任燕京大学国文系讲师,1937年在辅仁大学、中法大学兼课。1941年任辅仁大学教授。中华人民共和国成立后任天津师范学院教授。

沈兼士任北大教授时,与英文系学生顾随并无联系。两人正式交往在1935、1936年间,当时两家住得比较近,顾随常到沈宅请教音韵训诂问题,发现沈兼士还擅长作诗。后来,顾随应聘到辅仁大学任教,与辅大文学院院长沈兼士成为同事,来往更加密切。

去　信

羡季尊兄大鉴:

辅大国文系主任余季豫先生拟浼先生为本校届毕业考试校外委员,嘱为先容,余必日内即当走谒面谭也。此请

撰安

弟沈兼士启

五月廿六日

(原件,顾随家藏)

按:余季豫即余嘉锡。

唐　兰

唐兰(1901—1979),字立厂、立庵,浙江嘉兴人,古文字学家、考古学家。1923年毕业于无锡国学专修馆。后执教于东北大学、燕京大学、北京大学、清华大学。抗战时,任西南联合大学教授、北京大学教授。1949年后,仍任北京大学教授兼中文系代理主任。1952年起,在故宫博物院任设计员、研究员、学术委员会主任、陈列部主任、美术史部主任、副院长。著有《殷虚文字记》《中国文字学》《天壤阁甲骨文存》等。

来　信

兼士先生左右:

本期授课时间参差,久未奉教,顷数闻言者,谓拙作《殷虚文字记》中尊意有甚不谓然者,未知确否?此书原拟发行,曾在北大附印二百部,然迄未装订,至今犹未取出,年来发觉其间尚有错误(如实品之误,此沿旧释),将来拟重写一本。关于图画文字问题,本为孙君发难,其所作序文,曾预携视,并为好事之徒系指兰而言,故写此书时,有所论及,信笔所言,不觉过甚其词,重写时自当修正也。惟关于此问题,兰尚有欲言者,铜器中之图画文字,前人多释为某形,如立戈形之类,然以近年一般研究古文字之结果,窃谓其非是。孙君乃取旧说而更张大之,昔人所认为文字者,今亦以为图绘,至如、、、、、等数十百文,亦不以为文字。举千百年来古文字学之成绩而推

翻之，怀疑之。虽式新奇可快，其胆未免太巨矣！铜器文字，今所知者，不越殷氏安阳所出，累累可征（《邺中片羽》两集即可见一斑）。其文字虽或近图画，实已多有形声，如毁（即《殷文存》戊辰彝）可确定为商末器，而有师、宝、彝、祀、咨、遘等字。卜辞之多形声文字，则尚远在武丁以前，夫文字之可分意符、声符两时期，犹考古家分石器时代、铜器时代也。世界诸古文字由意符时期，而变入声符时期，均须极长之时间，而殷商一代至多不过数百祀，而谓于盘庚迁殷之后，盛行音符之商代，尚有无数未凝固之文字，岂其然乎！昔人于铜器文字之所谓某形者，今大抵见于卜辞，如（《片羽》冀铙）所谓子抱孙形也，而卜辞多有字，若“贞冀及穽宄”是也（《佚存》一片）。如所谓格上三矢形，尊綦形，近人所释为奉尊形者也，而卜辞数有字，若“觙其遷至于攸若”（《前编》五、卅、一片）是也。及，前人所谓立戈形也，而卜辞作与，若“□方其戈□”（《校编》上廿、二、一片）是也。如，所谓子执旗形也，而卜辞有字（《粹编》二，五六片）其辞云“□午卜，……羌甲乡……□族”（郭释族甚确）。如所谓足迹形也，而卜辞有疋字，作、等形（《佚存》三九二片）。如所谓荷戈形也，而卜辞数十百见。凡此之类不可具数。鸟兽器物之形，卜辞所书或较铜器更为逼肖，然则前人所谓象某形者，自卜辞文字之研究发展后，已失其说之价值矣。且谓彝铭之一部为图绘，而非文字，其说之本身，即有极多之矛盾。父丁鼎之黾，可谓为图绘矣，父辛鼎之木字，父辛鼎之字，亦为图绘乎？抑同样词例之中，或为图绘，或谓文字乎？孙君殆有鉴于此，故以寻常习见之文字，均归于图绘。然其例至不画一，如门且丁毁之门字，仍以为文字是也，且同一字，子子韦鼎、子寮鼎、子父戊毁之属，则以为子字，而于子父癸鼎，则以为图绘。同一字（或）于弟丁鼎，则误释为叔字，而于弟卣，则又以为图绘。然则此图绘与文字其界限固何在邪？兰谓之不知而作，斥之虽嫌太过，然其操觚之率尔，足以贻误来学，亦不得不辨也。以常理言之，凡铭辞中均为文字，今乃不然，截其一部为文字，而别一部为图绘，此图绘究何由而间杂于文字邪？若乍父乙彝鼎之类，其所谓图绘，每冠于作字之上，此又何故？说者均谓此氏族之标识，其言诚是也。然氏族标识在当时岂只能目视，不能口乎耶？苟能以言语传达之，则作一龟形、一龙形，在古代，必有固定之读法，即云声义时有流变，然在同一时期，同一地域中必有大众公然之一定读法，虽欲谓为非文字，其可得乎？父𣪘盘之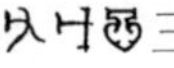三字（𣪘字旧误释为尊形），字如非文字，则象手执斧，象戈戚之属，亦当例为图绘，而非文字，乃为彻底也。铭文之氏族徽号往往多合文，如亞𠤕两字合为，亞高二字合为之类，然间有厕于铭文中者，如蔺亞角云“王易蔺亞嚣奚贝”之蔺亞是也。又铭文中亦有近于图画之字，如矢白只卣之只字，作是也。凡如此类，假非文字，则全部商代及初周彝铭，均非文字矣。盖昔日学者所见商器极少，为周秦文字所囿，故于其较近图画者，谓之象某形，此限于时代及材料使然，本不足病，近年来大器滋出，而卜辞文字甚多，足相印证，昔之以为奇字者，今大都可识，而犹袭陈说，而废实证，且出之于辑《甲骨文编》之孙君，是犹可怪骇也。目前所见古文字，大都为殷周文字，已为声符时期，其前当有纯用意符之时期，第无多材料可考耳。然无论其为声符或意符，其在当时某一地域内，必有群众公认之读法，非此则不得为文字矣。至于若干区域内读法不一致，或若干时间内声义之有流变，此则文字之本质，不能因此遂谓为未成文字也。若谓鱼鸟等字，在商时，未必与篆文同，遂以为非文字，则汉唐之读法又岂与今日同？朔方之等法亦岂与闽粤同？可谓汉唐之时未成文字，闽粤之地竟无文字邪？生于数千年后，欲识周秦间人所不尽识之文字，本非易事，方孜孜矻矻以识一字，析一音，为务之不暇。而孙君之言，足以尽摧毁古文字学已有之成绩，使研究古文字者，重堕于黑暗之渊。虽其言未必即开一时之风气，要之足以淆惑一时学者之视听也。是非积久乃定，苟卜辞、金文不致斥于学者，则将来此问题自有定论。敬惟先生惟斯学之此辰，于今时各说权衡取舍之间，自具卓见。更望俯

赐论定，俾为后学先导，此不仅兰一人之幸也，唯进而教之。专此，
敬请
文祺

后学唐兰谨上
七日晚

（唐兰《唐兰全集》六，上海古籍出版社 2015 年版，第 182—184 页）

北京大学同学

去信(1920年12月13日)

本校征集歌谣,到现今已经三年了。所有征集的成绩,一总不过一千七百余首,有几省分还一首都没有。但是期限已到,明年本校纪念日的时候,汇编应该出版了。我们现在仍是欢迎投稿,但一面也想筹备编辑的进行方法,值适得到常维钧先生的来信,所以我们便决定发起一个歌谣研究会,请同学中有研究歌谣的兴味者自由加入,共谋进行。校外有热心的人,也可以由会员绍介入会。详细的办法要等第一次开会时公同讨论,现在只将我们拟定要做的事项开列于下,请诸君注意。

(一)整理歌谣汇编的稿本　　审音、定字、分类排比。

(二)编刊汇编以外的一地方的歌谣专集　　由会员个人分别担任编辑,大家加以帮助,供给比较研究的资料。

我们预定本年年假以前,开第一次会,商议一切,自明年起分别实行,诸君愿加入的请于十九日以前投函本校第一院国文学教授会为要。

沈兼士　钱玄同　周作人

十二月十三日

(《北京大学日刊》1920年12月14日)

按:1918年2月,《北京大学日刊》发表《北京大学征集全国近世歌谣简章》,号召全校师生以及全国各地学校与教育团体搜集民间歌谣。自“简章”发表至5月20日，“所受校内外来稿已有八十余起，凡歌谣一千一百余章”，选择部分优秀者在日刊发表。但五四运动后，这项活动渐渐偃旗息鼓。北大学生常惠(维钧)对此非常热情，后写信给国文教授会。国文系很重视，遂以沈兼士等三人出面发布此信，发起成立歌谣研究会，号召学生和校外热心人士入会。1920年12月19日，歌谣研究会成立，“由沈兼士、周作人二先生主任”。1922年1月，北京大学研究所国学门正式成立，歌谣研究会并入国学门，直至1927年11月20日《北京大学研究所国学门月刊》第7、8合刊出版后停止活动。

北京大学入学考试委员会

去信(1921年9月22日)

入学考试委员会诸先生：

我现在对于贵会有两个建议。

一件是请把自民国元年以来历届入学试验的各科题目，汇印分送各省学校(或发售亦可)。(一)可以考见本校对于各科试验方法是否逐渐改良，并其趋势如何。(二)使全国一般中学校都很明了本校考试的程度和趋向，以便有所预备。即如近两届考试的数学卷子不及格者过多，未始非中学毕业的程度与大学入学试验的程度不相衔接之故。(三)每届落第的学生们可以本着这个程度和趋向，自行预备。而社会上也可以本着这个程度和趋向，为中学毕业生多设几个预备升学的讲习所，岂不是一举而数善兼备的事情吗？(四)倘能设法把北京专门以上各校的入学试验题目总汇起来，印成一本，那更好了。

一件是请把入学考试的国文试卷拨存国文学系参考室，以为教习和学生研究的材料。(一)我以此次阅卷的经验看来，国文全卷清通的卷子，恐怕不过十分之一二，其他卷中不通之点，很可以按照文法学的分类把他统计出来，作成一表，并须将考生的出身学校分别注明，以便查考某处某校有某种的毛病，这实在是一件有趣而有益的事情。(二)国文教习教授文法和修辞的时候，每每苦于没有参照说明的材料，而入学考试卷中可以供此等材料的文字，触目皆是，亟应搜取应用，这也是废物利用的一种好法子。（三）及格诸卷，似宜按照班次，分别存储于参考室里边，以便教习先行考查各个学生之程度，而后再施以相当之训练。

上面所说的两年事情，是否可行，尚祈斟酌。

沈兼士

九、二十二

（《北京大学日刊》1921年9月26日）

全体国民

去信(1922 年 4 月 1 日)

顷见上海三月二十六日《时事新报》及北京各报登载，“兹据日人方面消息，安居乾清宫之宣统，本年十六，已与蒙王之女郭佳氏订婚，本年秋间即须举行大礼。然因措办经费毫无所出，清室优待费又拖欠不发，遂拟将储存奉天之《四库全书》，以一百二十万元之价出售。一以稍苏积困，次亦以为宣统结婚经费。曾特派某某向驻京各国使署询有无买主。最后闻得日本宫内省前因法国购得朝鲜《四库全书》之一部分，甚为珍重，颇羡之，久欲得中国之《四库全书》，以壮日本观瞻。某某乃与日本驻京公使署接洽，请其购买奉天之《四库全书》。日使署当即电本国，宫内省以各国均欲得此世界珍宝，今乃送上门来，大喜过望，大有无论如何必须到手之意。现正在秘密交涉之中云”一节，令人不胜诧异之至！查《四库全书》本有七部，即文渊、文津、文溯、文澜、文源、文汇、文宗是也。今惟存文渊、文津、文溯、文澜四阁之书。然文澜所藏已非完备。惟文渊、文津、文溯三阁岿然独存。今文津已归京师图书馆，文渊尚在文渊阁中。文溯于民国三年政府曾派员将原书运京，由内务部派员点收，庋藏于保和殿中。今爱新觉罗·〈浑〉[溥]仪竟胆敢私行盗卖与外国人，不但毁弃宝书贻民国之耻辱，抑且盗窃公产，干刑律之条文。同人等身属民国国民，为保存我国文献起见，断不容坐视不问。兹拟请北京大学速函教育部，请其将此事提出国务会议，派员澈底清查，务须将盗卖主名者，向法庭提起诉讼,科以应得之罪,并将原书全部移交适当机关,妥为保管。再查照优待条件,爱新觉罗·溥仪本应迁出大内,移居颐和园中。至于禁城宫殿及所藏之图书古物,皆系历代相传国家公共之产。其中如文渊阁《四库全书》之类,尤为可宝。——四库成书,文渊最早,惟文渊为最精。其他文溯、文津、文澜三阁之书,不但字迹潦草,且卷数亦不甚可靠。——亟宜一律由我民国政府收回,筹设古物院一所,任人观览。如此办法,既足以供研究学术者之参考,亦可使帝制余孽稍戢敛其觊觎侥幸之逆谋,准理酌情,实属两当。特将此意公布之于国人。凡我同志,其共图之。

沈兼士、沈士远、单不庵、马裕藻、朱希祖、马衡、钱玄同、周作人

中华民国十一年四月一日

(《北京大学日刊》1922 年 4 月 20 日)

按:《四库全书》是清代乾隆时期编修的大型丛书,分经、史、子、集四部,故名"四库"。沈兼士等北大教授得知以溥仪为首的逊清皇室打算将奉天版《四库全书》卖给日本人,联名发表此公开信,表示强烈反对。于是,京城社会舆论大哗。迫于各界压力,溥仪被迫放弃出卖此书的念头。

北京大学研究所国学门研究员

去信(1922 年 4 月 26 日)

启者，查本学门研究规则三条，“研究生须将关于研究之经过及其成绩，随时报告，以便在本学门所办之杂志中发表，或刊入丛书”。现规定于每学期之终，报告成绩一次。本学年研究员务请于暑假前将研究之经过及其成绩，报告至本学门，以便汇齐交委员会审查。

研究员对于本学门之设备及阅览图书方面，倘感有缺乏或不便之处，请随时函告，以便逐渐改良，是为至盼。

十一、四、二十六

(《北京大学日刊》1922 年 4 月 27 日)

按:这是沈兼士以北京大学研究所国学门主任的名义给全体研究员的信，要求大家于暑假前将研究经过及成绩上报，以便汇齐交委员会审查。信中“研究员”也称研究生。

北京大学教职员委员会

去信(1923 年 1 月 12 日)

敬启者，本校教职员会，原议半年改选一次，现在时期已满而主席又早经声明辞职，本会召集无人，同人等因此提议，于本月十五日(下星期一)上午十二时，在第一院接待室会商办法(备有午餐)。届时务请贲临为荷。顺颂

公绥

徐宝璜、杨栋林、黄世晖、马裕藻、郑阳和、

周同煌、胡春林、沈兼士同启

十二年一月十二日

(王学珍、郭建荣《北京大学史料》第二卷下册，

北京大学出版社 2000 年版，第 2370 页)

北京大学全体教职员

去信(1923 年 1 月 26 日)

本校自蔡校长离校后,由本校教职员全体于二十一日开大会,一致议决组织一临时代表会,办理挽留校长及其他一切相关事宜。本会根据大会之决议,即于当晚成立,并议定每日下午四时在第一院教务长室开会讨论进行事宜。本校同人若有相商事件,请于本会开会时间,在该处与弟等接洽为幸。

蒋梦麟(副主席)、顾孟余、谭熙鸿、陈启修(主席)、何基鸿、杨栋林(书记)、罗惠侨、马裕藻、朱希祖、陶履恭、王星拱、沈兼士、沈士远、王世杰(副主席)、黄右昌、郑阳和、胡春林、丁燮林、徐宝璜、马叙伦、周同煌等同启

(《北京大学日刊》1923 年 1 月 26 日)

按:参阅本书 1923 年 1 月 19 日沈兼士等致黎元洪信及编者按。

北京国立各大学校长

去信(1925年6月15日)

径启者，此次沪上工学界被英日人惨杀，国人莫不发指，弱国对外，武力既难以敌人，所恃者敦在经济绝交，冀足制敌人死命。窃意罢工罢市不宜波及全国，致徒增若痛。惟上海租界内已实行罢工罢市，自必须坚持到底，方可望收外交胜利。此次失业之同胞，据报载不下二三十万，亟待救济，设不幸一旦接济难继，交涉缘之失败，虎头蛇尾之讥，所关尚小，国脉因而斩绝，所关实大。今假定只十万人按最〈抵〉[低]生活计算，已需五万元。今虽各方已纷起募捐，预料所得恐仍有限，故不可不筹一大宗之接济。同人等以为莫如由此次政府所拨给国立各校积欠经费一百五十万中提捐十万。前北大教员大会时，曾有人提议将此款一百五十万全数捐作救济沪案失业者之用。同人等以为教育界自身亦殊困穷，此议非惟过于高调。即教育界愿全数牺牲矣，而政府亦决不能将款即行付出。今若提捐十万，在分得此款各校想不致有人持何异议，而要求政府立时付出，为数有限，恐亦不便拒绝推诿。用是同人等谨向列位校长先生提议，“请国立各校从政府应允拨给之积欠经费一百五十万内，提捐十万，为救助沪案失业工人之用”。此款请政府饬财政部如数立时付出，交各位校长即日汇至上海。如荷赞同，务希即日议决进行，不胜感幸。再尚有欲声明者，列位校长先生各为本校之正式领袖，有处分学校财政之全权；以此款不及十分之一捐助失业同胞，教育界同人自无不表同情，似无须再征求任何一方教职员之意见，致误迫切之时机也。

沈兼士　李四光　高仁山　陈映璜　萧友梅　谭熙鸿　胡　适
陈翰笙　王家吉　马裕藻　顾振福　孙庆霖　茅乃煌　林玉堂
陈大齐　查良钊　陈彰祺　余天休　刘玉峰　刘天华　徐炳昶
马寅初　朱家骅　颜任光　黄文弼　徐诵明　徐佐夏　张歆海
朱希祖　张　煦　杨敷海　李书华　余文灿　郑　奠　章廷谦
吴承洛　罗惠侨　郑阳和　顾颉刚　苏甲荣　陶　玄　杨荫庆
周同煌　孙云铸　陈政仝启

十四年六月十五日

（《北京大学日刊》1925 年 6 月 16 日）

按："沪上工学界被英日人惨杀"指同年 5 月 15 日上海日本纱厂厂主枪杀罢工工人代表顾正红，以及 5 月 30 日公共租界英国巡捕杀害声援顾正红的工人、学生代表 30 多人事件，史称"五卅惨案"。这场惨案激起上海乃至全国人民的愤怒，各地纷纷罢工、罢市、罢课表示抗议。沈兼士等北大教授得知上海大批工人因罢工罢市，生活困难，亟需接济，遂发表此信，请北京国立各大学校长将部分教育经费拨给上海方面，"为救助沪案失业工人之用"。

北京大学同人

去信(1925年8月26日)

敬启者,阅报知胡适等十七教授对于评议会通过不承认章士钊为教育总长一案有所抗议;我们系赞成该议案的人,也有意见想表示一下。

查本校以学校名义否认无耻政客为教育长官,最早有反对彭允彝一案,当时全校一致,别无异议。现在胡适等十七教授虽是主张"政教分离",但似并无否认彭案前例之意,所以不承认无耻政客为教育长官,事属可行,当无疑义。

章士钊与彭允彝同为无耻政客,彭允彝"干涉司法独立,蹂躏人权",致引起知识阶级的义愤,蔡校长的不合作,与本校的宣言否认;章士钊摧残教育,蹂躏人权,并且贡谀说诳,不要人格,其卑鄙龌龊不亚于彭允彝,而有害于中国教育前途则尤为过之。据胡适教授等的意见,本校倘若对于教部取否认之极端手段,"应以教部对于本校地位有直接加害行为之场合为限"。查彭允彝引起蔡校长辞职及本校否认之理由,即在其越权参与查办罗文干一案。罗文干虽曾为本校讲师,但此次之被构陷,实因其为王内阁(即所谓好人内阁)阁员的缘故,本校于地位上本未受到什么直接的损害,徒以为正义故,尚且那样地反抗。现在章士钊对于北京教育下手摧残,更凭借权位提倡复古,仇视新文学新思想,与罗文干案相较,彭其加害于教育界者更为直接更为猛烈。本校本反对彭允彝的精神,当然更应反抗。此理本至明显,不待识者而后知,且与胡适教授等的意见亦正相合者也。

至于关于经济方面,则现在情形与彭允彝时代并无差异。章士钊到任以来,曾为北京大学筹过若干经费,本校同人当各知悉。即使章士钊真能按月拨付,或并清偿积欠,但既是彭允彝一样的无耻政客,同人亦当为公义而牺牲利益,维持最高学府之尊严。如若忽变态度,抛弃历来所叹赞提倡之"狂狷的精神",而采取"有奶便是娘"主义,我们不能不为北大同人羞之。

胡适之先生在《努力》三十九期上说得好,"教育界攻击彭允彝,并不是攻击他本身,乃是攻击他所代表的东西。第一,他代表无耻。第二,他代表政府和国会要用维持一个无耻政客来整饬学风的荒谬态度"。我们再加一句,"第三,他代表文字思想道德制度上的复古运动"。这就足以说明"章士钊代表什么",而反对章士钊为教育总长之合理,也就显而易见了。

评议会为大学最高机关,所议决案件,他种机关当然无推翻之权。此次反对章士钊为教育总长一案,评议会中反对此案的少数评议员,在会场中两次均参加表决,在闭会以前评议会书记朗读此案原文时,少数反对派之评议员亦均在场,明明认此案之成立已无疑义。我们特将对于此案的意见,敬为诸同事陈之,幸赐鉴察。

王尚济　朱希祖　李煜瀛　李书华　李麟玉　李宗侗
沈士远　沈兼士　沈尹默　周作人　马裕藻　马　衡
徐炳昶　冯祖荀　杨震文　谭熙鸿　顾孟余

十四、八、二六

(《北京大学日刊》1925 年 8 月 29 日)

按:1925 年 5 月,女师大风潮爆发,沈兼士、鲁迅等教授发表《对于北京女子师范大学风潮宣言》,公开支援女师大学生的正义斗争,矛头直指女师大校长杨荫榆。以后,教育总长章士钊公开支持杨荫榆。于是,北大评议会议决脱离教育部,但遭到胡适等教授的反对。于是,沈兼士等发表此信,提出支持反对章士钊的意见。

国民政府

去信(1928 年 7 月 8 日)

敬启者,故宫博物院自十三年十一月摄政内阁时期,为贯彻革命目的,劝导溥仪出宫,由李石曾先生等组织,办理清室善后委员会,接收故宫及颐和园,以及前清室内务府所属一切财产。约集社会各界人士,合力工作,并于十四年十月成立故宫博物院,以期保存数千年来吾国文化之精粹,并由国民军鹿总司令瑞伯担任保卫。十五年四月,国民军退出北京,当经李先生及鹿总司令及善后会同人等,公推庄思缄先生继续维持。十五年十一月复由同人公同组织维持会管理,而宫外财产以失去军队之保卫,如颐和园及一切其他房产,或为军阀还诸清室,或为各官署任意私卖占据。其时反动分子、清室余孽对于本院事业,摧残破坏,无时或已,并于冯总司令、鹿总司令、李先生及同人等任意造作蜚语,诋毁诬蔑,无在不用其极。本院仅得保存,不绝如缕。其间杜锡珪内阁时,明令赵尔巽等接收本院,危害同人,几经奋斗抵抗,始得无事。情势尤殆,十六年十一月奉方另组管理委员会,强欲接收,所幸委员长王聘卿先生尚能继续保管,以至今日。兹国民政府光复北平,并经议决委派易寅邨先生接收在案,本院幸得出险。方庆文化事业幸以不坠,乃闻国府经委员亨颐提议,认故宫文物为逆产,废置故宫博物院,拍卖院内所有一切物品等语。无论故宫文物为我国数千年历史所遗,万不能与逆产等量齐观。万一所议实行,则我国数千年文物不散于军阀横恣之手,而丧于我国民政府光复故物之后，不幸使反动分子、清室余孽当时横加蜚议者，今乃振振有词。同人等声誉辛苦固不足惜，我国民政府其何以自解于天下后世。拟请迅电主持，保全故宫博物院原案，不胜万幸。

故宫博物院接收委员沈兼士、俞同奎、马衡、吴瀛、萧瑜仝启

七月八日

（北京《益世报》1928年7月8日）

按：信中“乃闻国府经委员亨颐提议，认故宫文物为逆产”，指是年6月27日国府委员经亨颐向国民政府递交了“废除故宫博物院，分别拍卖或移置故宫一切物品”的提案。此提案一经披露，引起社会各界的密切关注和强烈议论。两天后，国民政府召开会议，通过了经亨颐的提案。消息传来，故宫博物院同人强烈反对，联名拟成此件，呼吁各界一起抗争，保护千年文物。

国民政府特派接收北平府院办公处

二次北伐实现“会师北京，完成统一”后，国民政府着手自奉系手中和平接收北京。1928年6月，国民政府设立特派接收北平府院委员会，任命周震麟为特派委员，负责总体接收事宜，并管理各部院所派专员的接收事务。该委员会即在北平设立办公处，从事具体接收事务。

去信（1928年7月10日）

径启者，准函开“奉国民政府常务委员歌电内开‘清史馆应由府接收，其他不属各部院之机关，如军机处、殿阁、书房等书籍案卷亦须查明’等因，兹由国民政府秘书汪洛、高近宸前往接洽，即希查照”等因到院。查本委员等接准易部长培基寒电开“马叔平、沈兼士、俞星枢、萧子昇诸兄鉴：弟奉中央令接收故宫，请诸君先行负责保管，不日北来再谋善后，已电百川兄矣”，嗣又接准易部长筱电开“吴景洲兄转马叔平、沈兼士兄鉴：（寒电）计达，清史馆系故宫一部分，请即同时接收，接收故宫并请景洲加入”各等因。业由本委员等于六月二十一日接收故宫博物院，并于同月二十八日接收清史馆各在案。至军机处、殿阁、书房等处系属故宫内部房屋，其档案书籍亦于本院成立后经图书、文献两部分别清理编目矣。除业与贵处汪、高两秘书面洽外，相应函达查照。此致

国民政府特派接收北平府院办公处

故宫博物院接收委员马衡、沈兼士、俞同奎、吴瀛、萧瑜启

十七年七月十日

（原件，故宫博物院藏）

按：百川即时任京津卫戍司令阎锡山（字百川），吴景洲即吴瀛（字景洲）。

附：国民政府特派接收北平府院办公处致故宫博物院信（1928年7月10日）

径启者，大函奉悉。查清史馆为中华民国之机关，固非故宫之一部分，应由敝处接收亡清军机处及殿阁、书房之书籍案卷而已，并未涉及故宫内部房屋也。敝处既奉国民政府电令，自应遵照办理。兹准贵委员等来函惟有抄录原文电请国民政府核示，俟奉到复电后，再行函达。此致

故宫博物院接收委员

国民政府特派接收北平府院办公处

七月十日

（原件，故宫博物院藏）

去信（1928年7月18日）

径启者，准函内开"顷奉国民政府铣电，除亡清军机处及殿阁、书房之书籍文卷不必接收外，清史馆仍应由敝处接收。现由国民政府汪秘书洛、高秘书近宸前来接洽，务希点交，以符原案"等因。除已电请易部长核复，一俟得复再行函达。贵处并业与高秘书电洽外，相应先行函复查照。

国民政府特派接收北平府院办公处

故宫博物院接收委员衡、兼、奎、瀛、瑜启

七月十八日

（原件，故宫博物院藏）

故宫博物院

故宫博物院成立于1925年10月10日，位于北京故宫紫禁城内，负责保管明清时期遗留下来的皇家宫殿和旧藏珍宝，形成古书画、古器物、宫廷文物、书籍档案等几大类数量庞大的珍贵藏品。

沈兼士从1924年清室善后委员会成立起，就参与清点、保管故宫文物事务。后来又担任故宫博物院文献馆副馆长、馆长，负责整理故宫文献档案。

来信（1931年6月4日）

径启者，查本院前拟处分无关文化一切皮货、药材、食品、绸缎等物，及宫门外破屋材料等物，曾由理事会临时决定《监察委员会规则》，呈奉国府行政院照准备案。兹拟成立临时监察委员会，遵照该《规则》第一、二条之规定，处分无关文化历史文物品，订于是月七日（星期日）上午十时，在本院开会讨论一切，届时敬希拨冗莅临为荷。此致

李理事长石曾、李理事玄伯、俞理事星枢、江理事叔海、沈副馆长兼士、马副馆长叔平、吴秘书景洲、袁副馆长守和、沈先生尹默、程先生松生、刘先生半农、徐先生旭生

故宫博物院启

二十年六月四日

（原件，故宫博物院藏）

按：沈兼士时任故宫博物院文献馆副馆长。

来信(1932年8月18日)

径启者,兹订于是月二十日(星期六)上午十时,在东华门内传心殿开在平理事第三次会议,敬希届时拨冗莅临出席为荷。此致
各理事

北平故宫博物院启
八月十八日发
(原件,故宫博物院藏)

按:沈兼士作为故宫博物院理事,收到此函并参加此次理事会议,出席会议的还有熊希龄、柯劭忞、胡若愚、易培基、俞同奎、马衡、江瀚、李宗侗、张溥泉、张岳军、张汉卿、陈垣。会议主要有两项议题:一、推张理事继敦促黄理事长郛速行就职。如黄理事长势难北上,即推江理事瀚代理理事长。如黄理事长决辞时,即推江理事瀚继任。二、通过密呈国民政府及行政院应付时局案。

中国考古会

中国考古会是由考古学家顾鼎梅、关百益、田玉芝，美术家刘海粟、滕固、王济远等发起，于 1933 年 5 月 14 日成立的第一个全国性考古研究团体。时任中央研究院院长蔡元培任该会主席。

来信(1933 年 5 月)

中国历代遗物，非仅欣赏美术之所宜珍袭，抑亦研究历史之必要资料，无论政府社会，皆有维护搜讨之责，顾比年以还，灾事迭兴，胜区零落，现存遗物与夫出土宝藏，不罹自然销亡，即遭海外劫夺，社会人士深痛惜之。蔡孑民、叶誉虎、刘海粟、顾鼎梅、关百益、王济远、滕若渠诸先生有鉴于此，特发起中国考古会，以群力搜考先民遗泽，维护前代文物砌磋流通，相观而善。曾于三月十四日至十五日举行筹备会议，经决议敦请先期署名发起，以资提倡，并订于五月十四日下午二时假上海亚尔培路五三三号明复图书馆开成立大会，如荷赞许，即希届时并恳拨冗贲临，共观厥成，文化前途，不胜幸甚。

中国考古会

(《申报》1933 年 5 月 13 日)

按：这是中国考古会正式成立前致海内外专家学者的通函，内容为邀请大家参加该会于 1933 年 5 月 14 日下午在上海明复图书馆举行的成立大会。沈兼士也在被邀之列。

北平大学农学院同人

去信(1937 年 1 月 16 日)

近接上海鲁迅先生纪念委员会筹备会启事一则,内云:"鲁迅先生纪念委员会筹备会是办理正式纪念委员会组织事宜的临时机关,经过情形,已见公告。现在筹备会已敦请沈兼士、周作人、许寿裳、马裕藻、曹靖华、齐宗颐等先生为正式纪念会委员,并且已蒙诸先生同意了。这正式的纪念委员会中还包括了国际的文化界名人,日本方面已经接洽就绪,欧美方面已去接洽,不久也可以有回讯。

关于永久纪念办法,筹备会已收到了许多提议。'纪念文学奖金'是其中之一。这既可以纪念鲁迅先生在文化上的功业,也可以发扬鲁迅先生提掖青年的精神,用意甚善。不过既要建立文学奖金,就先得有基金,现在拟先募集基金。至于纪念奖金的详细办法,将来等正式纪念委员会成立以后,另行拟订。筹备会本已委托各地中国银行信托部代收各界输捐之纪念资金,现在为求便利起见,特商请沈兼士、周作人、许寿裳、马裕藻、曹靖华、齐宗颐诸先生负责收集后代交银行再发收据。盼望各界热心人士共襄盛举,就近与前述诸先生接洽,至为感荷。鲁迅先生纪念委员会筹备会启。"

凡热心人士有愿输捐者,请将芳名并捐款示知为荷。一俟捐款有相当成数,即当汇沪请筹备会发给正式收据,以昭信实。

沈兼士　周作人　许寿裳　马裕藻　曹靖华　齐宗颐谨启

一月十六日

（《本校许院长寿裳等为鲁迅先生“纪念文学奖金”致本院同人》，
《农讯》第49期[1937年2月1日]）

按：《农讯》为北平大学农学院所办刊物，沈兼士的章氏（太炎）同门师兄许寿裳时任该院院长。

北平辅仁大学同人

去信(1938 年 11 月 22 日)

敬启者，本校上年组织冬赈会，开办粥厂，救济附近贫民，成绩颇著。现值冬季，仍拟续办。同人等提议照旧捐薪一日，连同本校董事、校友及学生捐款，充作粥厂及施舍旧棉衣之用，谅荷赞同。如有特殊情形，不愿照数捐施，敬希于本月二十八日前函示本校秘书室为祷。专此，敬颂

教祺

张　怀　胡鲁士　严　池　沈兼士　陈　垣

张汉民　雷　冕　英千里谨启

二七、十一、二二

(北京师范大学档案馆藏档，档号：6.1-00682-0001)

按：沈兼士时任辅仁大学教授兼文学院院长。

去信(1939 年 12 月 2 日)

敬启者，本校历年组织冬赈会施粥，救济附近贫民，成绩颇著。值兹百物昂贵，所需煤、米价格较往年倍增。又附设施诊所，治疗一般贫苦妇孺，每月所费方巨。同人等提议照旧捐薪一日，连同本校董事、校友及学生捐款，充作粥厂及施诊所并旧棉衣等用费。谅荷赞

同，敬希查照。专此，顺颂

教祺

张 怀 胡鲁士 严 池 沈兼士 陈 垣

张汉民 雷 冕 英千里谨启

月日

（北京师范大学档案馆藏档，档号：6.1－00682－0001）

按：本件载于北平辅仁大学校稿纸，标题为“函达续办冬赈金照旧捐薪一日连同各捐款充作经费（中华民国二十八年十二月二日时封发）”。

去信（1939年12月4日）

敬启者，关于冬赈会捐薪一日一案，业已函达在案。如蒙赞同，拟于台端十二月份薪金内扣除。倘有特殊情形，不能“照数”捐助，敬希于本月二十日前函示本校秘书室为幸。专此，顺颂

教祺

张 怀 胡鲁士 严 池 沈兼士 陈 垣

张汉民 雷 冕 英千里谨启

十二月日

（北京师范大学档案馆藏档，档号：6.1－00682－0001）

按：本件载于北平辅仁大学校稿纸，标题为“函本校教职员（中华民国二十八年十二月四日时拟稿）”。

国民政府教育部

去信(1945 年 5 月 1 日)

敬陈者,窃兼士自三十一年十二月间脱险来渝后,而在辅仁大学所任教授兼文学院院长及文科研究所主任薪津即未支领(每月薪津共计伪平币七百二十元),于上年承陈前部长关垂,曾自动令嘱辅大仍支付全额原薪,但校方迄未照办。再兼士在辅大所任课程势必托人代授,其代课报酬自应由兼士设法拨付。嗣辅大逐年加薪,两年以来未领之薪津数目总计约一三四八二四元(详细数目另单附陈)。兼士在渝所入甚微,颇感艰窘,曾于上年在友人束君处挪借八万元以应急需,以限期将届,急待偿还此款。复以吐血初愈,医嘱须长期休养,否则恐难复元。为恢复健康计,拟辞去教职,安心调摄。惟素无积蓄,且乏固定收入,一旦退休养疴,不但日常费用无所挹注,即应偿之债款,以何归楚。言念及此,灰心已极。处此贫病交加之际,务恳钧部体念兼士年高贫病,允予将兼士应得辅大两年来之薪津约国币一三八二四〇元,准在辅大补助费项下扣拨,以济燃眉,不胜感戴之至。为此理合连同应得辅大薪津数目清单一纸,备文敬请鉴核。谨呈

教育部

私立北平辅仁大学教授兼文学院院长沈兼士

三十四年五月一日

附清单一纸(略)

(中国第二历史档案馆藏档,卷宗号:五-2693)

按:“陈前部长”指国民政府教育部部长陈立夫(1938 年 1 月至 1944 年 11 月)。1944 年 12 月,朱家骅接任教育部部长。

附:教育部致私立辅仁大学电
(1945 年 5 月 31 日)

私立辅仁大学:

据该校教授兼文学院院长沈兼士呈,以自三十一年十二月脱险来渝后,所有薪津全未支领。计自三十二年一月至本年十二月,共欠发伪平币贰万零陆百陆拾肆元,照函及时价格分别折合国币壹拾叁万捌千贰百肆拾元。现贫病交加,需款孔急,请准予由部垫付,将来在该校补助费项下扣抵,以济眉急等情。经查属实,已由部如数垫发,仰即知照。

教育部(　　)印

(中国第二历史档案馆藏档,卷宗号:五-2693)

去信(1945 年 5 月 20 日)

敬陈者,窃查私立北平辅仁大学被捕教职员英千里等二十一人,以不甘屈服敌伪,在校密施抗战教育,并倡导爱国工作。复于上年曾奉钧部指示,作抗敌运动,不幸为敌侦知,该教职员英千里等二十一人先后被捕。兼士留平眷属因受兼士之影响,同时亦被逮捕。事隔年余,确息毫无。兹得平方来信悉,被捕之教职员英千里等二十一人仍在敌狱,备尝楚木。而兼士眷属虽未久羁敌狱,但被敌伪监视极严,动辄传人拷询,苦不堪言。再英千里等二十一人及兼士在平眷属生活极感困难,又值平市物值飞涨,更难维持。处此困苦艰危之下,诚无良策拯救,惟有仰恳钧部体念兼士等眷属在平之艰苦,准予援例救济,而示矜恤,理合连同被捕教职员英千里等二十一人名单一纸,

备文敬请鉴核。谨呈
教育部

私立北平辅仁大学教授兼文学院院长沈兼士呈
三十四年五月廿日

附呈名单一纸(略)

(同上)

按:英千里(1901—1969),名骥良,字千里,满族,北京人。早年留学欧洲。1927年至1945年,任北平辅仁大学秘书长、教授。抗战爆发后留守北平,保护爱国师生,从事抗日宣传活动,曾两次被日伪逮捕入狱。

来电(1945年10月3日)一

地安门内慈慧殿三号
沈特派员兼士:

铁密。收复区纯粹敌方文化机关,如上海杂志社等,均应由各该特派员负责接收,统筹处置。盼切实与当地接收委员会主委妥商办理为要。

教育部
西江署

(中国第二历史档案馆藏档,卷宗号:五[2]-586)

来电(1945年10月3日)二

地安门内慈慧殿三号
沈兼士特派员:

铁密。申卅电悉,前□京沪诸□,谅未收到,兹再分别酌复□下:

(1) 各地伪组织所设□□私立专科以上学校处理问□,必须□

秘□重，其专□教育敌人或带有政治□□性者，接收后应一律予以□□。□□继续办理必要者，由本部规定设置地点，派员分考□。其□考□办者，由本部拨交办理。私立专科以上学校，未经本部认可者，如认为□继续□设置时，□□一律□□，报部核办。

（2）各公私立学校员生，应先将附逆有据者，速交军警机关，移送法办。其在敌伪专科以上学校担任教员及重要职员者，□将来亦不能令其继续在教□□任职。但曾负我方特殊任务，在原机关有案足资证明，或确曾参加抗日运动有据者，可继□用，将来并得分别奖励。

（3）敌伪设立之专科以上学校肄业学生，须由本部□□甄审委员会甄考合格，予以短期补习后□发。其已毕业学生，须经登记甄审合格，各机关□得任用。

（4）收复区私立专科以上学校，除附逆有据之员生照上项规定处理，□其未经立案者分□呈部核准外，则对于员生，可暂不闻问。

（5）中等学校员生，应经由省、市教育□局甄审合格后，教职员始准予继续服务，学生始能分发学校肄业。

以上各节希切实办理，具报为要！

教育部

西江秘

（同上）

去电（1945年10月16日）

渝

教育部翟主任、秘书毅夫兄鉴：

铁密。弟到平后，即与十一战区前进所及党政接收委员会联络，并与各委员议定接收程序，先文化机关，次伪组织学校，次日人学校。自本月六日起开始接收。兹将工作情形报告如左：

一、截止本月十七日止，已接收机关共达十处，计：伪教育总署、北平图书馆、人文科学图书馆、近代科学图书馆、新民印书馆、棉产改进会、麻产改进会、静生生物调查所、中国大辞典编纂处、清华大学。接收后均派有专人保管，负责继续点收，一切尚称顺利。

二、八年来敌伪将此间各机关文物，任意集散，如清华大学图书，分散数处；伪综合调查所提用各方仪器；北平图书馆日人认为禁书者，一再挪移；中央研究院文物零落四散。加以房产转移频繁，尤为纷乱。且有日方伤兵驻在，一时不易移出者，故理董极难。

三、中央各部及北平市党部等对于接收，常因权利所关，及敌伪文教机关性质复杂，往往有附带业务，四出争攫。即如综合调查研究所，系敌伪调查研究机构，规模宏大，弟未到平时，即为十一战区指挥所接收，其后又径交军委会国际问题研究会。交通公司北平事务所附设图书馆，八年来搜集华北风土民俗资料至夥，足供社会改进参考，交通部亦拟一并接收。其他纷芸情形尚多。所幸弟到平较早，各委员合作精神极佳，各方对弟亦颇推崇，相机应付，保我部权，尚不致有大困难。

右三点，请先转陈部长，将来接收告一段落，当再详细报告。又平津管地辽阔，文教机构特多，十一战区等机关均置有文教负责人员，为办事上顺利计，已仿京沪区例，加聘顾问及专门委员，以期联络各方。事属必要，请代转陈，不胜盼祷。

弟沈兼士

酉铣（十月十八日发）

（同上）

去信（1945 年 11 月 12 日）

伪新民印书馆系日敌于武力侵略外，用以负印教科书之专责、施行奴化教育、期达文化侵略之目的者，谨于接收后，简要报告该馆概况及现状如下：

（一）馆址　　北平阜成门外北礼士路。

（二）成立年月　　创立于民国二十七年八月，于次年七月登记为伪中国法人。

（三）组织　　系以股份有限公司之组织，由伪官方与敌商民结合资力经营之。

（四）资本　　总额伪联币伍百万元，分十万股，每股五十元，伪方官股（初为伪中华民国临时政府，后为伪华北政务委员会）五万股，敌方商股五万股，股款已收四分之三，即已收三百七十五万元。

（五）设备　　有平房二十八栋、楼房四所（城内房屋二所系自有，城外房屋系租自成达中学董事会），印刷装订等等机械二百六十余架、暖气锅炉一（已坏，待修用）、家具一千二百余件、图书三千余册，规模宏大，设备完善，并富有空地足资发展。

（六）过去营业　　活版印刷，平版印刷，凸版凹版印刷，三色版印刷，装订，发行及贩卖国定教科书，出版书籍、杂志、地图、挂图、教科用参考书，经售各种文具及事务用品，铸造及贩卖各种铅字。

（七）接收后现状　　现留用职员四十余人、工人三百余人，正赶印国定教科书，承接有数件外界印件，材料除一部分须临时购用外，所存纸料油墨等，约可供三四个月应用，须随时添购。接收现金为五百余万元，除去上月开支外，现存三百余万元，约可够本月（十一月）开支用，以后待营业收入或另筹款以资维持。

附今后经营管见

日敌经营此印书馆，约历七年，能有如此良好基础，实非易事。原来既有半官营性质，接收后似仍以官商合营或纯粹国营为宜，其前途首须以编印教科书及各种参考书供全国大中小学应用为主，承接外界印件为副。俟有余力再进而为文化工业之改良制造与建设，如印刷机械之制造、各种字体之改良、造纸制油墨等工业之建设，均可逐步推进，使其尽量发展，则福利于全国国民当非浅鲜矣。谨此。

敬呈

朱部长钧鉴

沈兼士谨具

三十四年十一月十二日

（中国第二历史档案馆编《中华民国史档案数据汇编[第5辑第3编文化]》，江苏古籍出版社1998年版，第323—324页）

来电(1945年12月14日)

东昌胡同

沈特派员兼士，并转北平市教育局：

□密。奉主座亥江代电，据报伪北京大学校长钱稻〈荪〉[孙]受奸伪利用，偕学生多名往□区。又天津工商学院学生千余名，因反对甄试，逃往□区。其他各校学生宣传于举行甄试时一致交白卷，表示反抗，希注意。等因。希电注意并查报。

教育部

亥寒

此电已抄送大学补习班、教育局及刘廼仁院长。十二月十七日。

（中国第二历史档案馆藏档，卷宗号：五[2]-586）

按：钱稻孙（1887—1966），浙江吴兴（今湖州市）人，翻译家、作家。早年留学日本、欧洲，后执教于北京大学、清华大学等。北平沦陷后，先后担任伪北京大学秘书长、校长兼文学院院长等职。刘廼仁（1904—1975），字惠卿，河北深州人，时任天津工商学院院长。

来电(1945年12月17日)

限即刻到北平东厂胡同

沈特派员亲译：

〇密，转梅校长月涵兄。昆明学潮，日趋严重，周司长与傅代校长早已先后前往，迄犹不能解决。主座甚为焦虑。顷又派朱次长专机飞昆，倘再不平息，后果莫测。各方均以非兄速往不可，校方亦均切盼兄赶回处理。无论如[何]明晨必须搭机来渝转昆，万不能再迟。

十二月十七日

（同上）

按：此教育部致梅贻琦电函由沈兼士转送，参阅朱家骅致沈兼士电函（1945年11月28日、12月3日）及编者按，沈兼士致朱家骅电函（1945年12月7日）及编者按。

来电（1946年1月25日）

本部平津区沈特派员兼士：

子虞代电暨附件均悉。仰将日本画家矢崎千代二呈献本部之画件壹千零八帧，交由故宫博物院暂存保管，将来再交中央美术馆。除令国立故宫博物院外，并由该特派员代部先行函谢，特电致遵照具报。

教育部（　　）印

（中国第二历史档案馆藏档，卷宗号：五[2]-906）

按：此件载于国民政府教育部稿纸，署“中华民国卅五年一月廿五日封发”。参阅本书沈兼士致朱家骅电（1946年2月20日）。

附：教育部致故宫博物院电（1946年1月25日）

查本部平津区沈特派员兼士已将日本画家矢崎千代二呈献本部之画件壹千零八帧，接收完竣，除饬交由该院暂存保管，俟将来再行点交中央美术馆外，合行令仰遵照，就近洽收具报。

此令

教育部
（同上）

来电(1946 年 2 月 20 日后)

平津区本部沈特派员兼士：

丑帑代电悉，矢崎呈献之画件准先交由第八分班监督敷油后，再交故宫博物院暂行保管。

教育部印
（同上）

国民政府教育部高等教育司

来信(1945 年 6 月 14 日)

奉交下台端卅四年五月廿日呈一件,为北平辅仁大学教职员英千里等廿一人,连同先生眷属被捕情形,准予援例救济等情,经陈准拨发救济费伍拾万元。兹将该款汇请察收,设法兑平。按照附单分配款数,转发具领,并希见覆赐据。又闻英千里先生已死狱中,奉谕应另予从优议恤,等因。即希查明,代为呈请为荷。此致

沈兼士先生

教育部高等教育司启

附名单一份(略)

(中国第二历史档案馆藏档,卷宗号:五-2693)

按:此件载于国民政府教育部稿纸,署“中华民国三十四年六月十四日封发”。参阅本书沈兼士致教育部信(1945 年 5 月 20 日)。

北京大学校产保管委员会

去信(1946年2月25日)

案奉教育部丑哿高一〇六六三电开,复员经费即将分配,希将凡在该区国立各院校校产损失及修建所需最低限度经费,于电到十日内就可能调查范围内详报备核,等因。相应函请贵会于文到三日内,将校产损失及修建所需最低限度经费函报到处,以凭汇转为盼。此致

北京大学校产保管委员会

特派员沈兼士

(北京大学档案馆藏档,档号:BD1946141-2)

按:此件载于教育部平津区特派员办公处稿纸,署“中华民国三十五年二月廿五日”。

首都高等法院

去信(1946 年 6 月 18 日)

呈。为具呈证明周作人在伪政府任职期内,曾有维护文教、消极抵抗之实绩,请求察核事。窃周作人因汉奸案件逮案解京审判,其罪状之轻重,国家必有严密之调查,作公平之判决。惟鉴于前后方地域间隔,传闻或有失实之处,兹就平日见闻,择其中确凿可据者以供钧院采证。查周氏原为从事新文化运动有功之人,其参加伪组织之举是否确系甘心附逆,抑曾消极抵抗,有可略迹原心之处,似应切实调查其在敌伪时代之言行。然今日空言陈述其保护文化之举或难令人置信,爰举一最显著之事实陈之。

民国三十二年东京举行之大东亚文学家大会之中,日本文学报国会代表片冈铁兵有扫荡中国老作家之提议(证据见民国三十三年五月十日上海出版之《杂志》177—186 页《关于老作家问题》)。按大东亚文学家大会之举行,原为日寇企图统制亚洲文化之手段,而日本文学报国会则为代表日内阁推动此种手段之御用机关。此种机关之代表者片冈铁兵对于中国老作家周作人指斥之语如:

(1)……仅以中国和平地区内,基于渝方政权分立下之中国特殊情形而有一特殊之文学敌人存在,不得不有对之展开斗争之提议。

(2)因中国特殊情形之故,尚不得不姑息种种残余敌人之存在。现在余在此指出之敌人正是诸君所认为残余敌人之一,即目前正在和平地区内蠢动之反动的文坛老作家,而此敌人虽在和平地域之内,尚与诸君思想的热情的文学活动相对立，而以有力的文学家资格站立于中国文坛。

(3) 彼常以极度消极的反动思想之表现与动作，对于诸君及吾人之思想表示敌对，诸君及吾人建设大东亚之理想系一种崭新之思想，亦即青年之思想。

(4) 故余确信：以诸君之愤怒，必将向彼嘲弄青年之老成精神予以轰炸进击。

(5) 彼为诸君及吾等斗争途上之障碍物、积极之妨害者，彼为大东亚地域中必须摧毁之邪教偶像，然彼仅以一旧中国之超越的时代主义及西洋文学精神之可怪的欧亚杂种混血儿而已。

在此种极负责任之日寇口中，指斥周氏曰"特殊之文学敌人"，曰"残余敌人之一"，曰"正在和平[地]区内蠢动之反动的文坛老作家"，曰"彼为诸君及吾等斗争途上之障碍物、积极之妨害者"，曰"彼为大东亚地域中必须摧毁之邪教偶像"，则七七事变以后以迄片冈发表演词时之期间内，周氏行动已可证明其确非通谋敌国、甘心附逆之流可比。且日寇之所以必须扫荡周氏者，日寇明白说出周氏"以极度消极的反动思想之表现与动作"对于彼等之思想(其下文并说明为"吾人建设大东亚之理想")表示敌对，更足证明周氏在伪组织中言行有于敌寇不利。且证以附呈之《周作人服务伪组织之经过》一文中所述，其保护文化确有实绩。伏念国家为树立正气，提倡名节，惩奸固弗应宽纵，但对于苦心之士，似亦应兼采有利于当事者之确证。且周作人学术文章，久为世所推服，若依据实绩减其罪戾，俾就炳烛之余光，完其未竟之著译，于除奸惩伪中兼寓为国惜才，保存善类之微意，则于情于理实为两尽。是否有当，理合提出证据，伏候裁定。谨呈

首都高等法院

附：《杂志》一册，《周作人服务伪组织之经过》一份。

前辅仁大学教授　　沈兼士

辅仁大学名誉教授　董洗凡

北平西四牌楼小拐棒胡同五号
辅仁大学教育学院长 张 怀
辅仁大学教授 顾 随
北京大学教授 陈雪屏
前清华大学教授 俞平伯
前清华大学教授 邓以蛰
辅仁大学教授 孙人和
中国大学教授 王之相
前北平大学教授 陈君哲
北平临大补习班教授 陆佛万
前国防最高委员会秘书
《华北日报》总主笔 孙几伊
中国大学教务长 童德禧
国立西北大学教授 武梦佐
中华民国三十五年六月十八日

(南京市档案馆编《审讯汪伪汉奸笔录》下，
凤凰出版社 2004 年版，第 1386—1388 页)

按:1945 年 10 月，周作人被国民政府逮捕，先被关押在北平炮局监狱，半年后押送至南京老虎桥监狱。期间，沈兼士曾去监狱探望。后来，沈兼士联络 13 位大学教授和作家向国民政府首都高等法院呈请此书，表明周作人在伪政府任职期间，曾有维护文教、消极抵抗之实绩等，请求从宽处理。1946 年 11 月 16 日，首都高等法院以共同通谋敌国、图谋反抗本国罪，从轻判处周作人有期徒刑 14 年，剥夺公权 10 年，全部财产除酌留家庭必须生活费外没收。

《中央日报》编者

去信(1946 年 10 月 12 日)

编者先生大鉴:

顷在平阅本月三日贵报刊载傅斯年先生为日人小谷古玩事致贵报函,其前有编者案语一段,内有"教育部平津区特派员办公处所接收日人小谷之古玩字画,一部分遗失,一部分被薛慎微吞没隐匿"等语,与事实完全不符。查前教育部平津区特派员办公处所接收者为经天津三民主义青年团曹葆清君介绍,由天津接收委员王任远函请接收之日人小谷晴亮捐献教育部字画一百四十件,西文书籍一千零七十三册,中文书籍一百二十八种,其中并无古玩,有原清册目录可查。此项图书现存北平东昌胡同教育部图书处理委员会,字画现存国立北平艺术专科学校,并未遗失。接收前后,报告教育部处理局手续亦均完备。致薛慎微与教育部特派员办公处毫无关系,绝不能并为一谈。本月八日北平地方法院对薛慎微案已侦查终结,提起公诉。根据报纸所发表之起诉书,可证明薛慎微一案与兼士全然无关,清查团在平之正式公告,分析亦极清楚。惟好事者有意利用新闻政策,散布谣诼,淆乱听闻,诚恐流言转播,是非莫明,特陈真象,请恳公布为祷。

沈兼士谨启

十月十二日

(《中央日报》1946 年 10 月 23 日)

按:1946年10月3日《中央日报》刊登《关于平津古物案傅斯年氏致函本报》一文,内有"编者按"云:"本报上月三十日曾刊载北平通讯一篇,叙述清查团在平津工作情形,内中文物接收遗失案一段谓:'教育部平津特派员办公处所接收日人小谷之古玩字画等,一部分遗失,一部分被薛慎微吞没隐匿。清查团最初执行清查时,特派员沈兼士与天津办事处主任王任远互相诿辩。旋查出王君确甚清白,而薛君则因罪系狱。事后清查团再度接获告密函,谓小谷在山西所获三代时大铜钟系国宝,竟被运平,但因此案引出北平教育界最有力人物之反响。'顷傅斯年先生由平来京,读此文后,特来函一件。兹全文刊出,借使读者更能了解此事之真象。"

附:傅斯年致《中央日报》信
(1946年10月1日)

编辑先生:

九月三十日大报第十版《清查团在平津》一文有影射攻击鄙人之一段。原文如下:

"但因此案引出北平教育界最有力人物之反响,不但为特派员沈兼士洗刷,且竟谓薛寓抄获之件,殊不能断定确系小谷之物,竟欲推翻全案,近日平津各报登载某君与清查团文件,使人为之目迷。清查团因此不但失欢于教育界,竟起鸣鼓之攻。"按当时平津各报登载鄙人书面谈话涉及此事者如下:

"薛慎微案是一要事,应待法院彻查严办。假如目下所得证据不足充分证实其罪,即假如他的东西无法确实证明其为小谷所有,亦可据《惩治汉奸条例》,以文化汉奸勾结敌人、盗卖古物罪起诉,而置之于法。然薛某之犯罪,有何牵及沈兼士先生之处,则须先有证据。如先制造空气,混做一问,诚为我所不取耳。"

两相对照,便知贵报此一报道,与我所谈者恰恰相反。我说"假如不能”，他说“殊不能”。我说“应待法院彻查严办”，他说“意欲推翻全案”。该投函者不应理路不通至此，当系存心颠倒。

又，清查团在平津以人民告密有不少好成绩，在一次参政员同人聚餐会上，成舍我先生首向我言及可以延长，我首提该电参政会转陈中央延长，其电稿亦为我起草，有何“得罪教育界”，由我“鸣鼓而攻”之说？如因我对团员之某一人之一事不认为妥当，而指为对团本身，则团员大多数在结束时，即不采用某君之办法。

小谷晴川为日本浪人，薛逆慎微是其合作贩古董者。小谷晴川以其字画书籍“呈献”政府，由教育部特派员沈兼士氏据日人原册接收。清查团所得证据是薛助小谷贩运古物，报上所发表清查团文件，无一□涉及沈预闻或预知薛处尚有小谷东西，故我首在天津《大公报》说明，在无证之先，不宜牵涉，于报上制造流言。此事之大略也。
专颂
著祺

傅斯年敬启
十月一日
（《中央日报》1946年10月3日）

按：信中“小谷晴川”应为小谷晴亮。

附 录

陈雪屏致朱家骅信(1945 年 11 月 4 日)

急,南京

教育部朱部长钧鉴:

铁密。此间情形复杂,与京沪大异,各校尚未接收,且上课已久,学生代表向军政首长请愿,均允与维持。兼士先生颇感为难。学生要求:(一) 继续上课,取消日文等钟点,即增设补习科目;(二) 甄审改在补习后举行。今日何总司令召集会报,陈、张、陈三部长及当地军政首长均出席。因共党之争取青年,各校学生复形成组织,均主慎重宽大,以免牵动大局。但部定办法与学生要求,相距过远,应如何处置,乞迅赐指示。因甄审、补习办法不定,接收势难执行。接收停顿,其他即无法推动。中央及当地首长,则唯求息事宁人,部方政策自须保持政令威信,而当地特殊环境,亦宜并顾。

陈雪屏叩

支(十一月五日下午六时发)

(中国第二历史档案馆藏档,卷宗号:五[2]-586)

国民政府行政院致教育部信(1946 年 5 月 2 日)

卅五年四月二日渝全字第一八四二四号暨渝人字第一八五五〇

号，呈送该部及国立北平故宫博物院与青年复学就业辅导委员会《负工还都补助费支给表》由。呈件均悉。表列该部教育研究委员会专任委员沈兼士既由该部比照简任列支三十五万元，复由国立北平故宫博物院依其荐任馆长职列支三十万元，自属重复，应予剔除。除行知审计部、财政部外，兹将原件发还，仰即更正，并重加核对。此令。

计发还国立北平故宫博物院青年复学就业辅导委员会、教育部《还都补助费支给表》《薪俸、工饷名册》等共十份。

（中国第二历史档案馆藏档，卷宗号：五-11662）

国民政府教育部致行政院信
（1946年5月25日）

案奉钧院卅五年四月十三日节安乙字第一一五六九号指令《本部呈报员工还都补助费案》，饬剔除国立北平故宫博物院馆长沈兼士一员，以免重复，等因。奉此，业已遵办。沈兼士一员仍由部以教育研究委员会专任委员名义列报。理合备文呈复，敬祈鉴核。谨呈
行政院院长宋

教育部

附呈国立北平故宫博物院青年复学就业辅导委员会

（中国第二历史档案馆藏档，卷宗号：五-11662）

辅仁大学致萨本栋信（1947年8月2日）

亚栋先生大鉴：

顷奉致陈校长函开：顷奉贵校七月二十一日函送《院士提名表》五份，计有沈兼士、张百龄、余嘉锡、张亮尘、张汉民等五先生。唯该表仅有贵校所记，未经“主管者”签署。兹为减省往返周折，敬乞亲函过院说明五位先生系由贵校提名，以便附卷汇办，等因。陈校长回籍

奔丧，月终始返校。兹谨重造《院士提名表》五份奉上，敬祈查照办理为荷。专肃，并颂

教祺

谨启

三十六年八月二日

被提名者之姓名	**别字**	**年岁**	**籍贯**	**专习学科**	**简 历**
沈兼士	无	六一	浙江吴兴	文字训诂	北京大学教授兼研究所国学门主任，故宫博物院文献馆馆长，西北科学考查团理事，中央研究院历史语言研究所兼任研究员，本校教授兼文学院院长。

被提名人资格之说明

一、被提名人合于院士资格中何一项之规定，请详加说明。（院士资格条文见附注）

合于《院士选举规程》第二章“提名”第五、六条，经教育部立案私立辅仁大学。

二、被提名人之重要著作中，其合于院士资格第一项之规定者，请列举于左，注明出版年及发表处（最好能一并附寄），并加以具体说明。

《希杀祭古语同原考》（二十八年《辅仁学志》）、《吴承仕经籍旧音辨证发墨》（二十九年《辅大语文学会讲演集》）、《汉字义读法之一例》（三十年《辛巳文录》）、《声训论》（三十年《辛巳文录》）、《联绵词音变略例》（三十年《辅大语文学会讲演集》）、《祖禓但马划袜》（三十一年《辅仁学志》）、《石鼓文研究三事质疑》（三十三年《辅仁学志》）、《广韵声系》（沈兼士主编，三十四年辅仁大学编译部出版）

三、其他有关资格事项之应加说明者

上条所列甲种著作，为合于附注条文之第一项者，乙种报告为合于附注条文之第二项者。又，被提名人任北京大学研究所国学门主任，在民国十年至十六年；任故宫博物院文献馆馆长，在民国十八年至二十六年。

（以上三项如本表篇幅不足时，得另纸补充）

提名人（一、如系机关，应由主管者签字加盖机关之印信；二、如系评议员，应由五人连署）

私立北平辅仁大[学]校长陈○

中华民国三十六年七月

著述目录

甲类

《从殷商钟鼎款识中推寻六书以前之文字画》，文载辅仁大学《辅仁学志》

《右文说在训诂学上之沿革及其推阐》，二十二年《中央研究院蔡孑民六十五岁纪念论文集》

《"鬼"字原始意义之试探》，二十四年北大《国学季刊》

《希杀祭古语同原考》，二十八年《辅仁学志》

《吴承仕经籍旧音辨证发墨》，二十九年《辅仁语文学会讲演集》

《联绵词音变略例》，三十年《辅仁语文学会讲演集》

《汉字义读法之一例》，三十年《辛巳文录》

《声训论》，三十年《辛巳文录》

《祖禓、但马、划袜考》，三十一年《辅仁学志》

《石鼓文研究三事质疑》，三十三年《辅仁学志》

《广韵声系》，三十四年辅仁出版

《初期意符字之特征》，三十五年十月《大公报》"文史周刊"

《"丕""坯""芣苢""棓棬"诸词义类说》，同上

《"卢"字之字族》，三十六年一月《大公报》"文史周刊"

《汉魏注音中义同换读例发凡》，三十六年五月天津《益世报》"人文周刊"

乙类

《北京大学研究所国学门报告》，民国十二年九月北大《国学季刊》

《故宫博物院文献馆整理档案报告（民国廿四年十月）》，故宫博物院《文献论丛》

（北京师范大学档案馆藏档，档号：6.1－0086－0001）

按：萨本栋（1902—1949），字亚栋，福建闽侯人，物理学家、教育家。时任中央研究院总干事，负责中研院院士评选之具体工作。北平辅仁大学《院士提名表》中其他四人内容未录。此次中研院院士选

举于1948年3月结束，最终产生院士81名。北平辅仁大学参评教授除沈兼士因病去世外，陈垣、余嘉锡2人入选。

朱家骅致蔡惠电(1947年8月)

沈兼士夫人礼鉴：

兼士先生体道履哲，夙昭清华，贞粹出于自然，博综由于笃实。讲学黉序，为国育材，著作等身，声实并懋。当故都沦陷之日，先生潜迹平市，领导抗战工作，不避艰险，历七八年，侦骑及门，微服南下，忠怀亮节，众曾敬钦。胜利以来，尤多建树。岂意耳顺之年，遽传殒逝之耗？托在气类，悲哽可言。特电奉唁，务祈节哀顺变为祷。

（《朱教长电唁沈兼士家属》，《申报》1947年8月6日）

按：蔡惠为沈兼士夫人，浙江德清人。沈兼士逝于1947年8月2日，《申报》刊登消息时写明“据中央社南京五日电”，故此电应作于8月2日至5日之间。电文中“侦骑及门，微服南下”句，指当年滞留沦陷区北平的沈兼士为躲避日伪追捕，于1942年12月16日离平南下，经河南、陕西到重庆。不久，日伪派军警到沈宅拘人，结果扑了空。

蒋介石致沈兼士家属电(1947年8月5日)

北平辅仁大学转沈兼士先生家属礼鉴：

兼士先生博学湛深，忠哲彰闻，奄忽病逝，良深悼惜，特电致唁，惟希节哀。

中正

未、微

（《蒋主席电唁沈兼士家属》，《益世报》1947年8月7日）

按：电文中“未”指代8月，“微”指代5日。

《中国近现代稀见史料丛刊》已出书目

第一辑

莫友芝日记
汪荣宝日记
翁曾翰日记
邓华熙日记
贺葆真日记
徐兆玮杂著七种
白雨斋诗话
俞樾函札辑证
清民两代金石书画史
扶桑十旬记(外三种)

第二辑

翁斌孙日记
张佩纶日记
吴兔床日记
赵元成日记(外一种)
1934—1935中缅边界调查日记
十八国游历日记
潘德舆家书与日记(外四种)
翁同爵家书系年考
张祥河奏折
爱日精庐文稿
沈信卿先生文集
联语粹编
近代珍稀集句诗文集

第三辑

孟宪彝日记
潘道根日记
蟫庐日记(外五种)
壬癸避难日志　辛卯年日记
嘉业堂藏书日记抄
吴大澂书信四种
赵尊岳集
贺培新集
珠泉草庐师友录　珠泉草庐文录
校辑民权素诗话廿一种

第四辑

江瀚日记
英轺日记两种
胡嗣瑗日记
王振声日记
黄秉义日记
粟奉之日记
王承传日记
唐烜日记
王锺霖日记(外一种)
翁同龢家书诠释
甲午日本汉诗选录
达亭老人遗稿

第五辑

袁昶日记
吉城日记
有泰日记
额勒和布日记
孟心史日记·吴慈培日记
孙毓汶日记信稿奏折（外一种）
高等考试锁闱日录
东游考察学校记
翁同书手札系年考
辜鸿铭信札辑证
郭则沄自订年谱
庚子事变史料四种（外一种）
《申报》所见晚清书院课题课案汇录
近现代“忆语”汇编

第六辑

江标日记
高心夔日记
何宗逊日记
黄尊三日记
周腾虎日记
沈锡庆日记
潘钟瑞日记
吴云函札辑释
新见近现代名贤尺牍五种
稀见淮安史料四种
杨懋建集
叶恭绰全集
孙凤云集
贺又新张度诗文集
王东培笔记二种

第七辑

豫敬日记　洗俗斋诗草
宗源瀚日记（外二种）
曹元弼日记
耆龄日记
恩光日记
徐乃昌日记
翟文选日记
袁崇霖日记
潘曾绶日记
常熟翁氏友朋书札
王振声诗文书信集
吴庆坻亲友手札
画话
《永安月刊》笔记萃编
浙江省文献展览会文献叙录
杨没累集

第八辑

徐敦仁日记
王际华日记
英和日记
使蜀日记　勉喜斋主人日记　浮海日记
翁曾纯日记　瀚如氏日记（外二种）
朱鄂生日记
谭正璧日记
近代女性日记五种（外一种）
阎敬铭友朋书札
海昌俞氏家集
师竹庐随笔
邵祖平文集

第九辑

姚觐元日记
俞鸿筹日记
陶存煦日记
傅肇敏日记
姚星五日记
高枏日记
钱仪吉日记书札辑存（外二种）
张人骏往来函电集
李准集
张尔耆集
夏同善年谱　王祖畬年谱（外一种）
袁士杰年谱　黄子珍年谱